二見文庫

悲しみの夜の向こう

アビー・グラインズ／林　亜弥＝訳

悲しみの夜の向こう

登　場　人　物　紹　介

ブレア・ウィン	カントリークラブのサービス係
ラッシュ・フィンレイ	有名ドラマーの息子
グラント	ラッシュの義兄であり親友
ウッズ・ケリントン	ラッシュの友人。 カントリークラブのオーナーの息子
ナンネッテ（ナン）・フィンレイ	ラッシュの妹
ベティ（ベサン）	ブレアの仕事仲間。ダーラの姪
エイブラハム・ウィン	ブレアの父親。 ジョージアナの4番目の夫
ジョージアナ	ラッシュとナンの母親。エイブラハムの妻
ケイン	ブレアの高校時代の恋人
ディーン・フィンレイ	ラッシュの父親。 ジョージアナの2番目の夫
ダーラ・ロウリー	ベティのおば
レベッカ・ウィン	ブレアの母親。故人

1

タイヤが泥まみれのトラックでハウスパーティに乗りつけると、駐車する場所を探し回るはめになる。外国製の高級車ならそんなことはないのだろう。この屋敷の私道は、少なくとも二十台の高級外車で埋め尽くされていた。わたしはほかの車の邪魔にならないよう、もう十五年は乗っている母のフォードのトラックを砂だらけの草地に停(と)めた。今夜パーティがあるなんて父からは聞いていない。昔から父はわたしに何も話してくれなかった。

父は母の葬式にさえも姿を見せなかった。わたしだってほかに行くあてがあれば、絶対にこの家になんて来なかった。祖母が遺(のこ)してくれた小さな家は母の医療費を払うために売った。わたしに残されたのは、洋服とこのトラックだけ。三年間、がんをわずらった母が闘病生活を送るあいだ、一度も見舞いに来なかった父に連絡をするのは耐えがたかった。だけど、そうするしかなかった。今となっては肉親と呼べる人は父だけなのだから。

わたしはフロリダ州ローズマリー・ビーチの白い砂浜の上に立つ壮大な三階建ての屋敷を見つめた。ここが父の新しい家だ。わたしは父の新しい家族になじめる気がしなかった。

すると、トラックのドアがいきなり外から開けられた。本能的にわたしは座席の下に手を伸ばして九ミリの拳銃をつかんだ。銃を掲げてまっすぐに侵入者に向ける。銃を握る両手はいつでも引き金を引けるかまえだ。

「うわっ……道に迷ったのかいってきこうとしたんだけど、それを下げてくれるにはどうしたらいいのかきいたほうがよさそうだな」茶色いぼさぼさの髪を耳にかけた男が両手を上げ、目を見開いて銃の前に立っていた。

わたしは片方の眉を上げて、銃をしっかり握りなおした。この男はいったい何者だろう。いきなり人のトラックのドアを開けるなんて、初対面の挨拶としては普通じゃない。「いいえ、迷ってないわ。ここはエイブラハム・ウィンの家でしょう？」

男はごくりとつばをのんだ。「ええと、顔に銃を向けられたままじゃ頭が働かないんだけど。すごくぼくを怖がらせてるんだよ、お嬢ちゃん。うっかり引き金を引いてしまう前に下ろしてくれないか？」

うっかり？　本気で言っているの？　この男に腹が立ってきた。「わたしはあなたを知らない。外は暗いし、わたしは来たことのない場所にひとりでいる。だから悪いけど、今は安心できる気分じゃないの。でも絶対にうっかりしないって保証するわ。銃の扱いについては心配しないで。うまいものよ」

男はわたしの言葉をまったく信じていないようだ。あらためて彼を見てみると、危険人物には思えなかった。とはいえ、まだ銃を下ろす気にはなれない。

「エイブラハム？」彼はゆっくりと繰り返した。頭を振り、やがて止めた。「待ってくれ。エイブはラッシュの新しい義理の父親だ。彼とジョージアナがパリに発つ前に会ったな」

パリ？　ラッシュ？　何それ？　わたしは説明を待ったが、男は銃を見つめて息をひそめている。わたしは彼から目を離さずに銃を下ろし、安全装置をしっかりかけてから座席の下に突っこんだ。銃を隠せばこの男も説明に集中できるかもしれない。

「銃所持の許可証は持ってるよな？」彼が疑わしげに言った。

武器を扱う権利があるかどうか話したい気分ではなかった。わたしに必要なのは答えだ。「エイブラハムはパリにいるの？」確かなことが知りたくて、わたしは尋ねた。父はわたしが今日来るとわかっていた。先週、家を売ったあと、父と話したばかりなのだから。

男はゆっくりうなずくと、体の力を抜いた。「彼を知ってるのか？」

そうでもない。五年前、父がわたしと母を置いて家を出ていって以来、会ったのは二度だけだ。わたしのサッカーの試合を見に来たのと、近所の住民を集めてパーティを開いたときに外でハンバーガーを焼いていたのは覚えている。わたしの双子の妹であるヴァレリーが交通事故で亡くなって以来、わたしに父親はいない。運転していたのは父だった。あの日を境に父は変わった。闘病中の母の世話をしているあいだも、わたしに大丈夫かと連絡を寄越すことはなかった。わたしには父のことがまったくわからない。

「わたしは娘のブレアよ」

男は目を見開き、頭をそらして笑いだした。何がおかしいの？　説明を待っていると、彼が片手を差しだした。「来てくれ、ブレア。きみに会ってもらいたい人がいる。

あいつもきっと喜ぶよ」

わたしは彼の手を見下ろし、自分のバッグに手を伸ばした。

「バッグの中にも銃を隠してるのか？　きみを怒らせるなって言って回ったほうがいいかもな」からかうような口調に対し、わたしは失礼なことを言い返さないよう自分を抑えた。

「ノックもせずにいきなりドアを開けたのはそっちじゃない。怖かったのよ」

「怖いときのとっさの反応が、銃をつかんで相手に向ける？　お嬢ちゃん、いったいどこから来たんだい？　ぼくの知ってる女の子はたいてい悲鳴をあげるとか、そういう反応をするんだが」

彼の知っているたいていの女の子は、三年間も自分で自分の身を守らざるを得ない状況にはなかったのだろう。わたしは母の世話をしてきたけれど、わたしの世話をしてくれる人はいなかった。「アラバマから来たの」わたしは彼の手を無視し、ひとりでトラックから降りた。

風が顔に当たり、海辺ならではの潮の香りがはっきりと感じられた。わたしは海を見たことがなかった。少なくとも直接はない。写真や映画で目にしただけだ。とはいえ、このにおいはまさに想像していたとおりだった。

「じゃあ、〝バマ〟の女の子に関する噂は本当だったんだな」彼が言った。

「どういう意味？」

彼はわたしの体を眺めてから、視線を顔に戻した。にやにや笑いがゆっくりと広がる。「ぴったりしたデニムに、タンクトップに銃。なんてこった、ぼくは住む場所を間違えたみたいだ」

わたしはあきれてぐるりと目を回し、トラックの後部に手を伸ばした。スーツケースと、慈善団体に置いてくるつもりの箱がいくつかある。

「ほら、ぼくがやるよ」彼はわたしのそばに来ると、荷台の大きな荷物に手を伸ばした。結局行けなかったドライブ旅行用にと、母がクローゼットの中にしまいこんでいたものだ。いつか国を横断して西海岸まで旅をしようといつも話していた。やがて病気になってしまったが。

思い出を振り払い、わたしは現在に意識を向けた。「ありがとう……ええと、あなたの名前を知らないんだけど」

「なんだい？　ぼくの顔に銃を突きつけてたせいで名前を尋ねそびれたって？」

わたしはため息をついた。オーケイ、銃はやりすぎだったかもしれないけれど、本当に怖かったのだ。

「ぼくはグラント、ラッシュの友人だ」

「ラッシュ？」またこの名前だ。ラッシュって誰なの？

グラントの笑みがさらに大きくなった。「ラッシュが誰か知らない？」かなり面白がっている。「今夜、ここに来て本当によかったな」彼はあごで屋敷を示した。「おいで。紹介するよ」

わたしは屋敷へ向かうグラントの横を歩いた。近づくにつれ、中から聞こえる音楽のボリュームが大きくなった。父がここにいないなら、中にいるのは誰？　新しい妻がジョージアナだということは聞いているけれど、知っているのはそれだけだ。彼女の子供がパーティを開いているの？　子供の歳はいくつ？　彼女には子供がいたわよね？　思い出せない。父の話はあいまいで、わたしも新しい家族が気に入るはずだとは言っていたものの、家族とは誰なのか正確には説明しなかった。

「それで、ラッシュはここに住んでるの？」

「そうだ、少なくとも夏のあいだは。季節によって、ほかにもある自分の家に移るんだ」

「ほかにもある自分の家？」

グラントがくっくっと笑った。「きみのお父さんが結婚した一族のことをまったく知らないんだね、ブレア」

そのとおり。わたしはうなずいた。

「じゃあ、乱痴気騒ぎ（らんちきさわぎ）に突入する前に、即席のミニレッスンだ」彼は玄関に続く階段の一番上で足を止めると、わたしを見つめた。「ラッシュ・フィンレイはきみの義理の兄に当たる。彼はあの有名なバンド《スラッカー・デーモン》のドラマー、ディーン・フィンレイのひとり息子だ。両親は結婚してない。母親のジョージアナはかつてバンドの熱狂的ファン（グルーピー）だった。ここはラッシュの家だよ。母親も住んでるけど、それは彼が許可したからだ」ドアが開いたので、彼は視線をそちらに向けた。「ここにいるのは全員、彼の友達だよ」

丈の短いロイヤルブルーのワンピースを着て、わたしなら転んで首を折ってしまいそうなハイヒールを履いた、背が高くしなやかな体つきのストロベリーブロンドの女性が、わたしをじろじろと見ていた。そのしかめっ面にはわたしに対する嫌悪感がありありとにじんでいる。この手の人をよく知っているわけではないけれど、わたしが着ているデパートで買った服が気に入らないのだろう。それとも、わたしの体に虫でもくっついているのだろうか。

「やあ、ナンネッテ」グラントが面倒くさそうに言った。

「この子、誰?」彼女はそう尋ねながら視線をグラントへ移した。

「友達。そのむっとした顔はやめたほうがいいよ、ナン。かわいくなくなるから」彼はわたしの手を取ると、そのまま引っ張るようにして中に入った。

屋敷の中には思っていたほど大勢の客はいなかった。広い玄関ホールを抜けてアーチ状の戸口をくぐると、リビングルームらしき場所に出た。わたしの家全体より――かつてわたしのものだった家全体よりも広かった。開かれた二枚のガラス戸の向こうは海で、息をのむような景色が広がっている。もっと近くで見たい。

「こっちだ」グラントが歩きながら指したほうにあるのは……バーカウンター? 家の中にバーカウンターがあるの?

わたしはすれ違いざまに人々を観察した。誰もが一瞬、動きを止めてちらちらとわたしのほうを見ている。どうやらものすごく目立っているらしい。

「ラッシュ、彼女はブレア。困った様子で家の外にいたのを見かけて、きみの知り合いだと思ったから連れてきたよ」グラントが言った。わたしは好奇心に満ちた人々から視線をそらし、ラッシュとは何者なのだろうかと目を向けた。

うわあ。

すごい。

「そうなのか？」ラッシュが気だるそうに答えた。ビールを片手にソファに寄りかかっていた体を起こし、前かがみになった。彼は美しかった。「かわいいけど若いな。ぼくの知り合いじゃない」

「いいや、きみの知り合いで間違いないよ。彼女の父親がきみの母親と何週間かパリに行っているんだから、きみの関係者だって言えるだろう。ご希望ならぼくの家に彼女の部屋を用意してもいい。殺人兵器をトラックに置いてくるって約束してもらえるならだけど」

ラッシュは目を細くしてわたしをじっと見つめた。変わった色の瞳だ。驚くほど珍しい色をしている。茶色ではない。はしばみ色でもない。銀色まじりの暖色だ。こんな瞳は見たことがない。コンタクトでもつけているのだろうか？

「だからって、ぼくと関係があるとは言えないだろう」やがて彼はそう言うと、またソファにもたれた。

グラントが咳払いをした。「冗談だろう？」

ラッシュは答える代わりに、手にしていた首の長い瓶からビールを飲んだ。彼の視線はすでにグラントに移っていたが、その目は警告するように光っていた。出ていけと言われそうだ。まずい。財布には二十ドルしか入っていないし、ガソリンも切れかかっている。お金になりそうなものはすべて売ってしまった。父に電話をかけたときに、仕事を見つけてひとり暮らしができるだけのお金が貯まるまで住む場所が必要だと説明してあった。すると父は、すぐにここの住所を教えてくれて、一緒に暮らせたら嬉しいと言ったのだ。

ラッシュの注意がこちらに向けられた。わたしが行動を起こすのを待っている。わたしがなんと言うのを期待しているの？

彼は口元だけでにやりと笑うと、わたしにウインクした。「今夜、この家は客であふれているし、ぼくのベッドも満員だ」彼はグラントを見た。「彼女の〝父親〟とぼくが連絡を取るまで、どこかホテルを探して泊まってもらうのがいいんじゃないか」

〝父親〟という言葉を口にするとき、ラッシュは嫌悪感を隠そうともしなかった。わたしの父を嫌っている。正直言って、彼を責める気にはなれなかった。彼のせいではない。わたしをここに来させたのは父だ。わたしはここまで車で来るためのガソリン代と食費で、お金をほぼ使い果たしてしまった。なぜわたしはあの男を信用したのだろう？

わたしは手を伸ばし、グラントがまだ握ったままだったスーツケースの持ち手をつかんだ。「彼の言うとおりよ。わたしは出ていくべきだわ。ここに来たのが間違いだったのよ」わたしはグラントのほうを見ずに言った。スーツケースを強く引き寄せると、グラントはしぶしぶといった様子で手を離した。自分がホームレスになりかけていると気づくと、涙が目を刺した。彼らのことが見られなかった。

ふたりに背を向け、下を向いたままドアに向かう。グラントとラッシュが言い争っている声がしたが、わたしは聞かないようにした。この美しい男性がわたしのことをなんと言うのか聞きたくなかった。彼はわたしを気に入らなかった。それだけははっきりとわかった。父が家族の一員として歓迎されていないのは明らかだ。

「もう帰るの？」口当たりのいいシロップのような声がわたしに問いかけた。顔を上げると、さっきドアを開けた女性が嬉しそうな笑みを浮かべて立っていた。彼女もわたしにここにいてほしくないらしい。ここの人たちはそんなにわたしが気に入らないの？　わたしはすぐに視線を床に戻すとドアを開けた。この意地の悪いくそ女に泣いているところを見せるほど、わたしのプライドは低くない。

無事に外へ出ると、わたしは思いきり涙を流しながらトラックへ向かった。スーツケースを持っていなかったら走っているところだ。わたしには安心できるこの場所が必要だ。

わたしの居場所はトラックの中、高慢な人々が集うあの馬鹿げた屋敷じゃない。家が恋しい。母が恋しい。また涙がこみあげてきた。わたしはトラックのドアを閉めるとロックした。

2

わたしは涙を拭うと深く息を吸おうとした。取り乱している場合ではない。母の手を握り、息を引き取る瞬間を看取(みと)ったときもわたしは取り乱さなかった。冷たい土の中へ母の遺体が下ろされるときも取り乱さなかった。生きていくために、たったひとつ残された家を売ったときも取り乱さなかった。今になって、取り乱してはいられない。この状況を乗り越えてみせる。

ホテルに泊まるほどのお金はないけれど、わたしにはこのトラックがある。トラックで寝泊まりすればいい。問題は、夜のあいだ安全に停めておける場所を見つけられるかどうかだけだ。この町は安全そうだが、どこであれ古いトラックを停めたら目立つのは間違いない。寝入る前に、警官に車の窓をノックされることになるだろう。最後の二十ドルはガソリンに使うしかない。大きな町まで行くことができれば、駐車場にこのトラックが停まっていても目立たないはずだ。

レストランの裏に停めて、その店で仕事をもらうことだってできるかもしれない。通勤にガソリンを使わなくてすむから一石二鳥だ。おなかが鳴り、朝から何も食べていなかったことを思い出した。数ドルは食べ物に使う必要がありそうだ。あとは、朝になったら仕事が見つかるよう祈るしかない。

きっと大丈夫。エンジンをかけてバックする前に後ろを確認しようと振り返った。銀色の目がわたしを見つめていた。小さい叫び声をあげてからラッシュだと気がついた。わたしのトラックのそばに立って何をしているの？　敷地からわたしが出ていくのを確かめに来たの？　もう彼とは話をしたくなかった。わたしが目をそらしてこの場から去ろうとすると、彼が片方の眉を上げた。どういうつもり？

ああ、もう。本気でどうでもいい。ラッシュがどんなにセクシーでかっこよく見えても関係ない。わたしはトラックのエンジンをかけようとしたけれど、エンジン音が響く前にかちっと音がして、静かになった。なんてこと。今はだめよ。お願い、今はやめて。

わたしは再度キーを回し、何かの間違いであることを祈った。ガソリンメーターが壊れているのはわかっていたけれど、走行距離はずっと確認していた。まだガソリンが切れるはずがない。あと何キロかは走れるはず。そのはずなのに。

わたしはハンドルを手のひらで叩いてトラックにひどい悪態をついたが、エンジンはまったく反応しなかった。立ち往生だ。ラッシュは警察に通報するかしら？　当然だ、わざわざ確かめに来るくらい、とにかくわたしを所有地から追い払いたがっているのだから。出ていけなくなった以上、わたしを逮捕させるのでは？　最悪の場合、レッカー車を呼ぶかもしれない。そんなことをされたら、わたしにはトラックを取り戻すお金がない。ただ少なくとも、刑務所ならベッドと食べ物が手に入る。

喉のつかえをのみこみ、トラックのドアを開けた。まだ望みはあるはずだ。

「トラブルかな？」ラッシュが尋ねた。

わたしは腹が立ち、息の続くかぎり金切り声をあげたかったけれど、そうはせずにどうにかうなずいた。「ガス欠よ」ラッシュがため息をついた。わたしは何も言わなかった。この場合、彼の判断を待つのが一番だろう。頼んだり、すがったりするのはあとからでもできる。

「きみはいくつだ？」

なんですって？　本気で歳を尋ねているの？　私道で立ち往生しているわたしに出ていってもらいたいというときに、どうするか話しあうのではなくて、年齢を尋ねている。

　やっぱり変な男だ。

「十九歳」わたしは答えた。

ラッシュが両方の眉を上げた。「本当に？」

わたしは怒りださないよう自分を抑えた。この人の情けにすがる必要がある。舌先まで出かかった嫌味な言葉を引っこめて、わたしはにっこりした。「ええ、本当よ」

ラッシュはにやりとして肩をすくめた。「悪かった。もっと若く見えたものだから」彼はわたしの体を上から下まで眺めたかと思うと、今度は下から上までゆっくりと眺めた。

　頬がかっと熱くなり、わたしはうろたえた。

「今の言葉は取り消そう。きみの体はちゃんと十九歳だ。うぶで幼く見えるのは顔のせいだな。化粧はしないのか？」

　それは今きくこと？　この人、いったい何がしたいの？

　わたしは今日これから自分がどうなるのか知りたかった。化粧をするほどの贅沢はできないなんて話をしたいわけではない。それに、元彼で今は親友のケインが、わたしの顔には化粧は必要ないといつも言っていた。いい意味か悪い意味かはわからないけれど。

「ガス欠なの。お金は二十ドルしか持ってないわ。父はわたしを置いて出ていくときに、人生を立て直すときには力を貸すって言っていたの。信じて、父に助けを求めるのは最終手段だった。それから、化粧はしないわ。きれいに見えるかどうかよりもっと大きな問題を抱えてるから。ねえ、警察とかレッカー車とかを呼んだりする？　もし選ばせてもらえるなら、警察のほうが助かるんだけど」

　わたしはまくしたてるのをやめ、慌てて口を閉じた。彼にプレッシャーをかけられたせいで、言葉を止められなかった。おかげで、レッカー車という手があることを彼に気づかせてしまった。失敗した。

　ラッシュは頭を傾けてわたしを見つめていた。沈黙にこれ以上耐えられそうもない。この男に少し情報を与えすぎた。彼がその気になれば、わたしをさらに窮地に追いこめるだろう。

「ぼくはきみの父親が嫌いだ。きみの口ぶりからすると、きみも同じ気持ちのようだな」彼は考えながら言った。「今夜、空いている部屋がひとつある。ただし、母が家に帰ってくるまでのあいだだ。母が旅行に出かけてここにいないときは、母のメイドのヘンリエッタは泊まらずに、週に一度だけ、掃除に来ることになってる。だから階段下のベッドルームなら使ってもいい。狭いがベッドはある」

ラッシュがわたしに部屋を提供してくれた。泣いたらだめだ。それはもっと夜遅くなってからにしないと。これで刑務所に行かなくてすむ。神様、ありがとう。「今夜はトラックで寝るしかないかと考えてたの。あなたの申し出のほうがはるかにましだわ。ありがとう」

ラッシュは一瞬しかめっ面になったものの、すぐに元どおりのゆったりとした笑みを浮かべた。

「スーツケースはどこだ？」彼が尋ねた。

わたしはトラックのドアを閉め、スーツケースを降ろすために車の後部へ回った。スーツケースに手を伸ばしたとき、異国の甘い香りがする温かい体が後ろから覆いかぶさってきた。わたしが硬直していると、ラッシュが荷物をつかんでさっと荷台から降ろした。

振り返ってラッシュを見上げた。彼がわたしにウインクする。「荷物くらい持ってやる。そこまで人でなしじゃない」

「ありがとう……いろいろと」見つめあう目をそらせないまま、口ごもりながら言った。彼の目は素敵だった。黒くて濃いまつげがアイライナーのように目を縁取っている。目のまわりに自然のハイライトが入っているみたいだ。こんなのずるい。わたしのまつげは金色だ。彼みたいなまつげが手に入るのなら、なんだってするのに。

「ああ、よかった。彼女を引き留めたんだな。五分だけおまえにやろうと思ってたんだ。そのあとで、彼女を帰らせていないか確かめるつもりだった」

グラントの声がして、わたしはさっと視線をはずして振り返った。邪魔が入ってくれて助かった。馬鹿みたいにラッシュを見つめてしまった。もう一度、彼に出ていけと言われなかったのが驚きだ。

「彼女の父親と連絡が取れて今後のことが決まるまでは、ヘンリエッタの部屋を使ってもらう」ラッシュの声にはいらだちがにじんでいた。彼はわたしをよけるように下がると、グラントにスーツケースを渡した。「ほら、彼女を部屋まで連れていってくれ。ぼくは客のところに戻る」

　ラッシュは振り返りもせずに立ち去った。彼が歩いていく姿を目で追わないようにするには強い意志の力が必要だった。デニムに包まれたヒップがあれほど魅力的なのだからなおさらだ。

　ラッシュは心惹かれていい相手ではない。

「あいつは、ものすごい気分屋のくそったれなんだ」グラントはそう言うと、頭を振ってわたしを見た。彼の言葉を否定する気にはなれなかった。

「またあなたにわたしのスーツケースを運んでもらう必要はないわ」わたしは手を伸ばした。

　グラントはスーツケースをわたしから遠ざけた。「偶然にもぼくは優しい弟なんだ。荷物を運ぶのにうってつけの、たくましくて魅力的な二本の腕があるっていうのに、きみに持たせるわけにはいかない」

　彼の言葉に面食らっていなければ、きっとわたしは笑みを浮かべていただろう。

「弟？」わたしは尋ねた。

　グラントは笑顔になったが、目元は笑っていなかった。「どうやら言うのを忘れていたみたいだな。ぼくはジョージアナの二番目の夫の息子なんだ。父と彼女はぼくが三歳、ラッシュが四歳のときに結婚して、ぼくが十五歳になったころに別れた。そのときにはもうラッシュとぼくは兄弟になっていた。ぼくの父がラッシュの母と離婚しただけで、ぼくらの関係は何も変わらなかった。一緒に大学へ進学して、同じフラットで暮らした」

オーケイ、わかったわ。それは予想していなかった。「ジョージアナはこれまで何回結婚したの？」

グラントは大声で短く笑うと、玄関に向かって歩きだした。「きみのお父さんで四人目だよ」

わたしの父は愚か者だ。彼女はまるでパンティをはき替えるように夫を取り換えているようだ。父を捨てて次に行くまでに、どれくらいかかるだろう？

グラントは階段を上り、キッチンに入るまで何も話さなかった。キッチンはだだっ広く、黒い大理石のカウンタートップと使い方が複雑そうな電化製品があった。まるでインテリア雑誌に出てくるようなキッチンだ。彼は食糧庫へ続くと思われるドアを開けた。とまどいながら、わたしはあたりを見回してから彼に続いて中へ入った。彼は奥まで進んでまた別のドアを開けた。

　そこには歩き回れるだけのスペースがあった。彼がベッドにスーツケースを置いた。わたしも中に入り、シングルサイズのベッドを回りこむ。ベッドとドアのあいだには数十センチしか隙間がなかった。この狭い部屋が階段の下にあるのは間違いなさそうだ。ベッドと壁のあいだに小さいナイトスタンドがぴったりとおさまっている。それ以外には何もなかった。

「荷物をどこに置けばいいのかもわからないな。この部屋は狭すぎる。実は、入ったのは初めてなんだ」グラントは頭を振ってため息をついた。「ねえ、もしきみがぼくのアパートメントに来たいなら、それでもいいよ。少なくとも、ここよりは広いベッドルームを用意できる」

　グラントはいい人だけれど、申し出を受けるつもりはなかった。彼が、望んでもいない客を自宅のベッドルームに招き入れる必要はない。少なくとも、ここなら引きこもっていられるから誰にも見られることはないだろう。仕事はどこかで見つけられるはずだ。引っ越し資金が貯まるまで、ラッシュはこの狭い、使われていない部屋でわたしを寝かせてくれるかもしれない。この場所を無理やり押しつけられているという気はしなかった。明日になったら食料品店を見つけて、二十ドルは食費に使おう。ピーナッツバターとパンがあれば、一週間かそこらはしのげる。

「何も文句はないわ。ここなら邪魔にならないでしょうし。それにラッシュが明日、父に電話をかけていつ戻ってくるのかきいてくれるわ。父も何か計画してるかもしれない。わからないけど。でも、ありがとう。誘ってくれて本当に感謝してる」

グラントがもう一度部屋を見回して顔をしかめた。彼はこの部屋に満足していないようだが、わたしはほっとしていた。心配してくれるなんて優しい人だ。「きみをここに置いていくのは嫌だな。よくないよ」

「ここで充分よ。トラックで寝るよりだいぶまし」

グラントは眉をひそめた。「トラック？　今夜はあのトラックで寝るつもりだったのかい？」

「ええ。でもここなら、これからどうするか考える時間も取れそう」

グラントはぼさぼさの髪を手でかき回した。「ぼくと約束してくれる？」

わたしは約束をするタイプの人間ではない。約束というのは、簡単に破られるものだと思っているからだ。だから肩をすくめた。それがわたしにできる精一杯の返事だった。

「もしラッシュに出ていけと言われたら、ぼくに連絡すること」

わたしはうなずきかけたが、グラントの電話番号を知らないことに気がついた。

「ぼくの番号を登録したいんだけど、きみの携帯はどこ？」彼が尋ねた。

さらに同情されることになりそうだ。「持っていないの」

グラントはぽかんとした顔でわたしを見た。「携帯電話を持ってない？ 銃を持ってるのも当然だな」彼は自分のポケットを探るとレシートらしき紙を取りだした。

「ペンはある？」

わたしはバッグの中からペンを取り、彼に渡した。

グラントは手早く電話番号を書くと、書いた紙とペンをわたしに寄越した。「電話をくれ。本気で言ってるからね」

きっと電話をかけることはないだろう。でも、そう言ってくれたことは嬉しかった。わたしはうなずいたが、何も約束はしていない。

「ここでちゃんと眠れることを願っているよ」彼は狭い部屋を心配そうに見回した。

きっとぐっすり眠れるだろう。「わたしなら大丈夫」そう請けあった。

グラントはうなずくと、部屋を出てドアを閉めた。彼が食糧庫のドアも閉めるのを待ってから、わたしはベッドのスーツケースの隣に座った。悪くない。これならうまくやれそうだ。

3

部屋に窓がなく太陽が昇っているかどうかわからなくても、寝坊したことはわかった。八時間も車を運転して疲れきっていたのに、ベッドに横になっても何時間かは階段を行き来する足音のせいで寝られなかった。わたしは伸びをして体を起こすと壁のスイッチを探った。小さな電球が部屋を照らす。わたしはベッドの下に手を伸ばしてスーツケースを引っ張りだした。

シャワーを浴びないと。つまり、バスルームを使う必要がある。もしかしたらまだみんな眠っていて、こっそりバスルームを使って出てくれば誰にも気づかれないかもしれない。グラントは昨晩、どこに何があるか、家の中を案内してはくれなかった。使ってもいいと言われたのはこの部屋だけだ。手早くシャワーを浴びるのが約束違反になりませんように。

わたしはきれいな下着と、黒いショートパンツと白いノースリーブシャツを手に持った。運がよければ、ラッシュが下りてくる前にシャワーをすませられる。食糧庫に続くドアを開け、どんな要求にも応えて余りあるだけの食品が並ぶ棚を通り過ぎた。ゆっくりとドアノブを回し、ドアをそっと開けた。キッチンの明かりは消えていたが、海を望む大きな窓から陽光が差しこんでいた。トイレに行きたくて切羽詰まっていなければ、景色を楽しむところだ。でも用を足したくてたまらなかったので、わたしは進んだ。屋敷は静かだった。空のグラスや食べ残しや洋服があちこちに散らかっている。ここを片付けてみてもいい。役に立つところを見せれば、仕事を見つけて一、二カ月分の給料がもらえるまでのあいだ、泊めてもらえるかもしれない。

ベッドルームではないかとびくびくしながら、最初に目に入ったドアをゆっくりと開けた。ウォークインクローゼットだった。ドアを閉めて、階段のほうへと廊下を進む。もしバスルームがすべてベッドルームにつながっている造りだったらお手上げだ。でも……一日じゅう浜辺で過ごした人が外で使えるバスルームがあるかもしれない。メイドのヘンリエッタだってシャワーやバスルームを使うはずだ。回れ右をしてキッチンへ戻り、昨晩は開いていた二枚のガラス戸へ向かった。そこから屋敷の下へ向かう階段があることに気がついたので、下りてみた。

下に着くと、ドアがふたつあった。片方のドアを開けてみた。そこにはライフジャケットやサーフボード、浮き輪が壁にかけてあった。続いて、もう一方のドアを開けた。ビンゴ。

中に入ると、片側にトイレがあり、反対側に小型のシャワールームがあった。シャンプーとコンディショナーと石鹸（せっけん）もある。さらに未使用のウォッシュクロスとタオルが一枚ずつ、シャワールームの横の小さいスツールの上に置かれていた。なんて用意がいいのだろう。

シャワーを浴び終えて服を着ると、タオルとウォッシュクロスをシャワーかけにかけた。このバスルームはあまり使われていないようだ。同じタオルとウォッシュクロスを一週間使い続けてから、週末に洗えばいい。もしそんなに長いあいだ、ここにいればの話だけれど。

わたしはドアを閉めて階段を上がり、屋敷に戻った。海の香りは最高だ。階段を上りきったところで、手すりのそばに立って海を見渡した。波が白い砂浜に打ち寄せている。これまで見た中でも最高に美しい景色だった。

母といつの日か一緒に海を見ようと話していた。母は幼いころに海を見たきりでそれほど覚えていないようだったのに、ずっとそのときの話をわたしに繰り返し聞かせてくれた。毎年冬になると、わたしたちは寒い中で火のそばに座り、夏に海辺へ行く計画を練った。しかし実現することはなかった。そもそもそんなお金はなかったし、そのうちに母の病気が重くなった。それでも計画を練り続けた。そうすれば大きな夢を見ていられた。

今、わたしはこうしてここに立ち、ふたりで夢見るしかなかった波を見つめている。計画していた夢物語のような休暇とはいかなかったけれど、わたしはここで、母の分まで海を見つめた。

「ここの景色は見飽きないだろう」ラッシュの低い声にわたしはびくっとした。振り返ると、開いたドアにもたれて彼が立っていた。シャツを着ていない。なんてこと。

わたしは言葉が出てこなかった。男性の裸の胸なんて、ケインのしか見たことがない。それも母が病気になる前、デートをしたり遊ぶ時間があったりしたころの話だ。十六歳のケインの胸は、目の前にある広くて筋肉質な胸とは比べ物にならなかった。ラッシュの腹部は波のように筋肉が割れていた。

「景色を楽しんでるかい？」面白がっているような口調だ。

わたしは目をしばたたいて視線を上げ、にやついている彼の口元を見つめた。まったく。わたしがいやらしい目で見ていたことに彼は気づいている。

「邪魔する気はないよ。ぼくも楽しんでるから」ラッシュはそう言うと、手にしたカップからコーヒーを飲んだ。

わたしは顔が熱くなった。きっと赤くなっているに違いない。彼に背を向け、海を見つめた。どうにもいたたまれない。彼に、もう少しここに泊めてくれるよう頼むつもりなのだから、よだれを垂らすのが最善の行動とは思えない。

背後から低い含み笑いが聞こえ、さらに状況は悪くなった。ラッシュがわたしのことを笑っている。最高だわ。

「ここにいたのね。起きたらベッドにいなくて寂しかったわ」女性の柔らかい甘えた声が後ろから聞こえた。好奇心に負け、わたしは振り返った。するとブラジャーとパンティしか身に着けていない女性がラッシュにすり寄り、ピンクに塗った長い爪で彼の胸をなぞっていた。彼女が胸に触れたがるのは責められない。わたし自身、かなり心惹かれているのだから。

「きみはもう帰る時間だ」ラッシュは胸から手をはずしながらそう言うと、女性から離れて正面玄関のドアを指さした。

「なんですって?」彼女が言った。とまどった表情を見るかぎり、こんな反応は予想外だったのだろう。

「ここに来た目的は果たしただろう。その脚のあいだにぼくを欲しがり、その望みどおりになった。だから、もう用済みだ」冷たく、淡々としたきつい物言いにわたしは驚いた。彼は本気で言っているの?

「冗談言わないで!」女性は叫んで、足を踏み鳴らした。

ラッシュは頭を振り、もうひと口コーヒーを飲んだ。

「本気じゃないのよね。昨日の夜は素敵だったわ。わかってるくせに」彼女はラッシュの腕に手を伸ばしたが、彼はさっと身を引いた。

「昨日の夜、きみがぼくのところに来て服を脱いでねだったときに、警告しておいたはずだ。ひと晩かぎりのセックスだけ、それ以上はないと」

わたしは女性のほうに注意を戻した。その顔は怒りにゆがんでいた。彼女は口を開いて反論しようとしたが、また口を閉じた。やがて足音高く屋敷を出ていった。

わたしは、今ここで目にしたことが信じられなかった。お金持ちの人たちって、みんなこういう振る舞いをするの？　わたしがつきあったことがあるのはケインだけだ。実際に彼と寝たことはないけれど、ケインはいつも慎重で優しかった。目の前のやり取りは、きつくて残酷だった。

「それで、きみは昨日の夜はよく眠れた？」何事もなかったかのように、ラッシュがわたしに尋ねた。

わたしは女性が出ていったドアから視線を引きはがし、彼を見つめた。セックス以上の関係にはならないと断言する男性のベッドに飛びこむなんて、あの女性は何に取り憑かれていたのだろう？　たしかに彼の体つきは下着のモデルが嫉妬しそうなくらいだし、その瞳に女性が夢中になるのもうなずける。それでも。彼は冷酷だ。「ああいうことはしょっちゅうあるの？」自分を止める間もなく、わたしは尋ねていた。

ラッシュの片方の眉が上がる。「何が？　人によく眠れたか尋ねること？」

彼はわたしが何を尋ねているかわかっている。わかっていて、答えるのを避けている。どんな答えでも、わたしには関係のないことだ。干渉しないよう気をつけていれば、彼はここに泊めてくれる。彼に文句をつけるのはよくない。

「女の子とセックスして、ごみたいに捨てることよ」気づくと言い返していた。言った言葉が頭の中で反響し、わたしは口を閉じておののいた。いったい何をしてるの？　放りだされたい？

ラッシュは横にあったテーブルにカップを置いて座った。後ろにもたれ、長い脚を伸ばす。それから、わたしを見返した。「きみはいつも、そうやって自分に関係のないことに首を突っこむのか？」

ラッシュに向かって怒りたかった。けれど、できなかった。彼の言うとおりだ。人をなじるなんて、何様のつもり？　わたしはこの人のことを知りもしないのに。「いつもはしないわ、ごめんなさい」そう言うと、急いで中に入った。彼に追いだされる隙を与えたくなかった。あと二週間は、あの階段下のベッドが必要だ。

わたしは空のグラスやビール瓶を拾った。この部屋は掃除をする必要がある。仕事を探しに行く前に片付けよう。わたしにできるのは、ラッシュが毎晩こんなパーティを開かないよう期待することだけだ。もし毎晩だとしても文句は言えないし、何日か続けば、何があっても眠れるようになるかもしれない。

「そんなことはしなくていい。明日、ヘンリエッタが来るはずだ」

わたしは拾った瓶をごみ箱に捨て、彼を見やった。彼はまたドアのそばに立ち、わたしを見ていた。「お手伝いしようかと思って」

ラッシュがにやりと笑った。「もうメイドはいる。もしきみがその気なら言っておくが、これ以上雇うつもりはないよ」

わたしは首を振った。「違う。それはわかってるの。ただ役に立ちたいと思っただけ。昨日の夜はあなたの家で寝かせてもらったんだから」

ラッシュは歩いて近づいてくるとカウンターの前で足を止め、腕を組んだ。「そのことだが、話しあう必要がある」

しまった。なるほど。ひと晩だけってことね。「わかった」わたしは答えた。

ラッシュが眉根を寄せてこちらを見る。わたしの鼓動は一気に速くなった。いい知らせを伝えようとしているわけではなさそうだ。「ぼくはきみの父親が嫌いだ。あいつはヒモだよ。母はいつもあの手の男を見つけてくるんだ。一種の才能だな。でも自分の父親のことだから、それはきみももうわかってるんだろう。だから不思議なんだ。父親がどういう男かわかってるのに、なぜ彼を頼ってきたんだ？」

あなたには関係ないと言ってやりたかった。だけど実際は、わたしがラッシュの助けを必要としている以上、彼に関係がないわけがないのだ。何も説明せずに家に泊めてもらいたいなんて都合がよすぎるだろう。わたしに力を貸す理由を、彼は知る権利がある。わたしまでたかり屋だとは思われたくなかった。

「母が亡くなったばかりなの。がんだった。三年間、闘病生活が続いたわ。わたしたちには祖母が遺した家しかなくて、母の医療費を払うには家も何もかも売らざるを得なかった。父とは、五年前に父が家を出ていって以来会ってないわ。でも、わたしに残された家族は父だけで、助けを求められる相手がほかにいなかった。仕事を見つけて、お給料をもらえるまで住む場所が必要なの。そのあとはひとりで暮らすわ。そんなに長くいるつもりはない。父が、わたしに近くにいてほしくないのはわかってるし」わたしは面白くもないのに、笑い声をあげた。「まさか、わたしが着く前に家を離れてるとは予想もしてなかったけど」

　ラッシュの強い視線が、ずっとわたしにまっすぐ注がれていた。誰にも知られたくない話だった。父に捨てられてどれほど傷ついたか、ケインにはいつも話していた。妹と父親を失ったことは、母とわたしにとってかなりつらい出来事だった。やがてケインがわたしを求めるようになったけれど、彼に必要とされる人にはなれなかった。

わたしには世話をしなければならない病気の母親がいた。わたしがケインを自由にしてあげると、彼はほかの女の子とのデートを楽しむようになった。わたしは彼にのしかかるただの重荷にすぎなかった。わたしたちの友情はそのまま続いたけれど、お互いのあいだにあったと思っていた愛情は、ただの子供じみた感情だった。

「お母さんのことは残念だった」やがてラッシュが言った。「大変だっただろう。三年も闘病生活が続いたと言ったね。じゃあ、きみが十六歳のころからってこと？」

なんと言っていいかわからず、わたしはうなずいた。彼に同情されたくない。ただ寝る場所が欲しいだけだ。

「きみは、仕事とひとり暮らしができる場所を見つける予定なんだな」

彼は質問をしているのではない。わたしが話したことに対して、考えをまとめているのだ。だからわたしは返事をしなかった。

「階段の下の部屋は、一カ月間はきみのものだ。そのあいだに仕事を見つけて、アパートメントを借りるだけの金を稼げばいい。デスティンならここからそう遠くないし、生活費もこのあたりより安い。一カ月経たずに両親が戻ってきたら、きみの父親が力になってくれることを期待しよう」

安堵(あんど)のため息をもらし、わたしは喉のつまりをのみ下した。「ありがとう」ラッシュはわたしが眠っていた部屋に続く食糧庫を見やった。それからまたわたしに視線を戻した。「ぼくはやらなきゃならないことがある。仕事探しがうまくいくといいな」彼はそう言うと、カウンターを離れて出ていった。

トラックはガス欠だけど、ベッドは手に入れた。二十ドルだってある。わたしは急いで部屋に戻ると、バッグと車のキーを手にした。できるだけ早く仕事を見つけなければ。

4

トラックのワイパーの下にメモが挟んであった。わたしはメモを取って読んだ。**ガソリンは満タンだ。グラント。**

グラントがガソリンを入れてくれたの？　ふいに胸が温かくなった。なんて親切な人だろう。ラッシュの〝ヒモ〟という言葉が耳によみがえり、できるだけ早くグラントに代金を支払わなければいけないと気づいた。わたしは父と違って、人にたかるつもりはまったくない。

トラックに乗りこむとエンジンをかけて、バックで私道を出た。屋敷の外には昨晩ほどの台数ではないにせよ、まだ数台の車が残っていた。誰がひと晩泊まったのだろう。ずっとここにいる人？　ラッシュと、彼に追いだされた女性以外に今朝、見かけた人はいなかった。

ラッシュはとてもいい人だとは言いがたいけれど、正直ではある。そこは認めなければ。おまけに恐ろしくセクシーだ。それを見て見ぬふりをするすべを身につける必要があるが、思っているほど難しくないはずだ。ラッシュと接触する機会は多くないだろう。彼はあまりわたしのそばにはいたくなさそうだった。

ガソリンを節約するため、ローズマリー・ビーチで仕事を探そうと決めていた。そうすれば、ラッシュの家から引っ越す時期もいくらか早められるだろう。わたしは地元紙を手に入れて、いろいろな業種の求人に丸印をつけた。二件はレストランのウエイトレスの仕事だったので、わたしは車を停めて求人に応募しに行った。両方の店から、あるいはどちらかからは連絡がもらえそうな手応えがあったものの、どちらの店でもそこで自分が働きたいのかどうかよくわからなかった。でも、ほかに仕事がなければ働くしかないだろう。この手の仕事だとチップは欠かせないけれど、あまり期待できそうもなかった。薬局のレジ係の仕事にも応募しようとしたら、すでにほかの人に決まっていた。小児科医の受付の仕事にも応募しに行ったが、経験が必要だと言われた。残念ながら、わたしには受付の経験はなかった。

丸をつけた求人はあとひとつになった。断られるだろうと思って後回しにしていたのだ。カントリークラブのサービス係で、時給は七ドル以上、これにチップが加わるからもっともらえるだろう。ここで働ければ、もっと早くひとり暮らしを始めることができる。それに福利厚生もある。健康保険があるというのは、わたしにはとてもありがたかった。

求人広告には、クラブハウスの奥にあるメインオフィスまで面接に来るよう書いてあった。わたしは案内板に従って、高そうなボルボの隣にトラックを停めた。バックミラーの角度を調節して自分の顔をチェックした。薬局へ行ったとき、ついでに小さなマスカラを買っておいたのだ。これで多少は大人に見えるだろう。わたしは薄い金色の髪を手ですき、この仕事に就けますようにと短く祈った。

部屋へバッグを取りに行ったときに、ショートパンツとノースリーブのシャツから着替えていた。仕事の面接にはサンドレスのほうが受けがいいと思ったからだ。それにラッシュに子供っぽく見えると言われたので、もっと年上に見せたかった。マスカラとサンドレスが役に立っている気がした。

トラックに鍵はかけなかった。ここで盗まれる危険はない。近くに停めてある車のほとんどが、六千ドル以上はしそうなのだから。オフィスのドアに続く階段は数段しかなかった。わたしは最後に深呼吸すると、ドアを開けて中に入った。

オフィスに足を踏み入れると、茶色の髪を短いボブにしてワイヤーリムの眼鏡をかけた小柄な女性が待合室を突っきってきた。足を止めてこちらをさっと見るなり、彼女はうなずいた。

「仕事の応募に来たのね？」彼女が威圧的な口調で言う。

「はい、そうです。接客係希望です」

彼女は硬い笑みを浮かべた。「結構。あなたは感じがいいわ。その顔ならメンバーの方もミスがあっても見逃してくれるでしょう。ゴルフカートの運転と、栓抜きでビール瓶を開けることはできる？」

わたしはうなずいた。

「採用よ。すぐにコースに出られる人が必要なの。ついてきて。制服に着替えてもらうわ」

反論はしなかった。彼女がこちらに背を向けて別の部屋へと歩きだしたので、わたしもついていった。仕事熱心な女性だ。彼女がドアを開けて部屋に入った。

「ショートパンツのサイズは三でいいかしら？　トップスは今着ているのより小さい

サイズにしましょう。きっと男性たちは喜ぶでしょうね。大きな胸が好きだから。ちょっと待って……」彼女はわたしの胸の話をしている。恥ずかしかった。彼女はラックから白いショートパンツを取りだすと、わたしに押しつけた。次に水色のポロシャツもラックから取り、これも押しつけるように寄越した。「トップスは小さめなの。ぴったりしていなくちゃいけないから。ここは一流のカントリークラブだけど、メンバーの男性たちには目の保養も必要なのよ。だから白いショートパンツにぴったりしたポロシャツ姿の女性を用意しているの。書類は心配しなくて大丈夫。あなたの仕事が終わったあとで記入してもらうわ。一週間働いて問題がなければ、ダイニングルームで働いてもらうことも検討するわ。そっちも人手不足なの。あなたみたいな顔の子はなかなか見つからない。さあ、着替えて。そうしたら、ドリンクのカートのところに案内するから」

二時間後、十八ホールあるゴルフコースの各ホールに二度ずつカートを停めて、ドリンクを売りきった。ゴルファーはみんな、新人か、サービスがいいね、などと声をかけてきた。わたしだって馬鹿じゃない。年輩の男性たちからいやらしい目つきで見られていることには気づいていた。けれどもありがたいことに、全員がそれ以上近づかないよう気をつけているようだった。

わたしを雇った女性は、カートにわたしを乗せて送りだすときにやっと名前を教えてくれた。彼女の名前はダーラ・ロウリー。スタッフの採用をまかされているらしい。とてもせわしない人だった。彼女は、ドリンクが売りきれたときか四時間後、どちらか早いほうで戻ってくるようわたしに指示した。わたしは二時間でドリンクを売りきった。

わたしがオフィスに戻ると、ダーラが奥から顔を出した。

「もう戻ってきたの？」手を腰に当てながら歩いてくる。

「はい。ドリンクが売りきれました」

彼女の眉が上がった。「全部？」

わたしはうなずいた。「ええ。全部」

厳しい顔に笑みが広がったかと思うと、ダーラは笑いだした。

「まあ、驚いた。あなたのことは気に入るだろうと思っていたけど、あの下心まみれの男たちはあなたを引き留めるためだったら、売っているものをなんでも買ってくれそうね」

そういうことなのかどうか、わたしにはよくわからなかった。今日は暑かったし、わたしがコースでカートを停めると、ゴルファーたちはほっとした顔をしているように見えた。

「来て、補充する場所を教えるから。日が落ちるまで売り子をお願い。そのあとはここに戻ってきて、書類に記入してちょうだい」

ラッシュの屋敷に戻るころには、あたりはすっかり暗くなっていた。丸一日外出しているあいだに、私道にあった車はいなくなっていた。四台入るガレージは閉まっていて、高級そうな赤のコンバーチブルがガレージの外に停めてあった。道をふさがないよう気をつけて、トラックを停める。ラッシュの友人がまた来るかもしれないから、トラックが邪魔になるのは避けたかった。わたしは疲れきっていた。とにかくベッドに入りたい。

玄関の前で足を止め、ノックするべきかそのまま中に入るべきか迷った。ラッシュは、一カ月はここにいていいと言った。ということは、帰ってくるたびにノックをする必要はないだろう。

わたしはノブを回して中に入った。入り口には誰もおらず、驚くほどきれいになっていた。誰かがここに散らかっていたものを片付けたのだろう。大理石の床もぴかぴかに磨き上げられている。奥にある広いリビングルームからテレビの音が聞こえた。それ以外に物音は聞こえない。

わたしはキッチンに向かった。わたしを待っているベッドがある。本当はシャワーを浴びたかったけれど、どこのシャワーを使ったらいいのかまだラッシュと話していなかったし、今夜は彼の邪魔をしたくなかった。明日こっそり外に出て、今朝使ったシャワーをまた借りればいい。

キッチンに入ると、ニンニクとチーズの香りが漂ってきた。においに応えるようにおなかが鳴った。バッグの中にはピーナッツバターのクラッカーが入っているし、今日帰ってくる途中でガソリンスタンドに寄って牛乳の小さいパックを買ってきた。今日いくらかチップをもらったとはいえ、食べるものに無駄なお金は使いたくない。できるだけお金を貯めなければ。

ガス台の上に蓋をしたフライパンがのっていて、栓を抜かれたワインがカウンターにあった。その横に、おいしそうなパスタを食べ残した皿も二枚、置きっぱなしになっている。ラッシュが誰かと一緒に食べたのだろう。

外からうめき声が聞こえたかと思うと、すぐにもっと大きな声があがった。

窓に近づくなり、こちらに背を向けたラッシュの月明かりに照らされた下半身が目に入り、その場で凍りついた。とても、とても素敵だ。男性の下半身を後ろからまじまじと見るなんて初めてだけれど。背中へと視線を上げていくとタトゥーがあったので驚いた。何が描かれているのかはわからない。月光はそれほど明るくないし、彼は動いていたからだ。

ラッシュの腰が前後に動いている。彼は、二本の長い脚を体の両脇で押さえていた。彼が動きを速めると、うめき声が大きくなった。わたしは手で口を押さえて後ろに下がった。

ラッシュはセックスをしているのだ。外で。ポーチで。

わたしは目をそらすことができなかった。彼は両脇にある脚を手でつかみ、さらに大きく開いた。大きな叫び声にわたしは飛び上がった。ふたつの手が彼の背中に回され、長い爪が日に焼けた背中のタトゥーを引っかいた。

見ちゃだめよ。ぼんやりとしていた頭を左右に振り、ふたりに背を向けて食糧庫へ、わたしの隠れたベッドルームへと急いだ。ラッシュがあんなことをするなんて思ってもみなかった。たしかに彼はセクシーだ。実際に彼がセックスしているところを目にしたせいで、おかしなことに心臓の鼓動が速まった。彼とセックスをしたあとに捨てられる女性の仲間入りをしたいわけではない。素晴らしい体を見て、女性をどんなふうに感じさせるのかを聞いて、わたしは少し嫉妬していた。こんな気持ちになったのは初めてだった。十九歳でいまだにヴァージンなのを思うと悲しくなる。ケインはわたしを愛していると言ったけれど、わたしが彼を一番必要としていたときに、ケインは病気の母親をほったらかしてこっそり抜けだしてきてセックスを楽しませてくれるガールフレンドを求めていた。普通の高校生としての経験をしたがっていた。わたしがその妨げになっていたので、彼を自由にしてあげた。

昨日の朝、向こうを出発するときに、ここに留まってほしいとケインは言った。愛している、きみをあきらめるなんてできないと。今までつきあった相手はみんな、きみの代用品にすぎなかったと。わたしにはまったく信じられなかった。わたしは幾夜も、ひとりで泣きながら怯えて眠った。抱きしめてくれる人が欲しかった。そのとき、彼はいなかった。ケインは愛というものをわかっていない。

わたしはベッドルームのドアを閉め、ベッドに倒れこんだ。ベッドカバーもめくらなかった。睡眠が必要だ。明日も朝九時から働かなければならない。わたしは嬉しくなって、ひとりほくそ笑んだ。

わたしにはベッドも仕事もある。

5

次の日は、異常なほど日差しがきつかった。ダーラは髪をポニーテールに結ぶのを許してくれなかった。男性は髪を下ろしている女性を好むと思っているらしい。ついていないことに、どうしようもないほど暑かった。わたしはクーラーボックスに手を突っこんで氷を取りだすと、首筋に当ててそのままシャツの中へ滑らせた。もうすぐ今日、三回目の十五番ホールだ。

今朝、部屋を出たときには誰も起きている人はいなかった。空になった皿はバーカウンターに置きっぱなしだった。わたしは、ラッシュがひと晩放置したフライパンの料理を捨てた。ごみになったのを見るのは悲しかった。いいにおいがしていたのに。

それから空のワインの瓶を捨て、昨日、ラッシュと知らない女性がセックスしていたあたりのテーブルに、グラスがあるのを見つけた。汚れた食器を食器洗浄機に入れるとスイッチを入れ、カウンターとガスレンジを拭いた。ラッシュが気づくかどうかは怪しいものだが、ただで泊まらせてもらっている身としてはいくらか気がすんだ。

わたしは十五番ホールでプレーしているゴルファーたちのそばにカートを停めた。若者のグループで、三番ホールですでに顔を合わせていた。彼らはたくさん買ってくれたうえに、チップもはずんでくれた。だから、わたしを口説くような言動も我慢した。向こうだってゴルフコースのカートガールと本気でデートしたいわけではない。わたしも馬鹿じゃないので、それくらいわかる。

「ほら、さっきの子だ」カートを停めたとたんにひとりが言った。

「ああ、ぼくのお気に入りの子が戻ってきた。死ぬほど暑かったよ。冷たいのを一本くれ。いや、二本だ」

わたしはカートから降りると、彼らのところに行って注文を取った。

「今回もミラーでいい？」さっきの注文を覚えていたことを内心誇らしく思いながら、彼に尋ねた。

「ああ、頼む」彼はウインクすると、ぐっと近づいてきた。わたしは少し落ち着かない気分になった。

「なあ、こっちも何か欲しいんだ。ジェイス、どけって」別の男性が言った。わたしは顔に笑みを貼りつけたまま、男性にビールを渡した。彼は二十ドル札をくれた。

「お釣りは取っておいて」

「ありがとう」わたしはそう言うと札をポケットにしまい、ほかの男性たちのほうを向いた。「次はどなた?」

「ぼくだ」背が低く、カールしたブロンドに素敵な青い目をした男性が札を振っている。

「あなたはコロナね?」わたしはそう尋ねながらクーラーボックスに手を伸ばし、彼がさっき注文したビールを取りだした。

「ぼく、恋に落ちたみたいだ。こんな美人が、ぼくが飲んだビールを覚えていてくれるなんて。おまけに栓まで抜いてくれるんだよ」彼は札を差しだしてビールを受け取りながら、わたしを口説いた。「お釣りはきみのものだよ、美人さん」

　ポケットにお金をしまうときに、それが五十ドル札だと気づいた。この男性たちは無駄遣いすることをまったく気にしていないようだ。信じられないくらい気前よくチップを渡す。こんなにいらないと言いたかったけれど、口に出すのはやめておいた。

この人たちはいつもこんなふうにチップをはずんでいるのだろう。

「きみの名前は？」男性のひとりが言った。振り返ると、黒い髪に褐色の肌をした男性が注文とわたしの答えを待っていた。

「ブレアよ」わたしはそう答えると、彼がさっき注文したビールに手を伸ばした。プルタブを引き、彼に渡す。

「ボーイフレンドはいるのかい、ブレア？」彼はビールを受け取るときに、わたしの手の横を指で撫(な)でた。

「ええと、いいえ」この状況では嘘(うそ)をついたほうがいいのかどうかわからなかった。

男性は一歩こちらに近づくと、代金とチップを差しだした。「ぼくはウッズだ」

「あの、会えて嬉しいわ、ウッズ」わたしは口ごもった。黒い目でじっと見つめられて不安になった。危険な人かもしれない。高そうなコロンの香りがする。育ちがよさそうだ。容姿に恵まれていて、本人もそれをわかっている。そんな人が面白半分にわたしの気を引こうとするなんて、どういうつもり？

「ずるいぞ、ウッズ。下がれよ。本気を出してるじゃないか。きみの父親がここのオーナーだからって、優先権があるわけじゃないからな」カールしたブロンドの男性がからかった。わたしには、からかっているように見えた。

ウッズは友人の言葉を無視し、わたしをじっと見つめていた。「仕事は何時に終わる?」

うわあ。わたしの理解が正しければ、ウッズの父親はわたしの一番上の上司だ。オーナーの息子と一緒に過ごすべきではない。きっといけないことに違いない。

「ここが閉まる時間に」わたしは最後のひとりにビールを渡して代金を受け取った。

「ぼくが車で拾うから、どこかで食事でもどうかな?」いつのまにかわたしのすぐそばに立っていたウッズが言った。振り返ったら息がかかる距離だろう。

「暑くて疲れてるの。とにかくシャワーを浴びて寝たいわ」

温かい息が耳にかかる。背中を汗が流れ落ち、わたしは身震いした。「ぼくが怖いのか? 怖がらなくていい。ぼくは危険な男じゃないよ」

ウッズにどう対処していいのかわからなかった。口説いてくる男をあしらうのは得意ではないし、彼が本気じゃないのは確かだ。

もう何年も、わたしに声をかけてくる男性なんていなかった。ケインと別れてからは、わたしの生活は学校と母が占めていた。ほかのことに割ける時間などなかった。

そんなわたしに男性がわざわざ声をかけてくるはずがなかった。

「怖がってるわけじゃないわ。この手のことに慣れていないだけ」わたしは謝るように言った。この場にふさわしい対応がわからない。

「この手のことって？」ウッズが興味深そうな口調で尋ねた。

ようやくわたしは振り返り、彼と向きあった。「男性。口説かれること。少なくとも、今起きているのはそういうことでしょう」馬鹿みたいな物言いだ。ウッズの顔にゆっくりと笑みが広がるのを見て、わたしはゴルフカートの下に潜って隠れたい気分になった。わたしじゃ太刀打ちできない。

「そうだね、たしかに口説いてる。それにしても、きみみたいにとびきり素敵な女性が、この手のことに慣れてないのはどうして？」

彼の言葉にわたしは身をこわばらせ、頭を振った。十六番ホールへ行かなければ。

「ここ何年か忙しかったの。ねえ、ほかに何も買わないなら、もう行っていいかしら。十六番ホールのゴルファーが今ごろ怒ってるわ」

ウッズはうなずくと後ろに下がった。「用はすんでない。まったくね。でも、今のところは仕事に戻らせてあげるよ」

わたしはゴルフカートの運転席に急いで乗りこんだ。次のホールは退職した男性たちのグループだった。年輩の男性に色目を使われるのが嬉しいと思ったことなどこれまでなかったけれど、少なくとも彼らはわたしを口説いたりしなかった。

その日の仕事を終えて自分のトラックへ戻ったときに、ウッズがいる気配がなかったのでほっとした。わたしも、従業員をからかっていただけだとわかってもよさそうなものなのに。この日一日で二百ドルのチップをもらった。ちょっぴり贅沢してまともな食事を買っても大丈夫だろう。わたしはマクドナルドのドライブスルーに寄り、チーズバーガーとフライドポテトを頼んだ。幸せな気持ちで、食べながらラッシュの家に帰った。今夜は屋敷の外に車はなかった。

今日は、彼がセックスをしている現場に踏みこみたくない。でも、彼は自分の車で女性を連れこんでいるかもしれない。わたしは中に入り、玄関ホールで足を止めた。テレビの音はしない。なんの物音も聞こえない。けれど、ドアの鍵はかかっていなかった。わたしは彼が隠し場所を教えてくれた鍵をまだ使ったことがなかった。

今日はとにかく汗をかいたから、ベッドに入る前にシャワーを浴びないと。わたしはキッチンに着くと、セクシャルな行為が行われていないかどうか正面のポーチを確認した。シャワーを浴びに行くのは問題なさそうだ。

わたしは部屋に寄ると、寝るときに着ているケインの使い古しのボクサーショーツとタンクトップを手にした。まだわたしが若くて分別がなかったころに、ケインからもらったものだ。彼は、自分のものを着てわたしに寝てほしがった。それからずっとこれを着て寝ている。けれど、今では当時よりだいぶきつくなっていた。十五歳のころよりは成長して体にめりはりができているのだろう。

わたしは外に出ると、深呼吸して潮の香りを吸いこんだ。ここで過ごす三日目の夜だけれど、まだ実際に水際まで行ったことがない。疲れきって家に帰ってくるので、外へ出る体力が残っていないのだ。階段を下り、寝間着をバスルームに置いてからテニスシューズを脱いだ。

日差しをたっぷり浴びた砂はまだ温かかった。わたしは暗い中で砂浜を歩き、波が足にぶつかるところまで来た。その冷たさに驚いて息をのんだものの、海水が当たっても足は引っこめなかった。

母が海で遊んだ話をしてくれるときはいつも笑っていたことを思い出し、わたしは顔を天国に向けてほほえんだ。やっとここに来た。母とわたし、ふたりのためにここにいる。

　音がして、物思いが破られた。振り返って浜辺を見ると、ちょうど雲の切れ間から月明かりが差しこみ、暗闇にラッシュの姿が浮かび上がった。走っている。

　彼はまたシャツを着ていなかった。細い腰の低いところに引っかけるようにショートパンツをはいている。わたしはこちらに向かって走ってくる彼の体を、魅せられたように見つめた。動くべきなのか、わからなかった。彼が足取りをゆるめ、やがてわたしの隣で止まった。胸を流れる汗が柔らかい光を受けてきらめいている。おかしなことに、わたしは手を伸ばして触れたくなった。これほど美しい体から出た分泌物が汚いはずがない。そんなわけはない。

「帰ってきたね」ラッシュは何度か大きく息をしながら言った。

「ちょうど仕事が終わったところよ」わたしはどうにかして彼の胸から視線をそらし、目を見て答えた。

「じゃあ、仕事が見つかったのかい？」

「ええ。昨日」

「どこで働いてるんだ？」

しゃべりすぎている気がするのはどうしてだろう。ラッシュは友達ではない。当然ながら、家族だと思ったこともない。わたしたちの親同士は結婚したかもしれないけれど、彼はわたしの父ともわたしとも関わりたがっていない感じがした。

「ケリントン・カントリークラブよ」わたしは言った。

ラッシュは眉を上げて近づいてきた。片手をわたしのあごにかけて、顔を上げさせる。「マスカラを塗ってるな」わたしをじっくり眺めて言った。

「ええ、そうよ」わたしは彼の手からあごを引いた。ラッシュはわたしを家に泊めてくれているかもしれないけれど、触れてほしくはない。あるいは、触れてほしいのかもしれない。そこが問題だ。わたしに触れることを彼に気に入ってほしくなかった。

「マスカラのおかげで年相応に見える」ラッシュは後ろに下がると、ゆっくりとわたしの服装を値踏みした。「ゴルフコースのカートガールだな」あっさりそう言うと、またわたしの顔を見た。

「どうしてわかるの？」

彼が手を振った。「その服装。白のショートパンツにぴったりしたポロシャツ。制服だろう」

暗くて助かった。顔が真っ赤になっているに違いない。

「だいぶ稼いだんじゃないか？」面白がっているような口ぶりだった。

二日間で五百ドル以上のチップをもらった。ラッシュにとっては大金ではないだろうけれど、わたしにとってはかなりの額だ。

わたしは肩をすくめた。「わたしが一カ月以内にここを出ていけそうだって知ったら、きっとあなたはほっとするでしょうね」

ラッシュはすぐには返事をしなかった。ここを離れてシャワーを浴びに行ったほうがいいだろうか。わたしが何か言おうとしたら、彼が距離を縮めてきた。「そうあるべきなんだろうな。ほっとする。心からほっとするべきなんだ。だが、そうは思えない。ほっとなんかしないよ、ブレア」彼はそこで言葉を切ると、わたしに身を寄せて耳元でささやいた。「どうしてだろうな？」

わたしは波打ち際の濡れた地面に崩れ落ちてしまわないよう、手を伸ばして彼の腕をつかみたかった。けれど、思いとどまった。

「ぼくから離れておけ、ブレア。近づきすぎるのは望んでいないだろう。昨日の夜だって……」ラッシュは音をたてて息を吸った。「昨日の夜のことが頭から離れない。

きみが見てるのはわかっていた。頭がどうにかなりそうだ。だから離れていろ。ぼくもできるだけきみから離れているようにする」彼はわたしに背を向けると、ゆっくり走りながら屋敷へと戻っていった。わたしは砂の上の水たまりに溶けてしまわないよう、その場に突っ立っていた。

どういうこと？　わたしが見ていると、どうしてわかったの？　ラッシュが屋敷に入ってドアを閉めるのを確認してから、わたしは戻ってシャワーを浴びた。彼の言葉が気になり、その夜はほとんど眠れなかった。

6

同じ屋根の下に暮らしている以上、ラッシュと距離を取るのはそれほど簡単ではなかった。どんなに彼が距離を置こうとしていたとしても、偶然顔を合わせることはある。向こうは目を合わせないようにしていたけれど、そうされるとかえって彼に惹かれていった。

浜辺で話してから二日後、キッチンに行くと先日とは別の半裸の女性がいた。髪の毛はとかされていなくてくしゃくしゃだったものの、きれいな人だった。わたしの苦手なタイプだ。

彼女は振り返ってわたしを見た。驚いた顔はすぐに迷惑そうな表情に変わった。茶色の目を縁取るまつげをしばたたかせ、片手を腰に当てる。「今、食糧庫から出てきた？」

「ええ。あなたはラッシュのベッドから出てきたの？」わたしは言った。自分を止める前に、口をついて出てしまった。ラッシュからはすでに、自分のセックスライフに関わるなと告げられていたのに。ちゃんと口を閉じておかないと。

女性は完璧に整えられた両方の眉を上げたが、すぐに面白がっているような笑みを口元に浮かべた。「いいえ。でももしラッシュがいいって言うなら、彼のベッドに入らないこともないわ。ただし、グラントには絶対言わないでよ」彼女はハエでも追い払うかのように片手を振った。

わたしは困惑した。「じゃあ、あなたはグラントのベッドから出てきたところなの？」そう尋ねてから、また気がついた。これもわたしには関係ないことだ。でもグラントはここに住んでいないのだから、不思議ではある。

女性はくしゃくしゃになった茶色の巻き髪を手ですいて、ため息をついた。「ええ。というか、彼の昔のベッドからね」

「昔のベッド？」わたしは繰り返した。

戸口で人が動く気配がしたのでそちらに視線を向けると、ラッシュと目が合った。彼はにやにや笑いながらわたしを見ていた。最高。詮索しているのを聞かれてしまった。わたしは視線をはずして、彼のベッドから出てきたかなんて尋ねていないふりをしたかった。しかし訳知り顔の彼の目は、そんなことをしても無駄だと語っていた。

「おいおい、ぼくのせいで話をやめないでくれ、ブレア。グラントの客をもっと厳しく問い詰めてやるといい。あいつはきっと気にしない」ラッシュがゆったりと言った。胸の前で腕を組み、くつろいだ様子で戸口にもたれている。

わたしは首をすくめてごみ箱に向かうと、指についていたパン屑を払いながら考えをまとめた。ラッシュが聞いている前で、これ以上会話を続けたくない。彼にやたらと興味を持っていると思われかねない。そんなことを彼は望んでいないはずだ。

「おはよう、ラッシュ。昨日はわたしたちを泊めてくれてありがとう。グラントがすっかり酔っぱらって、自分の家まで運転できなくなっちゃったから助かったわ」女性が言った。

へえ。そういうことね。ふうん。なぜわたしは好奇心に負けて理性を失ってしまったのだろう?

「グラントは、自分の好きなときに部屋を使っていいってわかってるから」ラッシュが答えた。戸口を離れてカウンターに向かう彼を、視界の端でとらえた。彼はまだわたしを見ている。なぜ彼は見逃してくれないの？　そうすれば、わたしは静かにこの場から離れるのに。

「ええと、わたしはそろそろ階上に戻るわね」女性はそわそわしながら言った。

ラッシュはそれには応じず、わたしはふたりのどちらにも視線を向けなかった。女性はそれを出ていく合図だと判断したのだろう。階段を上がる足音が聞こえてからわたしは顔を上げ、ラッシュのほうを見た。

「好奇心もほどほどにしろよ、ブレア」ラッシュが近づきながらつぶやいた。「ぼくがまた、女性を泊めたと思ったんだな？　ふうん？　彼女がひと晩じゅうぼくのベッドにいたか確かめたかったのか？」

わたしは大きく息をのんだが、何も言わなかった。

「ぼくが誰と寝ようがきみには関係ない。この話は前にもしたね？」

わたしはどうにかうなずいた。彼がこのまま見逃してくれるなら、この家で顔を合わせた女性とは二度と口をきかない。

ラッシュはこちらに手を伸ばし、わたしの髪をひと房、指に巻きつけた。「きみはぼくのことなど知りたくないだろう。知りたいと思っているかもしれないが、実はそうじゃない。間違いない」

彼が恐ろしくハンサムで、わたしのすぐそばにいるのでなければ、その言葉を信じるのもたやすかっただろう。でもラッシュがわたしを遠ざけようとすればするほど、わたしは彼にそそられてしまう。

「きみはぼくの想像とは違ってる。思っていたとおりならよかったのに。それならもっと楽だったのに」ラッシュは低い声で言うとわたしの髪を放し、背を向けて出ていった。裏手のポーチにつながるドアが閉まると、わたしは詰めていた息を吐いた。どういう意味？　彼はわたしがどんなふうだと想像していたの？

その日の夜、仕事から帰ってくるとラッシュはいなかった。

わたしは目を覚ますと、ナイトスタンドの小さな目覚まし時計を見た。午前九時過ぎだった。本当にぐっすり眠った。伸びをしてから、手を伸ばして電気をつけた。昨日の夜にシャワーを浴びたので、体はきれいだ。今週は千ドル以上稼いだ。今日からアパートメントを探しはじめる予定だった。来週の今ごろまでには、ひとり暮らしをする部屋を見つけたい。

起きる前に髪を落ち着かせようと、手ぐしでとかした。今朝は少しのあいだ、浜辺でごろごろするつもりでいた。今までにやったことがない。今日なら、海と陽光を楽しめるだろう。

ベッドの下からスーツケースを引っ張りだすと、白とピンクのビキニを探して中をあさった。一着だけ持っている水着だ。実を言うと、ほとんど着たことがないけれど、白いレース模様にピンクの縁取りはわたしの肌の色に映えるはずだ。

ビキニを身に着けてみると、記憶にあるよりも露出度が高い気がした。もしかしたら、前に着たときと体つきが変わったのかもしれない。スーツケースからタンクトップを引っ張りだしてビキニの上からかぶり、日焼け止めを手に取った。働きはじめた日に買ったものだ。日焼け止めはわたしの仕事には欠かせない。

電気を消し、食糧庫を出てキッチンに入った。「おいおい。誰だ？」明るいところへ出たとたん若い男性の声がして、わたしは驚いて足を止めた。バーカウンターのそばに座ってぽかんとこちらを見ている見知らぬ男性から、冷蔵庫のそばに立っているグラントへ視線を移す。

「きみは毎朝、そんな格好で部屋から出てくるのか？」グラントが尋ねた。

キッチンに人がいるとは思ってもいなかった。「ええと、いいえ。いつもは仕事用の服を着てるわ」わたしがそう答えると、グラントよりも若い、バーカウンターにいた男性が口笛を吹いた。十六歳以上ということはなさそうだ。

「カウンターにいるホルモン過剰の馬鹿は気にしなくていい。名前はウィル。こいつの母親とジョージアナが姉妹なんだ。だから、ややこしくて回りくどいけど、ぼくの年下のいとこに当たる。昨日の夜、百回目の家出をしてここに来たものだから、こいつを引き取って家まで送っていけってラッシュが電話してきてね」

ラッシュ。なぜ彼の名前を聞くだけで鼓動が速くなってしまうの？ 彼が悔しいくらいに完璧だからよ。それが理由。わたしは頭を振ってラッシュへの思いを振り払った。「会えて嬉しいわ、ウィル。わたしはブレア。同情したラッシュが、わたしが自分の部屋を借りられるようになるまで住まわせてくれてるの」

「ねえ、ぼくと一緒に家に帰ろうよ。ぼくなら階段の下になんか寝かせない」ウィルが言った。

わたしは笑みを抑えきれなかった。なんて無邪気な誘いだろう。「ありがとう。でも、あなたのお母さんがいいと言うとは思えないわ。わたしは階段の下で大丈夫。

ベッドは寝心地がいいし、銃を抱えて眠らずにすんでいるから」

グラントは含み笑いをし、ウィルは目を見開いた。「銃を持ってるの？」ウィルが感心したような口調で言った。

「そこまで。きみに恋をする前にこいつを連れだしたほうがよさそうだ」グラントはそう言うと、今コーヒーを入れたばかりのカップを取り上げた。そしてドアに向かいながら急かす。「来い、ウィル。さっさとしないとラッシュを起こして、不機嫌なあいつの相手をさせるぞ」

ウィルはグラントのほうを見てから、悲しげな顔でわたしに目を向けた。そんな表情もかわいかった。

「ほら、ウィル」グラントがさらに強い口調で言った。

「待って、グラント」彼がドアまで行く前に、わたしは声をかけた。

彼は振り返ってこちらを見た。「うん？」

「ガソリンを入れてくれてありがとう。お給料をもらったらすぐに代金を払うわね」

グラントは首を振った。「いや、金なんていらないよ。そんなことしたらすねてやるからな。でも、どういたしまして」彼はウインクしてから、警告するようにウィルをにらみ、キッチンを出ていった。

わたしはウィルに手を振った。あとで、グラントの気を悪くせずに代金を受け取ってもらう方法を考えないと。何か手があるはずだ。でも今は別の予定がある。わたしは外に出られるドアへ向かった。初めて、昼間にビーチを堪能するときが来た。

バスルームから借りてきたタオルを広げた。今夜、洗濯すればいい。体を拭くのに使えるタオルはこの一枚だけで、今わたしはそれを砂まみれにしている。でもビーチにはそれだけの価値がある。

ビーチは静かだった。ラッシュの屋敷がほかの家から離れているせいか、長く延びたビーチには人がいなかった。気が大きくなったわたしはタンクトップを脱ぎ、丸めて頭の下に入れた。それから目を閉じて波が浜辺に打ち寄せる音を聞きながら、安心して眠った。

「日焼け止めを塗ったほうがいいと思うよ」低い声が聞こえ、わたしは声がしたほうに体を向けた。すっきりした男らしい香りが素敵。もっと近くに行かないと。

わたしはまぶしい日の光から目をかばいながら、そばに座っているラッシュを見た。彼はわたしをじろじろと眺めている。彼の声に含まれている気がしたぬくもりやユーモアは消えていた。

「日焼け止めは塗ったのか？」

わたしはどうにかうなずくと、体を起こして座った。

「よかった。この滑らかなクリーム色の肌が赤くなるのは見たくない」

彼はわたしの肌を滑らかでクリーム色だと思っている。褒め言葉に聞こえたけれど、ありがとうと言うのがこの場にふさわしいのかどうか自信がなかった。「ええと、ここに出てくる前に塗ってきたわ」

ラッシュはまだこちらをじっと見ていた。わたしはタンクトップに手を伸ばしてビキニの上に着たいという衝動と戦った。わたしは彼と一緒にいるのを見かけた女性たちのようにセクシーな体つきをしていない。彼女たちと比べられている気がして嫌だった。

「今日は仕事じゃないのか？」やがてラッシュが言った。

わたしは首を振った。「今日はお休み」

「仕事の調子はどうだ？」

まあまあ感じのいい態度だ。少なくともわたしを避けようとはしていない。愚かだとはわかっていたけれど、わたしはラッシュの注意を引きたかった。なぜ彼に惹きつけられるのかは説明がつかない。彼が距離を取ろうとすると、わたしはさらに近づきたくなる。ラッシュが首をかしげて眉を上げ、わたしが何か言うのを待っている。ちょっと待って。たしか彼に何か尋ねられていたはず。まったく、あの銀色の瞳のせいだ。集中するのが難しい。「ええと、なんだっけ？」顔が熱くなるのを感じながらきき返した。

彼がくすくす笑い、ゆっくりと繰り返す。「仕事の調子はどうだ？」

馬鹿な真似をするのをやめないと。わたしは姿勢を正した。「うまくいってるわ。気に入ってる」

ラッシュは笑顔になると海のほうを見つめた。「だと思った」

わたしは彼の言葉をしばらく考えてから尋ねた。「どうしてそう思ったの？」

ラッシュはわたしの体を上から下まで眺め、また視線を上に戻した。わたしはタンクトップを着ておかなかったことを悔やんだ。「自分の容姿はわかっているだろう、ブレア。かわいい笑顔も含めて。そんな笑顔を見せられたら、男性ゴルファーは気前がよくなるに決まってる」

チップについてはラッシュの言うとおりだ。彼にそんなふうに見つめられて、わたしは息が乱れた。その目に映るわたしを気に入ってくれたらいいと思ったけれど、結果が怖くもあった。もし彼の気が変わって距離を取るのをやめると言われたら？　わたしはついていける？

ふたりともまっすぐ前を見つめたまま、しばらく黙って座っていた。ラッシュが物思いにふけっているのがわかった。あごに力が入っていて、眉間にはしわが寄っている。わたしは自分が話したことを思い返した。彼が怒るようなことを言った覚えはない。

「お母さんが亡くなったのはいつ？」わたしに視線を戻してラッシュが尋ねた。

母のことを彼には話したくなかった。でも、質問を無視するのは失礼だ。「三十六日前よ」

まるで何かに怒っているかのように彼のあごがこわばり、眉間のしわが深くなった。

「きみの父親は病気のことを知ってたのか？」

こちらも答えたくない質問だった。「ええ。知ってたわ。母が亡くなった日には電話もかけた。父は出なかったけど。だから留守電にメッセージを残したの」父が折り返し電話をかけてこなかったことで、わたしは認めたくないくらいに傷ついた。

「父親を憎んでる？」ラッシュが尋ねた。

憎めたらよかったのに。妹が亡くなった日から、父はわたしの人生に痛みしかもたらしていない。それでも、父を憎むのは難しかった。わたしに残された家族は父だけだから。

「たまに」わたしは正直に答えた。

ラッシュはうなずくと、手を伸ばして自分の小指とわたしの小指を絡めた。何も言わなかったけれど、この瞬間に言葉はいらなかった。このささやかな触れ合いで充分伝わってくる。わたしはラッシュのことをほとんど知らないかもしれないが、彼に心を奪われつつあった。

「今夜、パーティを開く。妹のナンの誕生日パーティだ。いつも妹のためにパーティを開いてるんだ。きみはそういうのは得意じゃないかもしれないけど、もしよかったら参加してほしい」

ラッシュの妹？　妹がいるの？　ひとりっ子だと思っていた。ナンって、わたしが着いた夜にすごく失礼だった女性じゃない？　「あなた、妹がいるの？」

彼は肩をすくめた。「ああ」

なぜグラントは、ラッシュはひとり息子だと言ったのだろう？　さらに説明してもらえるのを待ったが、彼は黙ったままだった。そこで、わたしから尋ねてみることにした。「あなたはひとり息子だって、グラントが言ってたけど」

ラッシュは身をこわばらせた。頭を振りながら絡めていた小指をほどき、海へと視線を戻した。「そんなことをきみに話す権利なんて、グラントにはないのに。あいつがどんなにきみのパンティの中に潜りこみたがってるにしても」ラッシュは立ち上がるとこちらを振り返りもせずに、屋敷へと戻っていった。

ナンの件は禁句なのだろう。どういうことなのかはわからないけれど、禁句なのは間違いない。だから詮索するべきではない。わたしは立ち上がると、海へと向かった。暑かったが、ラッシュを頭から追いだせるものが必要だった。彼に対して少しガードをゆるめるたびに、そうしてはいけない理由を思い知らされる。彼は変わっている。セクシーでハンサムで興味をそそられるとはいえ、変わっている。

わたしはベッドに座り、家の中にあふれる笑い声や音楽を聞いていた。一日じゅう、パーティに出るかどうか、気持ちがくるくる変わっていた。結局行くことに決め、いまだに持っているたった一枚のドレスに着替えた。胸とヒップに沿うベビードールのようなラインの赤いドレスで、スカート丈は太ももの半ばくらいまでしかない。ケインがプロムに誘ってくれたときに買ったものだった。そのあと彼はプロムのキングにノミネートされ、クイーンにはグレース・アン・ヘンリーがノミネートされた。彼女はケインと一緒にプロムに行きたがった。ケインはわたしに電話をかけてきて、グレースと一緒に行ってもかまわないかと尋ねた。このふたりがキングとクイーンの座を勝ち取るだろうと噂されていて、ふたりで一緒に行けばクールだと彼は思ったらしい。わたしはかまわないと答え、ドレスはクローゼットにしまった。当日の夜、わたしは映画を二本レンタルしてブラウニーを焼いた。母とわたしはロマンティック・コメディを見ながら、おなかがいっぱいになるまでブラウニーを食べた。母が化学療法のせいで気分が悪くなることもなく、ブラウニーのようなおやつを食べられた最後の記憶だ。

今夜、わたしはそのドレスをスーツケースから出しておいた。パーティに来ている人の基準からすれば高価な服ではない。本当にシンプルなドレスだ。赤い生地は柔らかいシフォン。わたしはしまっておいた母の銀色のハイヒールを見つめた。母が自分の結婚式で履いた靴だ。わたしは昔からこの靴が好きだった。母がこの靴を履くことは二度となかったけれど、きちんと包んで箱にしまってあった。

この部屋の外に出たら恥をかく可能性が高いけれど、あえて危険を冒すことにした。みんなと打ち解けることがわたしにはできない。高校生のときでさえそうだった。わたしの人生はずっと、気まずさに満ちていた。その場に溶けこむということを学ぶ必要がある。高校を出たばかりの人づき合いの下手な女性から卒業しなければ。だって、もっと大きな問題を抱えているのだから。

立ち上がるとドレスを手で撫でつけ、パーティに参加するかどうか悩んでいるあいだについた座りじわを伸ばした。パーティに行こう。ドリンクをもらって、話し相手がいるか探してみよう。完全な失敗に終わったら、いつだってここに逃げ帰ってこられる。寝間着に着替えてベッドで丸くなればいい。わたしにとって、大切な小さな一歩だ。

食糧庫のドアを開けてキッチンに行ってみると、ありがたいことに誰もいなかった。食糧庫から出てきた理由を人に説明するのはなかなか難しい。グラントが大笑いしながら誰かと話している声がリビングルームから聞こえてきた。彼なら話し相手になってくれるかもしれない。グラントと話しているうちにパーティになじめるだろう。深呼吸すると、キッチンを出て廊下を進み、玄関ホールに出た。白いバラと銀色のリボンがあちこちに飾られている。誕生日パーティというより結婚式みたいだ。正面玄関が開き、思わず息をのんだ。足を止めてそちらを見ていると、見覚えのあるけぶるような黒い瞳と目が合った。ウッズにゆっくりと品定めするように見つめられて、頬が熱くなる。

「ブレア」彼の視線がやっとわたしの顔に戻ってきた。「まだセクシーになる余地が残っていたとはね。ぼくが間違ってたな」

「ああ、きみか。本当にかわいい格好だね」カールしたブロンドに青い目の男性がわたしにほほえみかけた。彼の名前は思い出せなかった。そもそも名前を聞いていたかしら？

「ありがとう」かすれた声でどうにか言った。またいたたまれなくなってきたけれど、今がこの場に溶けこむチャンスだ。うまくやらないと。

「ラッシュがゴルフを再開したとは知らなかったな。それとも、誰かほかの人と来たのかい?」ウッズの言っていることを理解するのに少し時間がかかった。仕事で知りあった誰かとここに来たと思われているのだと気づいて、わたしはにっこりした。まったくそんなことはない。

「誰とも一緒に来てないわ。ラッシュは、その、ラッシュの母親とわたしの父が結婚したの」ほら、これで説明がつくでしょう。

こちらへ向かってくるウッズの顔にゆっくりと笑みが広がっていった。「そうなのか? つまり彼は義理の妹をカントリークラブで働かせてるのか? へえ。ずいぶん不親切なんだな。ぼくにきみみたいな妹がいたら閉じこめておくけどな……ずっと」彼は足を止めると、手を伸ばして親指でわたしの頰を撫でた。「もちろんぼくは一緒にいるよ。きみに寂しい思いをさせたくないからね」

ウッズに口説かれている。それもかなり直接的に。こんなのわたしの手に負えない。彼はあまりに手慣れている。わたしは距離を取りたかった。

「きみの脚には警告シールを貼っておかないとね。〝接触禁止〟って」ウッズの声が少し低くなる。彼の肩の向こうに目をやると、ブロンドの男性がふたりから離れていくところだった。

「あなたは……ラッシュの、それともナンネッテの友達？」わたしは最初に会ったときにグラントが教えてくれた名前を思い出しながら言った。

ウッズが肩をすくめた。「ナンとぼくは込み入った友人関係なんだ。ラッシュはお互い生まれたときから知ってる」彼はわたしの背中に手を滑らせた。「でも、ナンは絶対にきみのことが気に入らないだろうな」

わたしには意味がわからなかった。最初の夜以来、ナンとはまったく接触していない。「彼女とは知り合いとは言えないの」

ウッズは怪訝（けげん）そうな顔をした。「本当に？　それは変だな」

「ウッズ！　ここにいたのね」甲高い声とともに女性が部屋に入ってきた。彼は顔だけをそちらに向けた。入ってきたのは、艶（なま）めかしい曲線を描く体をかろうじて黒のサテンで覆い、カールした赤毛をダウンスタイルにまとめた女性だった。ウッズの注意を引いてくれそうだ。わたしは彼から離れてキッチンに戻ろうとした。勇気を振り絞る時間はもう終わりだ。

ウッズに腰を押さえられ、わたしはその場に留められた。「ラニー」ウッズの返事はそれだけだった。女性の大きな茶色い目がわたしに向けられる。彼の手がわたしの腰に回されているのに彼女が気づくのを、わたしは見つめていた。これはわたしが望んでいた状況ではないけれど、この場に溶けこまなければ。

「この子、誰?」女性はわたしをにらみつけながら、嚙(か)みつくように言った。

「彼女はブレア、ラッシュの新しい妹だ」ウッズがうんざりした口調で言った。

女性は目を細くしたかと思うと、笑いだした。「まさか、ありえないわ。こんな安っぽいドレスに、もっと安っぽい靴を履いてるのよ。この子がなんて言ってるのか知らないけど、嘘をついてるのよ。でも、あなたはいつだってかわいい顔に弱いものね、ウッズ?」

本当に、部屋から出なければよかった。

7

「パーティに戻ってまぬけな男相手に爪でも研いだらどうだ、ラニー？」

ウッズは、パーティが盛り上がっている部屋へ向かって歩きだした。腰にしっかりと手を回されたままのわたしは、彼と一緒に歩くしかなかった。

「わたしは自分の部屋に戻ったほうがいいと思うの。今夜はやっぱり来るべきじゃなかった」わたしはパーティ会場の手前で止まろうとした。ウッズと一緒に入っていくべきじゃない。それはまずいとわたしの勘が告げている。

「きみの部屋を見せてくれないか？ ぼくもここから逃げだしたい」

わたしは首を振った。「ふたりも入れるほど広くないの」

ウッズは声をたてて笑うと、わたしの耳元で何か言おうと頭を下げた。わたしの目はラッシュの銀色の瞳に吸い寄せられた。彼がじっとわたしを見ている。嬉しそうなわたしの勘違い？」

「帰らないと。今日のパーティへの招待は礼儀からで、本気じゃなかったの？　わたしにここにいてほしくないと思っているはずよ」わたしは顔を上げてウッズを見ると、彼の手から逃れようと下がった。

「ばかばかしい。きみが何をしていようが、彼は忙しすぎて気にもしないさ。それに、もうひとりの妹の誕生日パーティにきみに出席してほしくない理由があるか？」

また妹の話が出てきた。なぜグラントは、ラッシュはひとり息子だなんて言ったのだろう？　ナンは間違いなく彼の妹だ。「わたしは、ええと、彼は実際のところ、わたしのことを家族だとは思ってないの。まったく望まれていない、彼の母親の新しい夫の娘っていうだけ。実際、わたしがここにいるのは、ひとり暮らしできる部屋へ引っ越すまでのあいだの数週間だけだし。この家では邪魔な居候なのよ」わたしは無理に笑みを作りながら、これでウッズが状況を理解して解放してくれればと思った。

「きみが望まれていないなんてことはないだろう。ラッシュにどんなに見る目がなかったとしても」ウッズがそう言ってまた近づいてきたので、わたしは後ろに下がった。

「来い、ブレア」命じるようなラッシュの声が後ろから聞こえたかと思うと、大きな手で腕を引っ張られて背中から彼にぶつかった。「今夜、きみが来るとは思わなかった」とがめるような口調に、わたしはやはり招待を誤解していたのだと悟った。彼は本気で誘ったのではなかった。

「ごめんなさい。来てもいいと言われたと思ったから」ウッズに聞かれていることを恥ずかしく思いながら、わたしは小さい声で言った。ほかの客たちもこちらを見ている。勇敢になろうと決心して自分の殻から出るたびに、こういうことになる。

「そんな服装で姿を見せるとは思ってなかった」ラッシュは恐ろしいほど穏やかに言った。その目はまだまっすぐにウッズを見据えていた。このドレスのどこがそんなにまずかったのだろう？　母は苦労してこのドレスを買ってくれたのに、着る機会がなかった。母がこれを買った当時の我が家にとって、六十ドルは大金だった。甘やかされたお坊ちゃんたちから気味の悪い格好でもしているかのように言われ、胸が悪くなった。わたしはこのドレスを気に入っている。この靴を気に入っている。両親だって、昔は幸せで愛しあっていた。この靴はそのころの名残だ。この人たち、全員最悪だ。

わたしはラッシュの手を振りほどくと、キッチンへ向かった。わたしのせいで友人に笑いものにされるからこの場にいてほしくないというなら、彼ははっきりとそう言うべきだ。彼が言わなかったせいで、わたしはすっかり恥をかいた。

「どうしたっていうんだ、なあ?」ウッズが怒りながら言った。

わたしは振り返らなかった。喧嘩(けんか)になればいい。憎らしいほど完璧なラッシュの鼻をウッズが殴ってくれればいいのに。でも、そうはならないだろう。ラッシュはお坊ちゃんグループの一員ではあるが、ほかの人より荒っぽい雰囲気がある。

「ブレア、待って」グラントに大声で呼ばれた。無視してしまいたかったけれど、この場で一番友人と呼べそうなのは彼だ。わたしは廊下に出て見物人たちから離れると足取りをゆるめ、グラントが追いついてくるのにまかせた。

「きみが思ってるようなことじゃないんだ」グラントがわたしに追いついて言った。わたしは笑い飛ばしたかった。彼は自分の兄に関することとなると物事がよく見えなくなるようだ。

「どうでもいいわ。わたしは来るべきじゃなかった。本気の招待じゃないと悟るべきだった。自分の部屋に留まっていてほしいなら、そう言ってくれたらよかったのに。

言葉遊びはわたしには通用しないわ」わたしは言い返すと、キッチンに入り、まっすぐ食糧庫へ向かった。

「ラッシュは問題を抱えている、それは認める。でも奇妙でめちゃくちゃなやり方だけど、彼なりにきみを守ろうとしているんだ」グラントが言った。わたしは食糧庫のドアの冷たい真鍮に手をかけた。

「これからも彼の長所を信じてあげて、グラント。仲のいい兄弟ってそういうものでしょうから」わたしはそう言うと勢いよくドアを開け、後ろ手に閉めた。胸の痛みをやわらげるために何度か深呼吸をすると、自分の部屋に入ってベッドに座った。

パーティはわたしに向いていない。パーティに参加したのは二度目だけれど、最初のときも今回よりましとは言えなかった。それどころか、今回よりひどかったかもしれない。わたしはケインを驚かせようと思ってパーティに行ったのに、驚いたのはわたしのほうだった。彼はジェイミー・カークマンのベッドルームで、彼女の裸の胸を口にくわえていたのだ。セックスはしていなかったけれど、する前の段階だったのは間違いない。わたしは静かにドアを閉めると、裏手のドアから帰った。何人かがわたしの姿を目にしていて、わたしがどんな場面に踏みこんだかも知っていた。ケインは一時間後にわたしの家までやってきて、許してほしいとせがみ、ひざまずいて泣いた。

わたしは十三歳のときからケインが好きで、ファーストキスの相手も彼だった。ケインのことは嫌いになれなかったが、彼を手放すことにした。それがふたりの関係の終わりだった。彼の良心の呵責をやわらげてあげて、わたしたちは友人になった。たまにケインは取り乱して、愛してる、やり直そうと言いだすこともあったけれど、普段は週末になるたびに違う女の子をマスタングの後部座席に乗せていた。わたしとのことは子供時代の思い出になっていた。

今夜は誰かに裏切られたわけではない。ただ恥をかいただけだ。手を伸ばして母の靴を脱ぐと、母がいつもそうしていたように丁寧に箱にしまった。それから箱をスーツケースに戻した。今夜、この靴を履くんじゃなかった。次にこの靴を履くのは、特別な機会にしよう。誰か特別な人のために。

ドレスだって同じこと。次にこのドレスを着るのは、わたしを愛し、これを着たわたしをきれいだと思ってくれる人のためだ。ドレスの値段なんて関係ない。ドレスのファスナーを下ろそうとしたところで、ドアが開いた。狭い戸口がラッシュの体でふさがれた。彼はとても怒っている。

ラッシュは何も言わなかった。わたしは両手を体の脇に下げた。まだドレスを脱ぐわけにはいかない。彼が中に入ってきてドアを閉めた。この狭い部屋に彼は大きすぎる。彼と触れあわないようにするためには、わたしは後ろに下がってベッドに座らなければならなかった。

「どうやってウッズと知りあった？」とがった声でラッシュが言った。

困惑して彼を見上げながら、なぜウッズと知り合いなのがそんなに気に入らないのだろうと思った。ふたりは友達なんでしょう？　違うの？　きっと自分の友達のそばにわたしがいることが嫌なのだろう。「彼のお父さんがカントリークラブのオーナーなの。ゴルフをする彼に、わたしはドリンクを提供しただけよ」

「なんでそんな格好をしたんだ？」冷たくこわばった声だった。

とどめの一言だった。わたしは立ち上がると、ラッシュの顔をまっすぐ見られるよう爪先立ちをした。「パーティで着るようにって母が買ってくれたからよ。最初に着る機会がキャンセルになって、その後もずっとチャンスがなかった。今夜あなたが招待してくれたから、浮かないようにしたくて持っている服の中で一番素敵なこのドレスを着たの。たいしていい服じゃなくて悪かったわね。でも、これだけは言わせて。

どう思われようと、わたしは全然気にならないわ。それよりあなたや、お高く留まってる甘やかされたお友達のみなさんは、その性格をなんとかしたほうがいいんじゃないかしら」

わたしは指でラッシュの胸を押してにらみつけた。ドレスについては、まだ言ってやりたいことがあった。

ラッシュは口を開いたが、やがて目をぎゅっと閉じて頭を振った。「くそっ！」彼はうめいてぱっと目を開けると、いきなりわたしの髪に両手を差し入れ、唇を重ねてきた。わたしはどう反応したらいいのかわからなかった。ラッシュの唇は柔らかかった。彼は何かをせがむようにわたしの下唇をなめ、嚙んだ。それからわたしの上唇をくわえて優しく吸った。

「きみがぼくのリビングルームに入ってきたときから、このかわいくてふっくらした唇を味わいたくてしかたなかった」そうつぶやくと、彼の言葉に息をのんだわたしの口に、舌を滑りこませてきた。ラッシュはミントと何か芳醇(ほうじゅん)な味がした。わたしは膝に力が入らなくなり、体を支えようとラッシュの肩にしがみついた。彼の舌は誘うようにわたしの舌をなぞった。わたしは少しだけ彼の唇をくわえ、下唇を優しく嚙んだ。ラッシュが小さくうめき声をもらした。次の瞬間、気づくとわたしは背後の狭いベッドに仰向けにされていた。

ラッシュにのしかかられながら、脚のあいだに硬いものが押しつけられ、彼が興奮していることを悟った。わたしは目が回りそうになり、抑えきれないうめき声が唇からもれた。

「甘い、すごく甘い」ラッシュはキスしたままそう言うと唇を離し、わたしの上から飛びのいた。その目はわたしのドレスに据えられていた。ドレスはウエストまでめくれ上がって、パンティが見えていることにわたしは気がついた。「かんべんしてくれ」ラッシュは片手で壁を殴るとドアを勢いよく開け、追われているかのように部屋から出ていった。

　ばたんとドアが閉まったせいで壁が揺れた。わたしは身じろぎもしなかった。できなかった。鼓動が速く、脚のあいだは覚えのあるうずきを感じていた。テレビでセックスシーンを見たときにこんな気分になったことがあるけれど、これほど強烈ではなかった。達してしまいそうなくらいだ。彼はわたしとのキスをいいと思いたくなかったのに、そう思ってしまったようだ。わたしにもそれが伝わってきた。けれど一方でわたしは、彼がほかの女性とセックスしている場面を目の当たりにもしている。それに昨日の夜だって、彼は別の女性とセックスして追い返していた。ラッシュをその気にさせるのは、それほど大変でもないのだろう。実際、わたしはほぼ何もしていない。彼があんなに怒ったのは、彼をその気にさせたのがわたしだったからだ。

わたしを魅力的だと思いたくないほどラッシュに嫌われていると考えると傷ついた。脚のあいだのうずきは、現実が見えてくるにつれてゆっくりとおさまっていった。ラッシュはわたしに触れたくなかった。彼が腹を立てたのは、わたしに触れてしまったから。興奮していても、彼はわたしから手を引くことができた。わたしは少数派なのだろう。ラッシュを求めた女性たちはたいてい、彼を手に入れている。わたしは、手を出したいと彼に思ってもらえなかった。ラッシュにとってわたしは、引っ越し代ができるまでと押しつけられた、貧乏な白人にすぎないのだ。

わたしはベッドの上で転がると、体を丸めた。もうこのドレスを着ることはないかもしれない。悲しい記憶が追加されてしまった。永遠にしまいこむときかもしれない。でも今夜は、これを着たまま眠ろう。これで夢に別れを告げられるだろう。わたしのことだって求めてくれる男性が必ずいるという夢に。

8

翌朝起きだしてみると、家の中はまた散らかっていた。今回は散らかったものをそのままにして、わたしはカントリークラブへと急いだ。遅刻したくなかった。何にもまして、この仕事が大事なものになっていた。父はいまだに、娘の様子を確認するための電話一本すら寄越さない。ラッシュが何も言わないところを見ると、彼も母親やわたしの父と話をしていないのだろう。父に対する怒りをこちらに向けられたくなくて、ラッシュに尋ねてみる気にはなれなかった。

今日、屋敷に戻るなり、出ていってほしいとラッシュに言われる可能性は高い。昨日の夜、わたしの部屋からすごい勢いで出ていったときの彼は、わたしがいるのを喜んでいるようには見えなかった。それにわたしは彼にキスを返し、唇を吸った。まったく、何を考えていたの？　何も考えていなかった。そこが問題だ。ラッシュはあまりにもいいにおいがして、あまりにも素敵な味がした。わたしは自分を抑えられなかった。帰ってきたら、荷物がポーチに放りだされていても不思議じゃない。一応、モーテルに泊まれるだけのお金はあるけれど。

ショートパンツとポロシャツに着替えると、わたしはオフィスの階段を上がった。そこでタイムレコーダーを押し、ドリンクのカードの鍵を受け取らなければならないのだ。

すでにダーラは出社していた。わたしは、彼女はここに住んでいるのではないかと思いはじめていた。毎日、わたしが帰るときも来たときにも彼女はいるからだ。ダーラはせっかちなのでちょっと怖い。吠えるように命令されると敬礼したくなってしまう。今、彼女はわたしが会ったことのない女性を相手に顔をしかめていた。ダーラは相手を指さして、怒鳴るように言った。

「メンバーとつきあうのはだめ。何より重要な規則よ。あなたは契約書にサインしたでしょう、ベサン。だったら規則はわかっているはず。ミスター・ウッズが今朝早くに来て、今回の件でお父様が不満を持っていると教えてくれたわ。うちにカートガールは三人しかいない。でも、あなたがメンバーと寝るのをやめると信じられなければ、辞めてもらうしかないの。これが最後の警告よ。わかった?」

女性はうなずいた。「わかったわ、ダーラおばさん。ごめんなさい」彼女は小さな声で言った。女性は長い茶色の髪をポニーテールにしていて、水色のポロシャツ姿だと豊かな胸が目立っていた。おまけに日に焼けた長い脚と丸いお尻の持ち主であるうえに、ダーラの姪だという。なかなか興味深い。

ダーラの怒った目がわたしに向けられた。彼女はほっとしたようなため息をついた。「よかった、ブレア、来ていたのね。あなたならわたしの姪をなんとかできるかしら。この子は仕事中にメンバーとセックスするのをやめられなくて、今は執行猶予中なの。うちは売春宿じゃない。カントリークラブなの。来週いっぱいこの子をあなたの隣に乗せるから、しっかり見張っておいて。あなたから学ぶこともあるでしょう。ミスター・ウッズがあなたを褒めていたわ。仕事ぶりがよくて満足したから、少なくとも週に二度はダイニングルームで働いてもらったらどうかって。今、新しいカートガールを募集しているところで、ベサンをくびにする余裕はないのよ」彼女はうなるような声でその名前を口にすると、また姪をにらんだ。

ベサンは恥ずかしそうにうなだれた。わたしは彼女に同情した。ダーラは怒らせると怖い。あんなふうに怒鳴られる自分を想像できなかった。

「わかりました」わたしが答えると、ダーラは手にしていたカートの鍵を寄越した。

鍵を受け取ると、わたしはベサンがこちらに来るのを待った。

「ほら、彼女と一緒に行くのよ。ふくれっ面で突っ立っていないで。あなたのお父さんに電話して今回の件を伝えるべきなんだけど、兄の心を傷つける気にはなれないわ。だから行きなさい、モラルは守ってね」ダーラがドアを指さしたので、わたしはそれ以上待たなかった。急いでドアから出ると、階段を下りた。ドリンクカートの準備をしに行って、そこでベサンを待とう。

「ねえ、待って」彼女が後ろから声をかけてきた。足を止めて振り返ると、ベサンが走ってきて追いついた。「ごめんなさい。最悪な場面に居合わせたわよね。あんなところ、見せたくなかったんだけど」

彼女は……いい子だ。

「大丈夫」わたしは言った。

「ところで、わたしはベティって呼ばれてるの。ベサンじゃなくて。父がベサンって呼ぶからダーラおばさんもそう呼ぶのよ。あなたは悪名高いブレア・ウィンね。いろいろ聞いてるわ」彼女の口ぶりから、まったく悪意はないとわかった。

「おばさんがわたしを無理やり押しつけたんだとしたら、悪かったわね」わたしがにらむと、ベティのふっくらした真っ赤な唇が笑みを形作った。

「あら、おばさんから聞いたんじゃないわ。男性たちからよ。とくにウッズはかなりあなたがお気に入りみたいね。昨日の夜、尻軽ナンの誕生日パーティでもあなたのせいでひと騒動あったって聞いたわ。わたしも見たかったな、でも見習いの身じゃあんなところに招待されないもんね」

わたしはベティが突っ立ってこちらを見ているあいだに、カートに荷物を積みこんだ。彼女は長い茶色の髪をひと房、指に巻きつけて、わたしに向かってにっこりと笑った。「だから、あなたはわたしのたったひとりのコネなの。全部話して」

たいして話すことはない。荷物を積み終えると、わたしは肩をすくめてカートの運転席側に回った。「わたしがパーティに参加したのは、引っ越すお金が貯まるまでラッシュの家に泊まってるから誘われただけのこと。もうすぐ出ていくわ。昨日のことは全部間違いだったの。彼は本当はわたしになんか来てほしくなかった。そういうことよ」

ベティはわたしの隣の座席に座ると、脚を組んだ。「聞いてた話と違う。ウッズがあなたに触れてるのを見たラッシュがキレたって、ジェイスは言ってたわ」

「ジェイスは何か勘違いをしたのよ。信じて。わたしが誰に触られようとラッシュは気にしないわ」

ベティはため息をついた。「貧乏人って最悪じゃない？　かっこいい男性たちはわたしたちに本気になってくれない。ファックするだけの相手なのよ」

ベティにとってはそんなふうだったの？　男性の誘いに応じてみたら、事がすんだらすぐにぽいっと捨てられちゃったってこと？　そんな目に遭うには、ベティはあまりにもかわいい。わたしの故郷の男性たちならきっと彼女の足元によだれを垂らすに違いない。彼らは銀行に何百万ドルもの資産を預けてはいないかもしれないけれど、育ちのいい素敵な男性ばかりだ。

「下品な金持ちじゃない、魅力的な男性はいないの？　ここに来る人たちから選ばなきゃいけないわけじゃないのよ。翌日の朝になってもあなたを放りだしたりしない男性を絶対に見つけられる」

ベティは顔をしかめて肩をすくめた。「どうかしら。わたしっていつも大金持ちをつかまえたくなっちゃうの。わかるかしら？　いい生活を送りたい。でも、そういうことはありえそうにないってわかってきてはいるの」

わたしは一番ホールに向かった。「ベティ、あなたは美人だわ。今みたいな扱いを受けるなんてもったいない。ここ以外の場所で男性を探してみたらどうかしら。あなたにセックスばかり求めてこない男性がいるはずよ。あなたを求めてくれる男性を探すの。あなた自身を求めてくれる男性を」

「うわあ、わたし、あなたに恋しそうだわ」ベティは茶化すように言って笑った。わたしが今朝最初のゴルファーのためにカートを停めようとブレーキをかけると、彼女はダッシュボードに足をかけて体を支えた。

若い男性はどこにも見当たらなかった。若者は普通、早起きはしない。しばらくのあいだはベティが繁み(しげ)の中でいやらしいことをするのを――あるいはなんであれ、彼女が仕事中にすることを――止めなければと心配しなくてすみそうだ。

四時間後、今日三度目の三番ホールへ向かうと、ウッズとその仲間がいることに気がついた。ベティが座席に背筋を伸ばして座りなおし、わくわくした顔を見せたので、わたしはかなり警戒した。誰かが骨を投げてくれるのを待っている子犬のようだ。彼女のことをこれほど気に入っていなければ、仕事を辞めなくてすむよう手を貸したりしないのに。ベティのお守りは、わたしの仕事内容には含まれていない。

わたしたちがそばに行くと、ウッズが眉根を寄せた。「なぜベティを乗せて回ってるんだ？」カートが完全に停まったとたん彼が言った。

「わたしがあなたのお友達とファックしてあなたを怒らせないよう、彼女は力を貸してくれてるのよ。なんでダーラおばさんに言いつけたの？」ベティは口をとがらせ、美しい胸の前で腕を組んだ。わたしたちのまわりにいる男性全員の目が、その大きな胸に吸い寄せられているのは間違いない。

「そんなことは頼んでない。ブレアを昇進させてほしいとは言ったが、きみにくっつけておけなんて頼まなかった」ウッズは噛みつくように言うと、ポケットから携帯電話を取りだした。何をするつもり？

「誰に電話してるの？」ベティは身を乗りだすと、慌てた様子で尋ねた。

「ダーラだ」彼は怒鳴るように答えた。

「だめ、待って」ベティとわたしは同時に言った。

「電話しないで。わたしなら大丈夫。ベティのことを気に入ってるの。いい相棒よ」

わたしは言った。

彼はしばらくわたしを見つめていたが、電話を切ろうとはしなかった。「ダーラ、ウッズだ。気が変わった。ブレアは週四日、中の仕事に回してほしい。金曜と土曜はコースに出してもらってかまわない。その曜日は忙しいし、ここにいる中で彼女が一番優秀だから。でも残りの日は、中の仕事にしてくれ」彼は返事を待たずに電話を切り、携帯電話を糊のきいた格子縞のショートパンツのポケットに戻した。普通の人だったら垢抜けない格好に見えてしまいそうなものだが、ウッズは見事に着こなしている。彼が着ている白いポロシャツにもきっちりアイロンがかかっていた。新品だったとしても驚かない。

「ダーラおばさんは激怒するわ。あと二週間は、ブレアにわたしのお守りをさせるつもりだったから。今度は誰がわたしを止めてくれるのかしら？」尋ねながら、彼女は色っぽい視線をジェイスに向けていた。

「なあみんな、ぼくのことが嫌いじゃないなら、よそを向いててくれないか。ほんの数分だけ、彼女をクラブハウスまで送っていかせてほしい。頼むよ」ジェイスは座っているベティに見とれながらせがんだ。彼女はダッシュボードに足をのせ、股間がはっきりと見えるように脚をわずかに開いていた。わたしたちがはいているショートパンツは丈が短くてぴったりしているので、そういう姿勢を取ると、かなり想像をかき立てられる。

「きみが何をしようと、ぼくはまったく気にならない。どうしてもしたいならベティとファックすればいい。だが、もしまた父にかぎつけられたら、今度こそ彼女をくびにせざるを得ない。父はこの手の苦情には我慢ならない人だから」

ベティがくびになってもジェイスが力になってくれないことはわかりきっている。彼女を見捨てて次の相手を探すだけだ。ジェイスの目の中にあるのは愛情じゃない、ただの欲望だ。

「ベティ、だめよ」わたしは横から小さな声で言った。「夜に仕事が入ってない日に一緒に出かけて、時間を割く価値がある男性がいそうな場所で相手を探しましょう。ジェイスのせいで仕事を失うのはだめ」わたしはベティにだけ聞こえるよう、かなり声を落として話した。男性陣はわたしが何か話していることはわかっても、内容までは聞こえないはずだ。

ベティはこちらを向いてわたしをじっと見つめると、膝を閉じた。「ほんとに？

彼氏探しにつきあってくれるの？　わたしのよく行くお店で？」

わたしがうなずくと、彼女の顔に笑みが広がった。

「交渉成立。一緒にホンキートンク（カントリーミュージックを演奏するバーの一種）に行きましょう。あなたがブーツを持ってるといいんだけど」

「わたしはアラバマ出身よ。ブーツも、ぴったりしたデニムも、銃も持ってるわ」わたしはウインクした。

ベティはきゃっきゃと笑って足を下ろした。「オーケイ、みんな、何が飲みたい？　わたしたち、次のホールに行かなきゃいけないの」彼女はカートから降りて、後ろに回りこんだ。わたしも彼女のあとに続き、ふたりでドリンクを渡しては代金を受け取った。

ジェイスが何度かベティのお尻をつかもうとしたり、耳元でささやこうとしたりしていたが、彼女は振り返って彼ににっこりと笑いかけた。「あなたのセフレはもう終わり。わたしは週末になったらこの子と出かけて、本物の男性を見つけるつもりよ。信託財産は持ってないけど、きつい仕事をまじめにこなして手にたこができているような男性をね。そういう人なら、女性を特別な気分にさせてくれる気がする」

ショックを受けたジェイスの顔を見たら胸の奥から笑いがこみあげてきて、どうにかこらえるはめになった。わたしがカートに戻るとベティも隣に飛び乗った。

「すごくいい気分。どうして今まであなたと巡りあわなかったのかしら？」彼女はわたしがカートを出すと両手を叩き、次のホールに向かいながら笑顔でウッズに手を振った。

残りのホールを回り、ドリンクを補充するためにカートを停めた。もう問題は起きないだろう。ウッズたちのグループにまた会うかもしれないけれど、ベティがしっかり断れると信じられた。彼女はわたしの横で、自分の髪の色から、つい最近も同僚やクラブのメンバーを相手にして妊娠の恐怖に怯えたことまで、ありとあらゆる内容を楽しそうにしゃべっていた。

わたしは一番ホールにいるグループに注意を払っていなかった。カートを運転しながらも、ベティのとめどないおしゃべりに耳を傾けようとしていた。するとベティがいきなり大声をあげたので、はっとした。

わたしはベティを見てから、その視線の先をたどった。一番ホールにはカップルがいた。すぐにラッシュだとわかった。黄褐色のショートパンツにぴったりした水色のポロシャツ姿は、まったく彼らしくなかった。わたしが見たことのある、背中のタトゥーには全然似合わない。彼はロックミュージシャンの息子で、お上品なゴルファーの服装を身にまとっていても、体にはロッカーの血が流れている。彼が振り返り、わたしと目が合った。彼はほほえまなかった。まるで知らない人を目にしたかのように、さっと目をそらした。わたしだと気づいた様子もいっさい見せなかった。

「嫌な女よ、気をつけて」ベティがささやいた。わたしはラッシュから、一緒にいる女性へと視線を移した。ナンネッテだ、彼はナンと呼んでいた。彼の妹だ。彼がわたしに話したがらなかった妹。彼女は短い白のスカート姿で、これからテニスでもしそうに見えた。スカートに似合う青いポロシャツを着て、ストロベリーブロンドの巻き毛の上に白のサンバイザーをのせていた。

「ナンネッテが好きじゃないの？」さっきの言葉から答えは想像がついていたけれど、わたしは尋ねた。

ベティは短い笑いをもらした。「うん。あなたもでしょう。あなたは彼女にとって一番の敵だもんね」

それはどういう意味？　彼女に尋ねることはできなかった。ティーグラウンドからもこの兄妹からもほんの二メートルしか離れていないところにカートを停めたところだった。

わたしはもう、ラッシュと目を合わせようとはしなかった。ラッシュは明らかに世間話さえしたくない様子だ。

「冗談でしょ。ウッズは彼女を雇ったの？」ナンが怒った。

「やめろ」ラッシュが注意した。妹を守りたかったのか、わたしを守りたかったのか、それともひと騒動起きるのを避けたかったのかはわからなかった。いずれにせよ、わたしはむっとした。

「ドリンクはいかがですか？」わたしはほかの客に問いかけるときと同じ笑みを浮かべた。

「少なくとも自分の立場はわきまえてるみたいね」ナンは面白がっているような傲慢な口調で言った。

「コロナをくれ。ライムつきで頼む」ラッシュが注文した。

わたしはちらっとラッシュのほうを見たが、彼は一瞬わたしに目をやっただけですぐにナンのほうを向いた。「何か飲めよ。暑いだろう」

彼女はわたしににやりと笑いかけると、きれいにマニキュアを塗った片手を腰に当てた。「スパークリングウォーターをもらうわ。ちゃんとまわりを拭いてね。水から出したまま濡れてるのは我慢ならないの」

ベティがクーラーボックスに手を入れてドリンクを取った。わたしがナンの頭にドリンクを投げつけかねないと思ったのかもしれない。

「最近はここではあまり見かけなかったわね、ナン」ベティがタオルで瓶を拭きながら言った。

「きっとあなたが仕事もせずに、繁みの中で誰かさんのために脚を広げるのに忙しかったからじゃない」ナンが答えた。

わたしは歯を食いしばり、ラッシュのコロナの栓を抜いた。このビールをナンの気取った顔に投げつけてやりたかった。

「もう充分だ、ナン」ラッシュが軽く妹を叱った。まるで子供扱いじゃない？　五歳児を相手にしているかのような態度だ。どう考えてもナンは大人なのに。

わたしはナンのほうを見ないよう気をつけながら、ラッシュにコロナを渡した。ふっと弱気になってしまいそうになる。そんな気持ちを振り払おうと、わたしは彼が瓶を受け取るときにしっかり目を合わせた。「ありがとう」ラッシュはそう言うと、わたしのポケットに札を滑りこませた。わたしがそれに反応する間もなく彼は後ろに下がり、ナンの肘をつかんだ。「行くぞ、いまだにぼくには勝てないってところを見せてもらおう」彼はそう言って妹をからかった。

ナンは肩でラッシュの腕を押した。「あなたが負けるんだからね」彼に話しかける声には心からの好意がにじんでいることに、わたしは驚いた。彼女みたいに意地悪な人が、誰かに感じよく接していることが信じられなかった。

「行きましょ」ベティが怒りながら言い、わたしの腕をつかんだ。わたしは、突っ立ったままふたりを眺めていたことに気がついた。

わたしがうなずいてふたりに背を向けようとしたとき、ラッシュが振り返ってわたしのほうを見た。口元に小さな笑みが浮かんでいる。けれどすぐにナンのほうを向き、どのクラブを使うのかと尋ねた。わたしたちの時間は終わり。これがそうだったとしての話だけれど。

誰にも話を聞かれないところまで来ると、わたしはベティのほうを見た。「なぜ、わたしが一番の敵だなんて言ったの？」

ベティは座席の上でもじもじと動いた。「正直言って、わからないのよ、本当に。でも、ナンはラッシュに対して独占欲丸出しだわ。みんな知ってることよ……」声がだんだん小さくなる。ベティはわたしと目を合わせようとしなかった。彼女は何かを知っている、でも何を？　わたしは何を見逃しているの？

9

仕事を終えてラッシュの屋敷に戻ると、外に何台か車が停まっていた。とにかく絶対に、彼がセックスしているところにでくわしたくはなかった。ラッシュがすごくキスがうまくて、彼の手に触れられるのがすごく素敵だと知った今となっては、彼が誰かと行為に及んでいるのを見て冷静でいられる自信がない。馬鹿みたいだけれど、本心だ。

わたしはドアを開けて中に入った。官能的な音楽が、全室につながっている音響システムから大音量で流れていた。そう、わたしの部屋以外の全室に。キッチンに向かおうとしたところで、女性のうめき声が聞こえてきて、胃が引きつった。聞こえなかったことにしようとしたけれど、足が大理石の床にしっかりと吸いついてしまった。動けない。

「そうよ、ラッシュ、そのまま。もっと強く。もっと強く吸って！」女性が叫んだ。わたしは嫉妬を覚え、ひたすら腹が立った。気にしちゃだめ。ラッシュはわたしにキスしたかと思うと、嫌な顔をして毒づき、逃げていった。

見たくないものがあるとわかっているのに、わたしは声のしたほうへと歩いていた。これは列車事故のようなものだ。脳裏に焼きついてしまうのは嫌なのに、見に行かずにはいられない。

「うーん、そうよ。お願い、触って」女性がねだる声がした。わたしは一瞬ひるんだけれど、そちらへ進み続けた。リビングルームに足を踏み入れると、ふたりがソファにいるのが目に入った。女性の上半身は裸で、片方の乳首はラッシュの口の中にあった。彼の手は女性の脚のあいだに差し入れられている。見ていられない。ここから出ていかないと。今すぐに。

勢いよく背を向けると、わたしは玄関へと急いだ。そっと出ていこうとか、そんな気遣いはしていられなかった。ふたりが冷静になって誰かに見られていたと気づく前に、トラックに乗って私道から出ていってしまおう。ラッシュは部屋をのぞいたのが誰なのか確かめるために、わざわざソファの上から動いたりはしないだろう。いつわたしが帰ってきてもおかしくないと彼は知っているはず。つまり、見てほしかったということだ。自分は女性に困らない、わたしなんかを相手にするはずがないと念を押しているのだ。今はわたしだって、彼の相手なんてしたくない。

車で町を走りながら、ガソリンの無駄遣いをしている自分にいらだった。お金は節約しないといけないのに。公衆電話を探したけれど、どこにも見当たらなかった。公衆電話があったのは昔の話で、今は携帯電話を持っていなければお手上げだ。たとえ見つけたところで、わたしはいったい誰に電話をするつもりだったのだろう。ケインだろうか。先週、向こうを出て以来、彼とは話していない。いつもなら週に一度は話しているのに。でも電話がなければどうしようもない。

グラントの携帯番号は荷物の中に突っこんである。でも、なぜグラントに電話をするの？　おかしいじゃない。彼に話さないといけないことなんて、何もない。わたしは、町にたった一軒しかないコーヒーショップの駐車場にトラックを停めた。雑誌でもめくりながらコーヒーを飲んで時間をつぶしてもいい。飲み終わるころには、ラッシュのセックス大会も終わっているだろう。

ラッシュがわたしにメッセージを伝えようとしていたのなら、はっきりと伝わった。

そんなメッセージは必要なかったけれど。お金持ちの男性は自分には向いていないとすでに悟っている。わたしは定職に就いている素敵な男性を見つけるというアイディアが気に入っていた。赤いドレスと銀色の靴をいいと言ってくれる男性を。

トラックから飛び降りてコーヒーショップに向かって歩いていくと、ベティがジェイスと一緒に店内にいるのが目に入った。ふたりが激しく言い争っているのは奥の角のテーブルだったけれど、窓越しに見えた。とりあえずベティは人目のあるところで彼と話をすることにしたようだ。彼女がうまくやれるよう祈りつつ、わたしは近づくのをやめた。わたしは彼女の母親ではない。ベティはたぶんわたしよりも年上だ。少なくとも外見はそう見える。自分の時間を誰に費やすべきか、自分で決められるはずだ。潮風が鼻をくすぐった。わたしは通りを渡り、公共のビーチへ向かった。そこならひとりになれる。

暗い浜辺に波が打ちつける光景に、心がなぐさめられた。だから、わたしは歩いた。母のことを思い出しながら。妹のことも思い出してみた。まだつらくなることが多いので、めったに妹のことは思い出さないようにしている。今夜は、気持ちを紛らわせるものが欲しかった。まったく自分のタイプではない男性に愚かな興味を抱くなんてことよりも、はるかに苦しい経験をしてきたと自分に思い出させる必要があった。幸せだった日々の記憶がよみがえるにまかせて……わたしは歩いた。

ラッシュの屋敷の私道に車を乗り入れたときには、真夜中を過ぎていた。外にほかの車はなかった。誰が来ていたにせよ、もう帰ったようだ。わたしはトラックのドアを閉めて階段に向かった。玄関の明かりがつき、暗い空を背景に屋敷がぬっと浮かび上がる。まるでラッシュみたいだ。

わたしが手をかける前にドアが開いた。ラッシュが入り口をふさぐように立っていた。わたしに出ていくよう告げに来たのだ。だいたい予想どおりだったので、たじろぎもしない。わたしは自分のスーツケースはどこかと見回した。

「どこへ行ってた？」低い、かすれた声でラッシュが尋ねた。

わたしははっと彼を見上げた。「あなたに関係ないでしょう？」

彼はドアの外まで出てくると、始めからたいしてなかったふたりの距離をぐっと縮めた。「心配した」

心配した？　わたしはため息をつくと、顔にかかっていた髪を耳の後ろにかけた。

「全然信じられない。あなたは今夜、ほかのことになんて気づかないくらいお相手と忙しそうだったじゃない」口からこぼれでる言葉がどうしても嫌味っぽくなる。

「思っていたよりきみが帰ってくるのが早かったんだ。見せるつもりはなかった」

それならまだましだ。わたしはうなずくと、体重を片足からもう一方の足へ乗せ替えた。「毎晩、わたしはほぼ同じ時間に帰ってきているのよ。あなたはわたしに見せたいんだと思ってた。まあ、よくわからないけど。わたしはあなたのことをなんとも思ってないわ、ラッシュ。あと何日か泊まる場所が必要なだけ。じきにこの屋敷からも、あなたの生活からも出ていくわ」

彼は小さく毒づくと空をにらみ、やがてわたしに視線を戻した。「ぼくには、きみが知らない事情があるんだ。ぼくはきみが手を伸ばしていいタイプの男じゃない。ぼくは厄介事を抱えている。それもたくさん。きみみたいな人には荷が重すぎる。父親の印象から判断して、きみはもっと違うタイプの人だと思ってた。だが、きみは父親とは似ていないな。ぼくみたいな男からは離れているべき女性だ。ぼくはきみにふさわしくない」

わたしはぱっと笑いをもらした。あんな振る舞いに対する言い訳としては、聞いたことがないくらい最悪だ。「本気で言ってるの？　そんな言い訳しかできないの？

わたしは部屋のこと以外、何も頼んでいないわ。あなたに求められたいなんて思ってない。絶対に。あなたとわたしは住む世界がまったく違うみたいね。あなたがいるのは、わたしには遠く及ばない場所。わたしは良家の出身じゃない。安物の赤いドレスを着てるし、銀色のハイヒールに思い入れがある。あれは母が結婚式で履いた靴だから。有名ブランドのはいらない。そして、あなたは有名なのよ、ラッシュ」

　ラッシュはわたしの手を取って家の中へと引っ張りこんだ。何も言わずにわたしを壁に押しつけると、頭の両側に手をついてわたしを閉じこめた。

「ぼくは有名なんかじゃない。しっかり覚えておいてくれ。ぼくはきみに触れられない。どうしようもなく触れたくて、苦しくてしかたないけど、できないんだ。きみを傷つけたくない。きみは……きみは完璧で、無垢だ。それにきっと最後には、きみはぼくを許せなくなる」

　彼の瞳に浮かぶ悲しみを目の当たりにして、胸の中で心臓が痛いほど打った。銀色の瞳の奥深くにある感情が伝わってきた。どこかが痛むかのように、彼の額にはしわが寄っていた。「もしわたしが、あなたに触れてほしいって言ったら？　わたしもそれほど無垢なわけじゃないかもしれないわよ。もう汚れてるかも」わたしの体はまったくの無垢だったけれど、ラッシュの目を見つめていたら彼の痛みをやわらげたくなった。わたしから離れてほしくなかった。彼に笑ってほしかった。この美しい顔が、苦悩にゆがんでいるなんて。

ラッシュは指でわたしの横顔を撫で、耳の形をなぞり、親指をあごに滑らせた。

「ぼくは大勢の女性を相手にしてきた、ブレア。信じてくれ、きみほど完璧な女性には会ったことがない。その瞳の中の純粋さが、ぼくを見て悲鳴をあげる。ぼくはきみの服を一枚残らずはぎ取って、きみの中に自分を埋めたいと思っている。でも、できないんだ。今夜のぼくを見ただろう。ぼくはめちゃくちゃで病んでる、最低野郎だ。きみに触れるわけにはいかない」

今夜の彼を見た。別の夜の彼も目にした。ラッシュは大勢の女性とセックスをしているのに、わたしには触れたくないという。わたしが完璧すぎると言って。彼はわたしを理想化して、手を出さないつもりだ。それでいいのかもしれない。わたしはラッシュと寝ることはできないし、ひとかけらだって心を渡す気もない。彼はずっとあいまいな言葉でわたしを言いくるめようとしている。もしわたしが体を許したら、これまでに経験したことがないほど傷つけられることだってありうるのだ。わたしのガードは完全にゆるんでしまうだろう。

「オーケイ」わたしは言った。言い争うつもりはなかった。こうするのが正しいはず。「せめて友達になれない？　あなたに嫌われたくないの。友達になりたい」情けない声になった。友達になってと頼む自分を止められないほど、わたしは寂しかった。

ラッシュは目を閉じて深く息をついた。「きみと友達になろう。友達になれるよう精一杯頑張るけど、かなり慎重にならないと。近づきすぎたらだめだ。きみといると、自分が手に入れられないものを求めてしまう。きみの小さくてかわいい体が、信じられないほどぼくの奥底まで入りこんでくる気がするんだ」彼は声を落とすと、唇をわたしの耳に寄せた。「それに、きみの味も。中毒になる。思い返し、思い描いてしまうんだ。きっと素敵なはずだ……唇以外の場所も」

わたしはラッシュにもたれかかって目を閉じた。彼の息遣いが荒くなったのが聞こえた。

「無理だ。くそっ。やっぱり無理だ。友達になんてなれないよ、ブレア。ただの友達になんて」彼はそうつぶやくと、わたしから離れて階段のほうへと歩きだした。

わたしは壁に寄りかかって、ラッシュが歩み去るのを見送った。まだ動けない。彼とすぐそばで話したせいで、体がしびれていた。

「階段下の部屋になんかいさせたくない。本当に嫌なんだ。でも階上の部屋に移ってもらうのは無理だ。手を出さずにはいられなくなる。きみには安全な場所に引っこんでいてほしい」ラッシュはこちらを振り返らずに言った。こぶしが白くなるほど、階段の手すりを強く握っている。彼は一瞬立ち止まったが、すぐに階段を駆け上がっていき姿を消した。ドアが閉まる音が聞こえ、わたしは床に座りこんだ。

「ああ、ラッシュ。どうすればいいの？　気持ちを別のところに向けないと」わたしは誰もいない玄関ホールでつぶやいた。わたしには、誰かほかに心を向ける人が必要だ。ラッシュではない誰かが。手近にいてくれる誰かが。歯止めをかけるにはそれしかない。ラッシュは危険すぎる。もし友達になるなら、わたしの心にとって、わたしには気持ちを向ける別の相手が必要だ。できるだけ早く。

10

ダーラはわたしをダイニングルームへ異動させることに納得しておらず、コースに出したがった。ベティの監視もしてほしがった。ベティによると、もうジェイスとは会わないことにしたそうだ。あの日の午後、二十回もジェイスが電話してきたので、一緒にコーヒーを飲んだ。ふたりの関係を誰にも言えない秘密扱いするのなら、もう会わないと彼に告げた。ジェイスは関係を続けたいと迫ったくせに、友人たちに彼女を紹介することは拒んだ。だから彼を捨てた。わたしはベティが誇らしかった。

明日は休みなので、ベティはわざわざ、ホンキートンクに行く予定は変わっていないかどうか、わたしに確認しに来た。もちろん変わっていない。わたしには男性が必要だ。どんな人でもいい、ラッシュから目をそらせてくれる男性を見つけなければ。

ダイニングルームで働きはじめたその日、わたしは一日じゅう、ジミーについて回った。彼はわたしの教育係だ。ジミーは魅力的で、背が高くてカリスマ性があり、ゲイだった。カントリークラブのメンバーたちは彼がゲイであることは知らないけれど。ジミーは恥ずかしげもなく女性たちに誘いの言葉を投げる。彼女たちが大喜びするからだ。誰かがいやらしいことを彼の耳にささやくと、ジミーはわたしを振り返ってウインクしてみせた。女たらしだけれど、その割にはいい人だ。

彼のシフトが終わると、わたしたちはスタッフルームに行き、制服の上から着用することになっている黒くて長いエプロンをフックにかけた。「うまくやっていけそうじゃない、ブレア」ジミーが言った。「男性たちはあなたをすっかり気に入ってるし、女性たちもいい印象を持ってる。これは決して悪口じゃないんだけど、あなたみたいなプラチナブロンドの髪の子は普通、くすくす笑わないとまっすぐ歩けない子が多いから」

わたしは彼ににっこりと笑いかけた。「そうなの？　そのコメントは悪口だと思うけど」

彼は目をぐるりと回し、わたしの頭を軽く叩いた。「いいえ、違う。自分がとびきりきれいなブロンドの美人だって知ってるでしょう」

「もう新入りに心変わりか、ジム?」ウッズだった。

ジミーは彼に気取った笑みを向けた。「よく知ってるくせに。ぼくの好みは独特だって」彼はセクシーな声でささやきながら、ウッズの体に上から下まで視線を走らせた。

ウッズが居心地悪そうに顔をしかめる。わたしは笑わずにはいられなかった。

ジミーが身を寄せてきた。「ストレートの男性との恋愛は苦しいものなの」彼は耳元でささやくと、わたしのお尻を叩いてドアから出ていった。

出ていくジミーを見送ったウッズは、あきれた顔をしながら部屋の奥へ入ってきた。ジミーの性的指向を知っているのは間違いない。「今日は楽しかったかい?」彼が優しく尋ねた。

その日の仕事は楽しかった。ものすごく楽しかった。流し目を使ってくる年輩の男性を相手に、暑い中で汗まみれになる仕事よりはるかに楽だ。「ええ。すごく。ここで働けるようにしてくれてありがとう」

ウッズはうなずいた。「どういたしまして。さて、きみの昇進を祝って海岸沿いまでメキシコ料理を食べに出かけないか?」

彼はまたわたしをデートに誘っている。行ったほうがいい。彼なら気持ちを紛らわす相手になってくれるだろう。わたしが求めている労働者階級の人ではないけれど、彼と結婚して子供を作ろうってわけじゃないでしょう?

ラッシュの姿と、昨日の夜に見た彼の苦しげな表情がふと頭をよぎった。やはりラッシュの知人とデートに行くことはできない。もしラッシュが本気であんなことを言っていたのだとしたら、彼の世界から距離を置く必要がある。わたしはそちらの世界の住人ではない。

「また今度でもいい? 昨日の夜はあまり眠れなくて、疲れているの」

ウッズはがっかりした顔をしたけれど、代わりの女性を探すのが難しくないのはわかっていた。「ラッシュの家では今夜、パーティがあるよ。知っているだろうが」彼がこちらの反応をうかがうようにじっと見てくる。

パーティのことは知らなかったものの、ラッシュがそういうことを前もって教えてくれたことなどない。「パーティの最中でも眠れるわ。慣れてきたから」嘘だ。階段を上がる足音が消えるまで眠れないだろう。

「ぼくも行っていいかい? ベッドに入るまで、ぼくと一緒にいてくれないか?」

ウッズはすでに行く気のようだ。わたしのせいだろう。断ろうとしてふと、今夜もまたラッシュが別の女性とセックスをしているかもしれないと気がついた。彼はベッドに女性を引きこんで、わたしには教えてくれなかった感覚をほかの女性に味わわせているかもしれない。わたしには気持ちをそらしてくれる人が必要だ。家に帰るころには、ラッシュはもう女性を膝の上に抱えているだろう。「あなたとラッシュはそんなに仲がいいようには見えなかったわ。海岸の近くをぶらつくのはどう？　家の中でラッシュに姿を見られないほうがいいんじゃないかしら」

ウッズはうなずいた。「オーケイ。それでいいよ。でも、ひとつ質問があるんだ、ブレア」彼がこちらをじっと見ながら言った。わたしは待った。「どうしてなんだ？あの夜、ラッシュの家で会うまでは、彼とぼくは友人同士だった。ぼくたちは一緒に育ったんだ。つきあう仲間も同じだし、トラブルなんてまったくなかった。何がきっかけなんだ？　きみたちふたりのあいだに何かあるのか？」

どう答えたらいいだろう？　何もないと言えばいい。ラッシュだって認めないだろうし、ただの友達でいたほうがわたしにとっても安心じゃない？「わたしたちはただの友達。彼が過保護なだけよ」

ウッズはゆっくりとうなずいていたけれど、わたしの言葉を信じたかどうかはわからなかった。「ライバルがいても気にしない。ただ自分が何に直面しているのか知りたかったんだ」

彼は何にも直面していない。ウッズとわたしはこの先も友人のままだから。わたしは彼の仲間から恋人を探すつもりはない。「わたしはこれから先も、あなたたちの仲間にはならないわ。エリート集団の人と真剣におつき合いするつもりはないから」

ウッズに反論する隙は与えなかった。わたしは彼をよけるようにしてドアから出た。パーティが盛り上がりすぎる前に家に戻らなければ。ラッシュが女の子と抱きあっているところは見たくない。

今夜のパーティは控えめで、客は二十人くらいしかいなかった。食糧庫に行く途中で何人かとすれ違った。キッチンで飲み物を作っているカップルがいたので、わたしは彼らに笑いかけてから食糧庫へ、そしてその奥の部屋へと入った。

わたしが階段下の部屋で寝ていることをラッシュの友達が知らなかったとしても、今知っただろう。わたしは制服を脱ぐと、スーツケースから出した水色のサンドレスに着替えた。一日じゅう立っていて足が痛かったので、はだしでいることにした。スーツケースをベッドの下に戻して食糧庫に出たところで、ラッシュと鉢合わせした。彼はキッチンに続くドアにもたれて、腕を組み顔をしかめて立っていた。

「ラッシュ？　どうしたの？」彼が何も言わないので、わたしは尋ねた。

「ウッズが来てる」ラッシュが答えた。

「ウッズはあなたの友達なんでしょう？」

ラッシュは首を振り、わたしの体を探るように見つめた。「だめだ。あいつはぼくに会いたくて来たわけじゃない。ほかの誰かが目当てだ」

わたしは胸の下で腕を組むと、彼と同じように防御の姿勢を取った。「そうかもね。あなたの友達がわたしに興味を持ったら何か問題でもある？」

「あいつじゃ釣りあわない。ひどい男だぞ。あいつに触らせたらだめだ」ラッシュは怒りのこもった荒々しい口調で言った。

そうかもしれない。わからないけれど、そうかもしれない。とはいえ、どうでもいいことだ。はなからウッズに触れさせる気なんてない。彼が近くに来ても胃がひっくり返りそうになったり、脚のあいだがうずきはじめたりはしない。「わたしはそういう意味でウッズに興味を持ってはいないわ。彼はわたしの上司で、友達になるかもしれない人。それだけよ」

ラッシュが片手を頭にやった。その親指に銀色の指輪がはまっているのが目に留まった。指輪をしているのを見るのは初めてだ。どこで手に入れたのだろう？

「階段を人が行ったり来たりするあいだは寝られないの。目が覚めちゃうから。それなら、ひとりで部屋に座って今夜あなたは誰とセックスするんだろうって考えるよりも、海岸でウッズと話をしようと思って。誰かと話したいの。わたしには友達が必要なのよ」

まるでわたしに殴られたかのようにラッシュはたじろいだ。「ウッズと話をするために外へ行ってほしくない」

馬鹿げている。「ねえ、わたしがあなたに誰かとセックスしてほしくないって思っても、あなたはするでしょ」

ラッシュはドアから離れてわたしのほうに近づいてきた。わたしは狭い部屋に逆戻りし、ふたりとも中に入った。

あと数センチで背中からベッドに倒れこんでしまう。「今夜は誰ともセックスしたくない」彼は言葉を切るとにやりと笑った。「正確な言葉じゃなかったな。訂正しよう。ぼくはこの部屋の外にいる誰ともセックスしたくない。ここでぼくと話そう。ぼくが話をする。友人になれるって言っただろう。きみはウッズを友人にする必要はない」

わたしはラッシュの胸を両手で押しのけようとしたが、そうする前に彼に両手を取られてしまった。「あなたはわたしと話なんてしない。わたしにまずい質問をされたら、あなたは出ていっちゃうくせに」

ラッシュは首を振った。「今は違う。ぼくらは友達だ。ぼくは話をするし、出ていったりもしない。お願いだから、ただぼくと一緒にいてくれ」

わたしは、ほぼベッドしかない長方形の狭い部屋を見回した。「ここじゃ狭いわ」

ラッシュの背後に視線を向けながら、彼の胸に当てた手でぴったりしたシャツをつかんで自分のほうに引き寄せてしまわないよう、指を伸ばしたままでいた。

「ベッドに座ればいい。きみには触れない。ただ話をするだけだ。友達のように」

ラッシュがそう請けあった。

わたしはため息をついてうなずいた。ラッシュをはねつけることなんてできない。

それに、彼について知りたいことは山ほどある。わたしはベッドに座ってヘッドボードに寄りかかり、あぐらをかいた。「わかったわ、話をしましょう」わたしはにっこりしながら言った。

ラッシュもベッドに座り、壁に寄りかかった。そして笑い声をもらす。わたしが目をやると、彼は本物の笑顔になっていた。「女性に向かって、ただ座って話をしてくれと頼むなんて信じられない」

正直言って、わたしも信じられない。「何について話す？」彼から始めてほしかった。尋問みたいだと思ってほしくない。頭の中では無数の質問が渦を巻いていて、わたしの好奇心で彼を圧倒しかねなかった。

「十九歳にもなってヴァージンなのはいったいどうして？」ラッシュは銀色の瞳をわたしに向けて言った。

わたしがヴァージンだと話した覚えはない。でも、無垢だと言われたことはある。そんなにばれればれなの？「わたしがヴァージンだなんて誰が言ったの？」わたしはできるかぎりむっとした声を作って言った。

ラッシュがにやりと笑う。「キスしたときにわかった」

　これ以上、言い争う気にはなれなかった。そんなことをしてもヴァージンである事実をいっそう強調するだけだ。「わたしには恋人がいたの。名前はケイン。初めてのボーイフレンドで、初めてキスしたのも、初めていちゃいちゃしたのも彼だった。まあ、たいしたことはしなかったけど。彼はわたしを愛してるって、たったひとりの女性だって言ってくれた。そのうち母が病気になり、ケインとデートをする時間はなくなった。でも、彼は出かけたがった。ほかの人とつきあうために、自由になりたがった。だから彼を解放してあげたの。そのあとは、誰ともデートなんてする時間がなかったわ」

　ラッシュが眉根を寄せた。「お母さんが病気だったときに、彼はきみを支えてやらなかったのか？」

　この話は嫌だった。すでにわかっていることを指摘されても、ケインに怒りを向けるのは難しい。とっくの昔に彼のことは許している。受け入れている。彼に対する恨みをいつまでも引きずる必要はない。そんなことをして、何かいいことがある？

「ふたりとも若かったの。彼はわたしを愛してなかった。ただそう思いこんでいただけ。単純なことよ」

ラッシュがため息をついた。「きみは今でも若いよ」

そう言った彼の口調は、なんとなく好きになれなかった。「わたしは十九歳よ、ラッシュ。でも三年間、父の力を借りずに母の看病をし、埋葬もした。そのせいか、わたしは普段、四十歳くらいの気分でいるわ」

ラッシュはベッドの上で手を伸ばし、わたしの手に重ねた。「そんなこと、ひとりですべきじゃなかった」

そう、ひとりですべきではなかったけれど、ほかに選択肢がなかった。わたしは母を愛していた。母はもっといい人生を送るべき人だった。ただひとつ、心の痛みをやわらげてくれるのは、今ごろ母とヴァレリーは一緒にいるだろうということだ。ふたりにはお互いがいる。わたしはこれ以上、自分の話をしたくなかった。ラッシュのことを知りたかった。「あなたは仕事をしてるの?」わたしは尋ねた。

ラッシュは含み笑いをもらすと、ぎゅっと手を握って放そうとしなかった。「大学を出たら誰でも働くべきだと信じてるのか?」

わたしは肩をすくめた。人は何かしら働くものだとずっと思ってきた。目的を持つべきだと。たとえお金を必要としていなくても。

「大学を卒業したとき、仕事をしなくても一生暮らしていけるだけの金が銀行にあった。父親のおかげで」彼は黒くて濃いまつげに縁取られたセクシーな目でわたしのほうを見た。「何週間かパーティ三昧の日々を送ったが、地に足がついた生活が必要だと気がついた。だから適当に株取引をやってみたところ、その結果、自分に向いていることがわかった。昔から数字には強かったんだ。〈ハビタット・フォー・ヒューマニティ〉に寄付もしてて、年に二カ月は現地へ行って実際に働いてる。夏のあいだだけ何もかもから手を引いて、ここへ来てリラックスするんだ」

こんな話は予想していなかった。

「そんなに驚いた顔をするのは、ちょっと失礼じゃないかな」ラッシュはからかうような口調で言った。

「こんな答えが返ってくるとは思ってもみなかったから」わたしは正直に答えた。

ラッシュは肩をすくめると、手を自分の体の脇に引っこめた。わたしは手を伸ばしてその手をつかみたかったけれど、しなかった。彼はわたしに触れるのをやめたばかりだ。

「あなたはいくつなの？」

ラッシュは笑った。「きみとこうしているにはちょっと年上すぎるかな。ましてや、きみによからぬ思いを寄せるとなると、歳を取りすぎているくらいだ」

彼は二十代前半のはずだ。それ以上年上には見えない。「言っておくけど、わたしは十九歳だけど、あと半年で二十歳になる。子供じゃないわ」

「ああ、ブレア、きみはたしかに子供じゃない。ぼくは疲れきった二十四歳だ。ぼくの人生は普通じゃなかった。そのせいで深刻な問題をいくつも抱えている。きみの知らないことがあると言っただろう。きみがぼくに触れるのは、きっと間違いだ」

ラッシュはたった五歳、年上なだけだ。悪くない。〈ハビタット・フォー・ヒューマニティ〉に寄付をして、現地でボランティアもしている。これで悪い人ですって？ 彼には心がある。だってわたしを追い返したくてしかたなかったはずなのに、ここに住まわせてくれたのだから。「あなたは自分を過小評価しているんじゃないかしら。わたしから見ると、あなたは特別な人だわ」

ラッシュは唇を引き結び、首を振った。「きみは本当のぼくを見てない。ぼくがしてきたことをすべて知ってるわけじゃない」

「まあね」わたしは身を乗りだした。「でも、少ししか知らないのも悪くないわ。あなたには別の一面があるんじゃないかって思えるもの」

ラッシュはわたしと目を合わせた。わたしは彼の膝の上で体を丸めて、その瞳を何時間でも見つめていたかった。彼が口を開いて何か言おうとしたが、すぐに口を閉じ……その前に、口の中に何か銀色のものが見えた。

わたしは膝立ちになってラッシュに近づいた。

「口の中のものは何？」わたしは尋ねながら彼の唇を見つめ、もう一度口を開いてくれるのを待った。

ラッシュが口を開き、ゆっくりと舌を突きだす。銀色のバーベル型のピアスがついていた。

「痛くないの？」舌をじろじろ見ながら尋ねた。舌にピアスをしている人を見るのは初めてだ。

彼は舌を引っこめると、にやりと笑った。「ああ」

わたしは、少し前の夜に女の子とセックスをしていた彼の背中にタトゥーが入っていたことを思い出した。「背中のタトゥーは何？」

「腰の下のほうに入ってるのは羽を広げたワシで、《スラッカー・デーモン》のロゴマークだ。十七歳のとき、父にLAでのコンサートを見せてもらったあと、初めてタトゥーを入れていかれたんだ。父は自分のバンドの印をぼくの体にも残したかったのさ。《スラッカー・デーモン》のメンバーも全員、同じ場所にこのタトゥーを入れてる。左の肩のすぐ後ろだ。あの日、父はやたらとハイになってたけど、それでもいい思い出だ。子供のころから父と長い時間を一緒に過ごす機会はなかった。でも父と会うたびに、新しいタトゥーとかピアスとかがぼくの体に増えていった」

ほかの場所にもピアスをしてるの？　ラッシュの顔をじっと見つめ、視線を胸まで下げた。低い笑い声で我に返り、自分が見られていたことに気がついた。

「そこにピアスはないよ、ブレア。あとは耳だ。十九歳になったときにピアスもタトゥーもやめた」

彼の父親は《スラッカー・デーモン》のほかのメンバーと同じく、タトゥーとピアスだらけだ。ラッシュはタトゥーやピアスを望んでいなかったの？　父親に無理やり入れさせられたの？

「ぼくの話のどこに引っかかって顔をしかめているんだ？」ラッシュはわたしのあごの下に指を滑らせ、よく見えるように顔を上げさせた。

わたしは正直に答えたくなかった。一緒にいるこの時間を楽しんでいるのに、深い話をするのが早すぎたら、彼は逃げてしまうだろう。「このあいだキスしたときは、銀のバーベルなんて気がつかなかった」

ラッシュは目を伏せ、身を乗りだした。「つけてなかったからな」

今はつけている。「それをつけたままキスをすると、相手の人はつけてるってわかるの？」

ラッシュがはっと息をのむ。彼の唇がわたしのほうに近づいてきた。「ブレア、出ていけと言ってくれ。頼む」

わたしにキスしようとしているなら、出ていけなんて言うつもりはなかった。彼にここにいてほしい。ピアスをつけたままキスしてほしい。

「わかるはずだ。きみのどこにキスをしても、ピアスを感じるだろう。きっと楽しめるよ」ラッシュは耳元でそうささやいてから、わたしの肩にキスをして深く息をついた。彼はにおいをかいでいる？

「あなたは……もう一度キスするつもりなの？」わたしは息を切らしながら尋ねた。

彼がわたしの首に鼻を押しつけて息を吸った。

「したい。どうしようもなくキスしたい。でも、いい人でいようとしてるんだ」ラッシュはわたしの肌に唇をつけたまま言った。

「たった一回のキスでいい人じゃなくなるの？　ねえ、教えて」わたしは急いで彼に近づいた。もう少しで彼の膝の上だ。

「甘いよ、ブレア、信じられないくらい甘い」ラッシュがわたしの首から肩のカーブに唇で触れた。こんなことを続けられたら、そのうちわたしのほうからねだってしまいそうだ。

彼は舌を突きだして、優しくさっと肩をなめた。そのままあごまでキスを滑らせ、最後に唇にたどり着いた。もっととせがみそうになったところで、柔らかいキスを唇に受けて言葉を失った。彼が少しだけ体を離した。温かい吐息が唇に当たる。

「ブレア、ぼくはロマンティックな男じゃない。キスして抱きしめるなんてタイプじゃないんだ。ぼくにとってはすべてがセックスへつながる。きみは誰かにキスされて抱きしめてもらうだけの価値がある女性だ。その相手はぼくじゃない。ぼくはセックスするだけ。ぼくみたいな男にきみはもったいない。ぼくは欲しいものを我慢したことがない。でもきみは甘すぎる。今回ばかりは、自分にあきらめるよう言い聞かせなきゃならない」

言われたことを理解するにつれ、彼の口からこぼれ落ちたあけすけな言葉がエロティックに響いて、わたしはうめき声をもらした。ラッシュが立ち上がりドアノブをつかんだところで、彼が離れていくつもりだと気づいた。まただ。こんなふうにわたしを置いていくのね。

「これ以上、話はできない。今夜はだめだ。もうきみとふたりきりでここにはいられない」彼の声には悲しみがにじんでいて、わたしの心は少し痛んだ。ラッシュは部屋を出てドアを閉めた。

わたしはヘッドボードに寄りかかり、欲求不満にうめいた。なぜわたしはラッシュをここに入れたのだろう？　彼が仕掛けているゲームは、わたしでは太刀打ちできない。彼は今、どこへ行ったのだろう。キスの相手をしてくれる女性が外には大勢いる。ねだられたらキスするのに問題ない相手が。

階段を行き来する人々の足音が頭の上でコツコツと響く。しばらくは眠れないだろう。部屋にいたくなかったし、ウッズがわたしを待っている。彼に待ちぼうけをくわせる理由がない。話したい気分ではなかったけれど、浜辺を歩きながらおしゃべりする気になれないと伝えるくらいはしなければ。

わたしはキッチンに行った。グラントがこちらに背中を向けて、女性をバーカウンターに押しつけていた。女性の手が彼のぼさぼさの茶色の髪をつかんでいる。お互いに夢中になっているようだ。わたしは裏手のドアをそっと通りながら、これ以上ほかの人がセックスしているところにでくわさないよう願った。

「きみが姿を見せるとは思わなかったよ」暗闇からウッズの声がした。

振り返ると、彼が手すりに寄りかかってこちらを見つめていた。すぐに出てきて、彼と会うつもりがないことを知らせなかったのを申し訳なく思った。ラッシュが関わると、まともな判断ができなくなる。

「ごめんなさい。ちょっと邪魔が入って」わたしは説明したくなかった。

「ラッシュがきみに使わせてる奥の狭い部屋から、あいつが出てくるのを見かけたんだ」

わたしは唇を噛んでうなずいた。失敗した。自白したも同然だ。

「そんなに長い時間中にいたわけじゃなかったな。あいつは友達として顔を出しただけ？　それとも、きみを追いだしたのか？」

あれは……あれは、素敵な時間だった。わたしたちは話をした。わたしがもう一度キスするつもりかと尋ねるまでは楽しかった。ラッシュと一緒にいるのは楽しかった。

「友達として話しただけよ」わたしは答えた。

ウッズは短く笑うと首を振った。「なんで信じられないんだろうな?」

頭が切れるからよ。わたしは肩をすくめた。

「まだ海岸を散歩する気はある?」

わたしは首を振った。「ううん。なんだか疲れちゃって。出てきたのは、新鮮な空気を吸いたかったのと、あなたを見つけて謝らなきゃと思ったから」

ウッズはがっかりした顔でほほえみ、手すりを押すようにして体を離した。「そうか、わかった。そういうことなら、行こうってせがんだりはしないでおく」

「あなたがそんなことをするとは思えないわ」

彼が家の中に入るのを待って、わたしは安堵のため息をついた。まあまあうまくいった。これでウッズは引き下がってくれるかもしれない。あとは、ラッシュに惹かれるこの気持ちをどうするか考えるだけだ。自分を混乱させる人は誰であれ必要ない。

数分後、わたしもウッズのあとから中に入った。グラントと女性はもうバーカウンターにいなかった。もっと人目につかない場所にでも行ったのだろう。食糧庫のドアへ向かおうとしたところで、ラッシュがくすくす笑っている黒髪の女性を連れてキッチンに入ってきた。彼女はしっかり歩けないかのように、ラッシュの腕にしなだれかかっている。アルコールとふらつく足に履いている十八センチのハイヒール、両方のせいだろう。

「でも、あなたが言ったんじゃない」彼女は回らない口で言いながら、つかまっている腕にキスをした。たしかに、彼女は酔っぱらっている。

ラッシュと目が合った。彼は今夜、この女性にキスすることになるのだろう。彼女はねだる必要さえない。ビールの味がするはずだ。ラッシュはその味に興奮するの？

「お望みなら、ここでパンティを脱いでもいいわよ」彼女はふたりきりではないことに気づかずに言った。

「バブス、さっきも言っただろう。ぼくは興味がないって」ラッシュはわたしから視線をそらさずに言った。彼は女性の誘いを断った。わたしにそのことをわかってほしいのだ。

「エッチなことができるのに」バブスは大声で言うと、げらげらと笑いだした。

「いいや、きっとひどいことになる。きみは酔っぱらってるし、その甲高い声のせいでぼくは頭が痛い」ラッシュはまだわたしを見つめていた。

わたしは視線を下げると、食糧庫のドアへ向かった。

バブスがやっとわたしに気づいた。「ねえ、あの子、あなたの食糧を盗もうとしてるわ」彼女が大声で言った。

わたしは顔が真っ赤になった。まったくもう。なんでこんなことに動揺しているの？　馬鹿みたい。バブスはかなり酔っぱらっている。彼女がどう思おうと、誰も気にしないはずでしょう？

「彼女はここに住んでるんだ。だから、なんでも好きなものを持っていっていい」ラッシュが言った。

わたしははっと頭を上げた。彼の視線はまだわたしをとらえていた。

「ここに住んでるの？」バブスが尋ねた。

ラッシュは何も言わなかった。わたしは彼に顔をしかめてみせたものの、この場にいる目撃者は朝になればこのことは忘れているだろうと判断した。「彼にだまされちゃだめよ。わたしは招かれざる客で、階段の下で暮らしてるの。ちょっと欲しいものがあるって言っているのに、彼には断られ続けてるんだから」

わたしはラッシュの返事を待たずに、ドアを開けて食糧庫の中に入った。わたしが一点勝ちだ。

11

わたしはピーナッツバターのサンドイッチを食べ終えると、膝からパン屑を払い落として立ち上がった。早めに食料品店に行って食糧を調達しないと。ピーナッツバターもパンも古くなってきていた。

今日は仕事は休みだが、何をするか決めていなかった。毎晩ベッドに横になっても考えるのはラッシュのことと、自分がどんなに愚かかということばかりだった。ただの友達になりたがっていると信じるなんて、わたしったら彼にどんな言葉で言いくるめられたの？　友達だと彼が言ったのは一度ではない。わたしは、友達以上の存在だと彼に認めさせようとする自分を止めないと。昨日の夜、わたしは彼に誘いをかけた。そんなことをするべきじゃなかった。彼はわたしになんかキスしたくなかったのだ。自分からキスしてほしいとねだるなんて信じられない。

わたしは食糧庫のドアを開けてキッチンに入った。ベーコンのにおいが漂ってきた。パジャマのパンツだけをはいたラッシュがコンロの前に立っていなければ、このおいしそうなにおいを堪能したに違いない。けれどラッシュの裸の背中を目の当たりにして、ベーコンの香りは吹き飛んだ。

彼は振り返るとにっこりした。「おはよう。今日は休みだったよな」

わたしは突っ立ったままうなずき、友達ならなんて言うのだろうと考えた。ラッシュとのルールをこれ以上破りたくなかった。彼のルールに沿って行動するつもりだ。いずれにせよ、とにかく早めに引っ越そう。「いいにおいね」

「皿を二枚出して。最高のベーコンを焼いたんだ」

わたしはピーナッツバターのサンドイッチを食べなければよかったと後悔した。

「もう食べたから。でもありがとう」

ラッシュはフォークを置いてわたしのほうを向いた。「もう食べた？　起きたばかりなのに」

「ピーナッツバターとパンを部屋に用意してあるの。部屋から出てくる前にそれを食べたわ」

ラッシュはわたしをじっと見ながら、眉間にしわを寄せた。「なんで部屋にピーナッツバターとパンを置いてるんだ？」

引っきりなしに現れる彼の友人にわたしの食糧を食べられたくないから。そのまま言うわけにもいかないので、代わりにこう言った。「ここはわたしのキッチンじゃないもの。自分のものは全部部屋に置いてるわ」

ラッシュは身をこわばらせた。わたしの言ったことのどこに彼が怒っているのかわからない。「ここにいるあいだずっと、ピーナッツバターとパンだけを食べてたってことか？　そうなんだな？　自分で買ってきて、部屋に置いておき、それだけをきみは食べていたのか？」

それがそんなに重大なことなのかどうかわからないまま、わたしはうなずいた。

ラッシュは両手でカウンタートップを叩き、こちらに背を向けてベーコンに向かって悪態をついた。「荷物を持ってこい、階上に移動する。廊下の左側にある部屋ならどこでも気に入った部屋を使っていい。ピーナッツバターは捨てて、このキッチンにあるものはなんでも好きに食べていい」

わたしは動かなかった。彼のこの反応の原因がなんなのかわからない。

「この家にいたいんならさっさと階上に行くんだ、ブレア。それから下りてきて、ぼくが見張ってる前で冷蔵庫をあさって何か食べろ」彼は怒っているの？　わたしに？

「なんでわたしを階上に移動させたいの？」おそるおそるわたしは尋ねた。

ラッシュはベーコンの最後の一枚をペーパータオルにのせると、火を消してわたしを見た。「ぼくがきみにそうしてほしいからだ。夜、ベッドの中で、きみが階段下で寝てるのかと思うのが嫌なんだ。おまけに、あそこできみがひとりでピーナッツバターとパンを食べてるイメージまで加わったら、もう無理だ」

オーケイ。つまり彼は、多少は本気でわたしのことを心配しているわけね。

反論はしなかった。階段下の部屋に戻り、ベッドの下からスーツケースを引っ張りだした。中にピーナッツバターが入っている。わたしはスーツケースを開けて空に近い瓶とパンが四枚残っている袋を取りだした。これをキッチンに置いたあと、部屋を探しに行こう。鼓動が速い。この部屋はわたしにとって安心できる場所になっていた。階上に行けば隠れ家とはお別れだ。人と顔を合わせずにはいられなくなるだろう。

食糧庫を出るとカウンターに行き、ピーナッツバターとパンを置いた。ラッシュと目を合わせないまま廊下に向かう。彼は何かを殴りたいのをこらえるかのようにバーカウンターの端を強く握って立っていた。食糧庫にもう一度放りこもうか考えているのかしら？　わたしはこのままでもかまわないけれど。

「どうしても階上に引っ越す必要はないのよ。この部屋もわたしは気に入ってるから」わたしがそう言うと、カウンターをつかむ彼の手にさらに力がこもった。

「階上にある部屋のどこかを使うんだ。階段下の部屋じゃない。二度とだめだ」

ラッシュはわたしに階上にいてほしがっている。なぜいきなり心変わりしたのか、まったく理解できないけれど。「せめて、どの部屋を使えばいいか教えてくれる？　自分で選べる気がしないわ。ここはわたしの家じゃないもの」

ラッシュはようやくバーカウンターを強くつかんでいた手を離し、こちらを向いてわたしと目を合わせた。「廊下の左側は客用の部屋だ。三室ある。一番奥の部屋が眺めがいいから気に入るんじゃないか。海が見渡せる。真ん中の部屋は、内装が白で薄いピンクをアクセントに使っている。きっときみに似合う。だから自分で選べ。どれでも好きな部屋を。決まったら階下に下りてきて食事をするんだ」

また、わたしにもう一度食事をしてほしいという話に戻った。「でもおなかが空いてないわ。食べたばかりで——」

「またあのピーナッツバターを食べたって話をするなら、瓶を壁に投げつけるからな」彼は言葉を切ると、深く息をついた。「頼む、ブレア。ぼくのために何か食べてくれ」

地球上のどんな女性でも、この頼みを断るのは無理だ。わたしはうなずくと、階段へ向かった。部屋を選ばなければ。

最初の部屋には心が動かなかった。暗めの色が使われていて、窓から見えるのは前庭だ。階段から一番近いのは当然として、パーティの騒音がうるさそうなことも見過ごせない。次の部屋に行った。キングサイズのベッドが置かれていて、白のふんわりしたベッドカバーにかわいいピンクの枕がのっている。ピンクのシャンデリアが天井から下がっていた。すごくかわいい。ラッシュの屋敷にこんな部屋があるとは思ってもみなかった。でも彼の母親がここで過ごす時間は長そうだ。

廊下の左側の最後の部屋のドアを開けた。天井から床まで届く大きな窓があり、海が見渡せた。すごく素敵だ。ヘッドボードとフットボードが流木でできているように見えるキングサイズのベッドが、水色と緑色で統一された部屋のアクセントになっている。海辺を感じさせる造りだ。気に入った。ううん、それどころか、最高だわ。わたしはスーツケースを置くと、バスルームへ続くドアに向かった。バスルームは真っ白で広く、ふわふわのタオルと高級そうな石鹸が白い大理石の上に置かれていた。部屋は青と緑で彩られていたけれど、こちらはほぼ白で統一されている。

バスタブは大きな円形で、噴出口がついていた。見たことはないけれど、これがジャグジーに違いない。部屋を間違えたのかもしれない。ここが客用ベッドルームのはずがない。わたしがこの家の住人なら、この部屋を自分の部屋にしたいもの。

けれど、この部屋は廊下の左側にあった。ラッシュに言われた部屋に含まれているはずだ。わたしはバスルームを出た。この部屋を選んだと伝えて、もし間違っていたら彼が指摘してくれるだろう。ドアのすぐそばの壁にスーツケースを立てかけて、階下へ戻った。

ラッシュはベーコンとスクランブルエッグの皿を前に、キッチンのテーブルについていた。すぐに視線を上げ、わたしと目を合わせた。

「部屋をどこにするか決めたかい?」彼が尋ねた。

わたしはうなずき、テーブルの向かい側へ回った。「ええ。たぶん。あなたが眺めがいいと言ってた……緑と青の部屋？」

ラッシュはほほえんだ。「ああ、あそこか」

「あの部屋にわたしが泊まってもいいの？　本当に素敵な部屋だわ。わたしがここに住んでるなら、自分の部屋にしたいくらい」

ラッシュの笑みが広がった。「きみはまだぼくの部屋を見てないだろう」

きっともっと素敵な部屋に違いない。「あなたの部屋も同じ階にあるの？」

ラッシュはベーコンにフォークを突き刺した。「いや、ぼくは三階全部を使ってる」

「あの窓全部？　広い一室にしてるの？」最上階は、外からだとガラスでできているように見えた。わたしはただの見間違いか、実は何部屋かに分かれているのかもしれないとずっと思っていた。

ラッシュがうなずく。「そうだ」

彼の部屋を見てみたい。でも誘ってくれなかったので、わたしは頼まなかった。

「もう荷物は片付けたのか？」彼はそう尋ねてから、ベーコンをかじった。

「いいえ。あなたに確認してから荷ほどきしようと思って。それに、全部スーツケースにしまったままのほうがいいかもしれないし。来週末には引っ越しができそうなの。

クラブでチップをかなりもらえて、そのほとんどを貯めてたから」

ラッシュは嚙むのをやめて、何か外にあるものを鋭い視線でにらみつけた。わたしは彼の視線の先を追った。人のいない海岸しかない。「好きなだけここにいていいんだよ、ブレア」

いつからそうなったの？　一カ月って言っていたのに。わたしは何も答えなかった。

「ぼくの隣に座って、このベーコンを食べてくれ」彼が自分の横の椅子を引いたので、わたしは文句も言わずに座った。ベーコンはたしかにいいにおいがしていたし、わたしもピーナッツバターサンドイッチ以外のものが食べたかった。ラッシュが自分の皿をわたしのほうに寄越した。「食べて」

わたしは、ベーコンを一枚取り上げて食べた。パリッとしていてジューシーで、まさにわたしの好きな味だった。

ひと切れ食べ終えると、ラッシュはさらにわたしのほうへ皿を寄せた。「もう一枚食べろ」

急にわたしに食べさせようとするラッシュに、こみあげてくる笑いをこらえた。どうしちゃったの？　わたしはもう一枚ベーコンを口に入れて味わった。

「今日の予定は?」

わたしは肩をすくめた。「まだわからないわ。アパートメントを探そうと思っていたんだけど」

ラッシュのあごが動き、体がまたこわばった。「引っ越しの話はやめよう、いいね? 母ときみの父親が帰ってくるまでは引っ越してほしくない。ここを出てひとり暮らしを始める前に父親と話をするべきだ。必ずしも安全とは言えないんだし。きみは若すぎる」

わたしはとうとう声をあげて笑った。さっきから彼はどうかしている。「そんなことないわ。わたしの歳を気にするなんて、どうしたの? わたしは十九歳で、充分大人よ。ひとりで安全に暮らせる。それに、そこら辺の警官よりも動く標的を撃つのはうまいと思うわ。銃の腕前はかなりのものなんだから。安全じゃないとか、若すぎるとか言うのはやめて」

ラッシュは片方の眉を上げた。「本当に銃を持ってるのか?」

わたしはうなずいた。

「グラントが冗談を言っているんだと思ってた。あいつのユーモアのセンスはひどいときがあるから」

「違うの。最初の夜にここで会ったとき、わたしが銃を向けて驚かせちゃったのよ」

ラッシュはくっくっと笑うと椅子の背にもたれ、広い胸の前で腕を組んだ。わたしは視線を下げないよう、彼の顔を見つめ続けた。「その光景をぜひ見たかったな」

わたしは返事をしなかった。あの夜は最悪だった。今日、あれを再現する気にはなれない。

「きみにここに留まってほしいのは、若いからだけじゃない。きみが自分の面倒を見られることも、少なくともきみがそう思っていることもわかった。ぼくがきみにいてほしいのは……きみがいたら嬉しいからだ。出ていかないでくれ。父親が帰ってくるのを待ってて。きみたちふたりは会う機会が延び延びになっている気がする。会ってから、どうしたいか決めればいい。今は、階上に行って荷ほどきをしたらどうだ？ここで暮らすあいだ節約できる金のことを考えてみたらいい。引っ越すときには、口座残高がそれなりに増えてるはずだ」

ラッシュはわたしにいてほしがっている。口元がゆるんで馬鹿みたいに笑ってしまうのを止められなかった。ここに残れば、お金に関してはまったく彼の言うとおりだ。

父が帰ってきたら話をして、それから引っ越そう。ラッシュがいてほしいと言うなら、出ていく理由はない。「オーケイ。あなたが本気でそのつもりなら、ありがとう」

ラッシュはうなずくと前に身を乗りだしてテーブルに肘をついた。銀色の瞳はわたしの目と同じ高さになった。「そのつもりだよ。でもそれは、このまま絶対に友達でいなきゃいけないってことでもある」

もちろん、彼の言うとおりだ。生活をともにして、どんな形にせよ関わりあっていったら、友達でいるのは難しくなるだろう。それでも夏が終われば、彼はどこかほかの家に移動してしまう。わたしはその手の苦悩は求めていない。「そのとおりね」

わたしは言った。

ラッシュは肩に力を入れたままで、体もこわばったままだった。「それから、ここにいるときは、この家にあるものを食べるようにすること」

わたしは首を振った。それはできない。そこまで図々(ずうずう)しくはなれない。

「ブレア、議論の余地はない。言っただろう。ここの食糧を食べるんだ」

わたしは椅子を押して立ち上がった。「嫌よ。自分で食べ物を買ってきて食べるわ。わたしは……わたしは父とは違う」

ラッシュは何かつぶやくと、椅子を押して立ち上がった。「いまだにぼくがそんなこともわからないと思うのか？　きみはあんな掃除用具入れみたいな部屋で文句も言わずに寝ていた。ぼくが散らかしたものを片付けてくれた。ちゃんと食事もとらない。父親とまったく似ていないことはもうわかってるし、きみは今、この家の客だ。ぼくはきみに、このキッチンで、自分の家にいるみたいな気分で食事をしてもらいたい」

このままだと言い争いになりそうだ。「わたしは自分で買った食べ物をあなたのキッチンにしまって、ここで食べる。それならましでしょう？」

「きみがピーナッツバターとパンしか買うつもりがないならだめだ。ちゃんとした食事をしてほしい」

わたしが首を振ると、ラッシュは手を伸ばしてわたしの手を握った。「ブレア、きみが食べてることがわかればぼくは満足なんだ。客が大勢来ることを見込んで、ヘンリエッタが週に一度買い物をしてきてここにストックしてくれる。充分すぎるほどの量がある。食べてくれ。ぼくの食糧だ」

頼みこむような表情の彼を見て、わたしは笑いをこらえるために唇を噛んだ。

「ぼくのことを笑ってるのか？」ラッシュは口元に笑みを浮かべながら尋ねた。

「ええ。少しね」わたしは認めた。

「それは、ぼくの食糧を食べる気になったってことかな？」

わたしはため息をついた。「週に一度、お金を払わせてくれるなら」

彼はだめだというように首を振った。わたしは自分の手を引っこめると、部屋を出ていこうとした。「どこに行くんだ？」彼が尋ねた。

「話し合いは終わり。自分の分を払わせてくれるなら、あなたの食糧を食べる。この条件じゃなきゃオーケイしないわ。さあ、どうするの？」

ラッシュはうめいた。「オーケイ、わかった。払ってもらう」

わたしは振り返った。「荷物を片付けてくるわね。それからあの大きなバスタブにつかって、そのあとはわからない。夜までは予定がないわ」

ラッシュの眉間にしわが寄った。「誰と予定があるんだ？」

「ベティと」わたしは答えた。

「ベティ？　ジェイスが寝てるカートガールか？」

「正しくは、ジェイスが寝てたカートガールよ。彼女は間違いに気づいて、気持ちを切り替えることにしたの。今夜はふたりでホンキートンクに行って、肉体労働を頑張ってる男性を見つけるのよ」

彼の返事は待たなかった。わたしは階段へ急ぎ、駆け上がった。新しい自分の部屋に着くと、ドアを閉め、ほっとため息をついた。

12

ラッシュの家で開かれるパーティ向きの服は持っていないかもしれないけれど、ホンキートンクに行くのにふさわしい服ならばっちりだ。この青いデニムのスカートをはいたのはだいぶ前だ。記憶にあるより短い気がしたけれど、まあいいだろう。それにブーツを合わせれば問題ない。

ラッシュは今朝、わたしがお風呂に入っているあいだに家を出たきり、まだ帰ってきていない。ふと、この部屋はパーティがあるときでも彼の友人が立ち入れないようになっているのかが気になった。知らない人が自分のベッドでセックスするかもしれないと思うとぞっとした。わたしが寝るはずのベッドで自分以外の誰かがセックスするかもしれないなんて、絶対に嫌だ。ラッシュに確認しておきたかったけれど、どう切りだせばいいかわからなかった。

ラッシュが帰ってくる前にわたしが出かけてしまったら、何が起きるかわからないということになる。家に帰ってきたらシーツを洗ったほうがいい？　考えただけでうんざりする。わたしが階段を下りきったところで玄関のドアが開き、ラッシュが帰ってきた。彼はわたしを見るなり、その場にたたずんでわたしの服装をゆっくりと眺めた。彼のお仲間に印象づけるためにこの服を着たわけではない。ホンキートンクへ行けば、この格好に目を留める人だっているはずだ。

「くそっ」ラッシュは小さくつぶやいてドアを閉めた。

わたしはその場から動かなかった。〝他人がわたしのベッドでセックスするかも問題〟について、どう切りだそうかと考えていた。

「きみは、えーと、その格好でクラブに行くのか？」彼が尋ねた。

「ホンキートンクに行くの。クラブに行くのとはまったく違うわ」わたしは訂正した。

ラッシュは短い髪に手をやり、どこかいらだっているような、それでいて面白がっているようなため息をついた。わたしの服装にけちをつける気なら、このブーツで蹴り飛ばしてやる。

「今夜、一緒に行ってもいいかい？　そういうところに行ったことがないんだ」

なんですって？　わたしの聞き間違いかしら？

「わたしたちと一緒に来たいの？」とまどいながらきき返した。

ラッシュはうなずき、もう一度わたしの体を視線でたどった。「ああ、そうだ」

彼が来たっていいはずでしょう。わたしたちが友達なら、一緒に飲みに行けるはずだ。

「オーケイ、本当に行きたいならね。でもあと十分しかないわよ。わたしがベティを迎えに行くことになってるの」

「五分で出られる」彼はそう言うと一段飛ばしで階段を駆け上がっていった。

まったく予想外だ。妙な展開になってきた。

七分後、階下に下りてきたラッシュは、細身のデニムと、胸に《スラッカー・デーモン》と白のゴシック体で書かれたぴったりした黒いTシャツ姿になっていた。片方の肩にロゴマークが入っていて、Tシャツなのにおしゃれだ。親指にはまた銀の指輪をはめ、小さなフープのピアスをしている。今までで一番、世界的に有名なロックスターの息子っぽい格好だった。黒く濃いまつげはいつもどおりアイライナーを引いたかのようで、いっそうスターの息子という感じがした。

視線を顔に戻すと、彼は舌をちょっと出して銀のバーベルを見せ、ウインクした。

「ブーツにカウボーイハット姿の男だらけのホンキートンクに行くんだったら、自分のルーツに忠実でいるべきだと思ってね。ぼくの中にはロックンロールの血が流れている。ほかの音楽に溶けこめるふりはできない」

にやにやしているラッシュを見て、わたしは声をたてて笑った。「今夜のあなたはパーティのときのわたしと同じくらい場違いに見えるでしょうね。面白くなりそう。行きましょう、ロックスターの息子さん」わたしはそうからかいながら玄関に向かった。

ラッシュはドアを開けると、わたしが通れるよう後ろに下がった。彼はその気になれば、まったくの別人になれるのだ。「きみの友達も一緒に乗っていくなら、ぼくの車を使わないか？　きみのトラックより乗り心地がいいよ」

わたしは足を止めて彼を見つめた。「でもトラックのほうが目立たないわよ」

ラッシュは小さなリモコンを取りだし、四台入るガレージのドアをひとつ開けた。

メタリックカラーのホイールリムに完璧に磨き上げられた車体の黒のレンジロー

ヴァーが照明の中に浮かび上がる。彼に同意しないわけにはいかない。この車のほうがずっと乗り心地はいいだろう。

「すごくかっこいい」わたしは言った。

「じゃあ、ぼくの車で行くってことでいいね？　ただし、ベティを助手席に座らせたくないな。彼女は人の許可なく勝手に触るのが好きだから」

わたしは笑みを浮かべた。「ええ、そうね。彼女はちょっと浮ついた子だから」

ラッシュは片方の眉を上げた。「浮ついたとは、ずいぶん優しい言い方だな」

「オーケイ。わかった。そこまで言うなら、わたしたちはクールなラッシュ・フィンレイのとびっきりの車で行きましょう」

ラッシュはうぬぼれた笑みを浮かべ、ガレージに向かった。わたしはすぐ後ろからついていった。

ラッシュがドアを開けてくれた。紳士的だけれど、デートみたいな感じもする。彼に心を乱されたくない。ただの友達でいるとわたしは固く決心した。ラッシュにもその方針に沿って行動してもらいたかった。「友達にいつもドアを開けてあげるの？」

その場に立ったまま彼を見つめて尋ねた。彼の礼儀正しい行動が間違っていると伝えたかった。

ラッシュの顔から親しげな笑みが消え、真剣な表情に変わった。「いいや」彼はそう答えると、後ろに下がって運転席へ回った。わたしは自分が嫌なやつになった気分だった。ただありがとうと言って受け流せばよかったのに。なぜわざわざ彼にルールを思い出させないといけなかったの？

レンジローヴァーに乗りこむと、ラッシュは何も言わずにエンジンをかけて車を出した。沈黙が耐えられない。気まずくてしかたなかった。「ごめんなさい。失礼なことを言うつもりじゃなかったの」

ラッシュはため息をつき、肩の力を抜いた。それから首を振った。「いや、きみの言うとおりだ。ぼくは女性の友達がいないから、何をすべきで何をすべきじゃないのか、きちんと判断ができない」

「だったら、デートのときにはドアを開けてあげるの？　すごく女性に優しいのね。お母さんの育て方がよかったんだわ」わたしはふと嫉妬を感じた。ラッシュからそういう扱いを受けている女性がたくさんいるのだ。彼がデートしたいと思う女性、友達以上の扱いをしたいと思う女性が。

「実を言うと、普段はやらない。ぼくはただ……きみがドアを開けてあげる価値のある女性に思えたんだ。あの瞬間は、それが正しいという気がした。でも、きみが言っていることはわかる。ぼくらが友達でいるつもりなら、ちゃんと線引きしないとな」

いくらか気持ちがなごんだ。「ドアを開けてくれてありがとう。嬉しかった」

ラッシュは肩をすくめ、それ以上何も言わなかった。

「ベティをカントリークラブで拾って。クラブハウスの奥にあるオフィスにいるはずよ。今日は仕事だったから。向こうでシャワーを浴びて着替えるって言ってたわ」

ラッシュはカントリークラブのほうへ車を向けた。「どうやってきみとベティは友達になったんだ?」

「一日だけ、一緒に働いたの。そのときわたしは、お互いに友達が必要だと思ったのよ。彼女は面白いし自由な人。わたしとは正反対だわ」

ラッシュが笑い声をもらした。「それが悪いことみたいに聞こえるな。きみはベティみたいになりたいわけじゃないだろう。まじめな話」

彼の言うとおりだ。わたしはベティみたいになりたいわけではない。でも彼女と一緒にいると楽しい。

ラッシュが高級で複雑そうなステレオをいじるあいだ、わたしは黙って座っていた。屋敷からカントリークラブまでの短い距離を車は進んでいた。《ヒンダー》の『リップス・オブ・アン・エンジェル』が流れはじめ、わたしは笑顔になった。《スラッカー・デーモン》の曲がかかると思っていたからだ。

レンジローヴァーがカントリークラブのオフィスの外で停まると、わたしはドアを開けて降りた。ベティがこの車を探すわけがない。彼女はトラックを待っているはずだ。

オフィスのドアが開き、赤いレザーのかなり短いショートパンツと白のカットオフのホルターネックという格好のベティがゆっくりと現れた。足元は膝まである白のブーツだ。

「ラッシュの車で何してるの？」彼女が満面の笑みで言った。

「彼もわたしたちと一緒に行きたいんですって。ホンキートンクを見てみたいそうよ。だから……」わたしは最後まで言わずに、レンジローヴァーを見やった。

「それじゃあ男の人を引っかけるチャンスがかなり減っちゃうじゃない。まあ、いいけど」ベティはそう言いながら階段を下りてきて、わたしの服装をちらっと見た。

「そうでもないか。すごくセクシーよ。あなたがきれいなのは知っていたけど、その服だととってもセクシーに見えるわ。わたしもカウガールのブーツが欲しいな。どこで買ったの？」

ベティの感想は面白い。もう長いこと、わたしには女友達がいなかった。ヴァレリーが亡くなると、それまで親しかった女の子たちはわたしの人生からいなくなってしまった。わたしと一緒にいると妹を思い出してしまうとでもいうように。ケインがわたしのたったひとりの友達だった。

「ありがとう。このブーツは二年前のクリスマスに母からもらったの。母のものだったのよ。母のお気に入りだったんだけど、母が……母が病気になって、わたしにくれたの」

ベティが眉根を寄せた。「お母さんは病気なの？」

今夜のお楽しみに水を差すようなことは言いたくなかった。わたしはうなずくと、無理やり明るい笑みを浮かべた。「ええ。でも、それは今は関係ない話よ。ほら、カウボーイを見つけに行きましょ」

ベティはわたしに笑い返すと、レンジローヴァーの助手席側の後部座席のドアを開けた。「あなたが前に乗って。運転手はあなたに座ってほしいはずだって気がするから」

わたしが言い返す間もなく、ベティはさっさとレンジローヴァーに乗りこんでドアを閉めた。わたしも車に戻り、ラッシュにほほえんだ。彼はわたしを見ていた。「さあ、カントリーミュージックの時間よ」わたしは彼に言った。

13

ベティがお気に入りのホンキートンクまで案内してくれた。ローズマリー・ビーチから四十分離れたところだった。別に驚くことでもない。ローズマリー・ビーチで〝カントリー〟と名がつくのはカントリークラブだけで、それはわたしたちが今、入ろうとしている店とはまったく違っていた。

広いバーカウンターは、全面が厚板造りのようだった。評判のいい店なのは間違いなさそうだ。それは近隣にこの手の店があまりないせいもあるだろう。蛍光管でできたまばゆいビールの看板が店の中でも外でも光っている。中に入ると、ミランダ・ランバートの『ガンパウダー・アンド・リード』が大音量で襲いかかってきた。

「バンドの演奏があと三十分で始まるわ。ダンスにぴったりなのよ。それまで時間があるから、席を見つけてまずはテキーラでも引っかけましょ」騒音に負けないようべティが大声で言った。

　わたしはテキーラを飲んだことがない。ビールすらもない。けれど今夜でそれも終わりになるはずだ。わたしは自由になる。夜を楽しもう。ラッシュはわたしの背後につき、腰に手を回してきた。これは友達の立ち位置じゃない……そうよね？

　音楽に負けないよう叫ばないといけないので、ラッシュをとがめるのはやめておいた。彼は、ダンスフロアから離れたところにある空きブースにわたしたちを連れていった。わたしを先に座らせ、ベティはわたしの正面に座った。ラッシュはわたしの隣に腰を下ろした。

　ベティが眉根を寄せて彼をちらっと見た。

「何が飲みたい？」大声を出さなくてすむよう、わたしの耳元に体を寄せてラッシュが尋ねた。

「わからない」わたしはアドバイスが欲しくてベティを見た。「何を飲んだらいい？」

　ベティは目を見開いて笑いだした。「お酒を飲んだことがないの？」

　わたしはうなずいた。「自分でアルコールを買える年齢じゃないの。あなたは？」

　ベティが手を叩く。「面白くなりそうね。大丈夫、わたしは二十一歳よ、少なくとも身分証明書ではそうなってる」彼女はラッシュを見やった。「彼女を席から出してあげて。バーカウンターに連れてくから」

ラッシュは動かないまま、わたしを見た。「酒を飲んだことがないのか？」

「ないわ。でも今夜、克服するつもり」わたしは言った。

「だったら、ゆっくり飲まなきゃだめだ。アルコールに耐性がないんだから」彼は手を伸ばすとウエイトレスの腕をつかんだ。「メニューをくれ」

ベティが両手を腰に当てた。「なんで料理を頼むの？　ここに来たのは、お酒を飲んでカウボーイとダンスするためよ。食べるためじゃない」

ラッシュはベティのほうを向いた。顔は見えなかったけれど、肩がこわばっていたのでどんな表情をしているか想像はついた。「彼女は酒を飲んだことがないんだぞ。まず何か食べてから飲まないと、二時間は体を丸めて吐きながらきみをののしることになる」

うわあ。吐くのは嫌。絶対に。

ベティはあきれたように目をぐるりと回すと、ラッシュを馬鹿にするかのように自分の顔の前で手を振った。「好きにすれば、ラッシュパパ。わたしは何か飲むものを取ってくる。彼女にもね。だからさっさと食べさせておいて」

ベティが話し終える前にウエイトレスがメニューを持って戻ってきた。ラッシュはメニューを受け取るなり、開いてわたしに見せた。「何か選べ。酔っぱらいの女王がなんと言おうと、先に食べておくべきだ」

わたしはうなずいた。気持ち悪くなるのはごめんだ。

「チーズソースフライドポテトがおいしそう」

ラッシュがメニューを閉じたのに気づいて、ウエイトレスが戻ってきた。「チーズソースフライドポテトをふたつと、グラスで水を一杯くれ」

ウエイトレスがうなずいて立ち去ると、ラッシュは後ろにもたれて頭を傾けてわたしを見た。「で、きみはホンキートンクに来た。したいと思ってたことはこれで全部か？　正直に言うと、この音楽には耐えられない」

わたしはにっこりして肩をすくめ、あたりを見回した。カウボーイハットをかぶった男性や、普通の服装の男性があちこちにいる。ベルトに大きなバックルがついている人もいたけれど、ほとんどはわたしの故郷にいる人々と変わらなかった。

「まだここに来たばかりよ。お酒を飲んでないし、ダンスもしてない。気がすんだら教えるわ」

ラッシュはにやりとした。「ダンスがしたいのか？」

ダンスはしたいけれど、ラッシュとではない。彼がただの友達だということをふと忘れそうになる。「ええ。でもまずは景気づけにお酒を引っかけて、それからダンスに誘ってくれる人を探しに行くわ」

「ぼくは今、誘われたと思ったんだけどな」

わたしはテーブルに両肘をつくと、あごをのせた。「それがいい思いつきだと思う？」間違っていると彼に認めてほしかった。

ラッシュがため息をつく。「たぶん、違うな」

わたしはうなずいた。

チーズソースフライドポテトの皿がそれぞれの前に、霜のついたマグに入った冷たい水がラッシュの前に置かれた。料理はすごくおいしそうだった。自分がおなかが空いていることに気づいていなかった。いくらお金を使ったか覚えておかないと。これは七ドル。今夜は二十ドル以上は使うつもりはなかった。つまり一杯しか飲めないけれど、ラッシュに食べなければだめだと言われたので、食べることにした。

　わたしはチーズのかかったフライドポテトを取り、ひと口食べた。

「ピーナッツバターのサンドイッチよりいいだろう？」ラッシュがからかうような笑みを浮かべて言った。わたしはうなずいて、もう一本食べた。

　ベティがブースに滑りこんできた。小さなグラスをふたつ手に持っている。中身は黄色だ。「弱いのから始めたほうがいいと思って。テキーラはかなり強いから、まだ飲むのは無理でしょうね。これはレモンドロップ。甘くておいしいわよ」

「もう少し食べてからだ」ラッシュが彼女を止めた。

　わたしは急いで、さらに数本食べた。それからレモンドロップに手を伸ばした。

「準備オーケイ」わたしがベティに言うと、彼女は自分の酒を持ち上げてにっこりした。そのままグラスを唇に当て、頭をそらすのをわたしは見つめた。続いてわたしも同じことをした。

　すごくおいしかった。少し喉が焼ける感じがしたけれど、レモンの風味がいい。わたしは空のグラスをテーブルに置くと、こちらをじっと見つめているラッシュに向かってにっこりした。

「食べて」彼が言った。

わたしはくすくす笑いを抑えようとしたけれど、できなかった。わたしは声をたてて笑った。さっきから、彼ったらおかしいわ。わたしはもうひと口食べ、ベティも手を伸ばして何本かフライドポテトを食べた。

「さっき、バーカウンターで何人か男の人に会ったの」彼女が言った。「わたしがあなたを指さしたから、わたしが座ってからずっとこっちを見てるわ。新しいお友達を作る心の準備はいい？」

ラッシュが少しわたしのほうに寄ってきた。彼のぬくもりと、自分の胃のあたりの熱さのせいで、このままここに……友達のそばにいたい気分になった。だからこそ立ち上がらないと。わたしはうなずいた。

「彼女を出してあげて、ラッシュ。わたしたちが戻ってくるまで、席を温めておいてね」ベティが言った。

ラッシュはすぐには動かなかった。彼はベティの言葉を無視するつもりか、それともわたしにもっと食べさせたいのだろうか、とわたしは考えはじめた。やがて彼が横にずれて立ち上がった。

ラッシュに何か言いたかった。彼がしかめっ面をやめて、笑ってくれるようなことを。でも、なんて言ったらいいのかわからなかった。

「気をつけて。必要ならぼくはここにいるから」ラッシュはわたしのそばに来て低い声でささやいた。わたしはただうなずいた。胸がぎゅっと苦しくなり、ブースに戻って彼と一緒にいたくなった。

「行こう、ブレア。あなたを餌にして男性たちにお酒をおごらせちゃおう。あなたは最高の友達だわ。絶対に楽しいから。十九歳だってことは言わないでね。二十一歳って言うのよ」

「オーケイ」

ベティはわたしを連れて、あからさまにこちらを見ているふたりの男性のほうへ向かった。ひとりは背が高く、ブロンドの髪を耳にかけている。何日かひげをそっていない様子で、ぴったりしたフランネルのシャツの下からのぞく体はがっしりしていた。彼はまずわたしを、それからベティを見て、またわたしに視線を戻した。まだどちらにするか決めかねているらしい。

もうひとりの男性は背が低くて、少しカールしたこげ茶色の髪と素敵な青い瞳の持ち主だった。ため息が出そうなくらい澄んだ青だ。白いTシャツは想像の余地がないほど、たくましい胸を見せつけていた。どこからどう見ても肉体労働者だ。ありきたりなラングラーのジーンズをうまく着こなしている。彼の目はわたしに向けられていた。その視線は微動だにしない。彼が口元にかすかに笑みを浮かべた。結局、そんなに悪いことにはならないいんじゃないかしら、とわたしは思った。

「どうも、この子はブレアよ。彼女の兄貴からさらってきたところなの、何か飲ませてあげて」

こげ茶色の髪の男性が立ち上がって片手を差しだした。「ダルトンだ。会えて嬉しいよ、ブレア」

わたしは彼の手に自分の手を重ねて握った。「こちらこそ会えて嬉しいわ、ダルトン」

「飲み物は何を取ってこようか？」彼が満足そうな笑顔で尋ねた。

「彼女にはレモンドロップをお願い。お気に入りなの」ベティがわたしの横で言った。

「やあブレア、ぼくはナッシュだ」ブロンドの男性が手を差しだしてきたので、わたしは握手をした。

「どうも、ナッシュ」

「ねえ、喧嘩しないでよ。こっちはふたりいるんだから。冷静になって、ナッシュ。彼女が見るからに純粋そうだからって、熱くなっちゃったのかしら」ベティがむっとしながら言った。「わたしとダンスしましょ。いけない女の子がどんなふうにあなたの欲望を満足させてくれるか教えてあげる」

ベティは完全にナッシュの心をつかんだ。わたしは笑わないよう、口元を手で隠した。彼女はうまい。ベティはわたしにウインクすると、ナッシュを連れてダンスフロアへ出ていった。

「一緒に来た友達、すごいね。彼女のほうからぼくらふたりに声をかけてきたんだ。ぼくはそういうのは好きじゃないって言ったんだけど、彼女がきみを指さしてね。カールしたブロンドしか見えなかったが、気になった」ダルトンはそう言うと、わたしにレモンドロップを渡した。

「ありがとう。それに、そうなの、ベティって楽しい子よね。彼女が今夜、ここに連れてきてくれたの。わたし、こういう場所に来るのは初めてで」

ダルトンがラッシュのほうを頭で示した。長身で脚の長いブロンドの女性が、わたしたちのテーブルの端に腰かけている。ラッシュが女性の太ももの脇を指で撫で上げるのをわたしは見つめた。早くも相手を見つけたようだ。

「お兄さんがきみとここに来たのはあれが目当てなのか？」

ダルトンの質問で、自分が何をしに来たのかを思い出し、わたしはラッシュと女性の太ももから視線をそらした。「ええ、まあ……そんなところ」唇にグラスを当てると、急いで飲んだ。「わたしたち……その、踊りたい？」わたしはグラスをバーカウンターに置いて尋ねた。

ダルトンは立ち上がり、わたしをダンスフロアへ連れだした。ベティはすでに、人前でするのは違法じゃないかと思えるくらいぴったりと体をナッシュに押しつけている。あんなダンスをする気はない。ダルトンがあれを期待していないことを願った。

彼はわたしの両手を取って自分の首に回させると、わたしの腰に両手を滑らせて引き寄せた。これならいい。これくらいなら。音楽はゆっくりとしたセクシーな曲だ。見知らぬ人と踊りたいタイプの曲ではない。

「このあたりに住んでるのかい？」声が聞こえるよう、ダルトンがわたしの耳のあたりまで頭を下げて言った。

わたしは首を振った。「ここから車で四十分くらいのところに。それに、引っ越してきたばかりなの。出身はアラバマよ」

彼はにやりとした。「だから南部なまりがあるのか。このあたりの人より少し強めだよな」

ダルトンはわたしの腰に当てていた手を下へ滑らせ、お尻の上あたりに触れてきた。これは少し気になる。

「大学に通ってるの？」彼の手が少しずつ下へずれてくる。

わたしは首を振った。「いいえ。あの……働いてるの」

わたしは人混みの中でベティを探したが、見つからなかった。見たくはなかったけれど、ラッシュがまだいるかとブースのほうに目をやった。例のブロンド女性も今はブースで彼と一緒に座っていた。ラッシュの視線は、そしてたぶん唇も、彼女に重なっていた。

ダルトンの手が、わたしのお尻を完全に包むところまで下がってきた。「ああ、きみの体は最高だよ」彼がわたしの耳元でささやいた。赤信号がともる。助けが必要だ。待って。わたしはいつから助けが必要な人間になったの？　もう何年も、誰にも頼らずに生きてきた。今になって情けない行動を取るなんてだめ。わたしは両手をダルトンの胸に置くと、彼を押しやった。「ちょっと空気が吸いたいわ。それと、知らない人にお尻をまさぐられるのは好きじゃないの」わたしはそう告げるとダルトンに背を向けて出口へ向かった。ブースに戻ってラッシュがどこかの女性といちゃついているのを見たくなかったし、今はほかにダンスの相手を見つけたい気分でもなかった。

暗い外へ出ると、わたしは大きく息をついて建物に寄りかかった。たぶん、わたしはこの手のことに向いていないのだろう。もしかしたら、一気にやりすぎたのかもしれない。どちらにしろ、ひと息ついたら新しいダンスの相手を探さないと。ダルトンとはうまくいかない。

14

「ブレア？」心配そうなラッシュの声がして、わたしは驚いた。目を見開いて暗闇をじっと見つめると、彼がこちらに向かってくるのが見えた。

「うん」わたしは答えた。

「きみの姿が見えなくなったから。なんで外に出たんだ？　危ないだろう」

兄みたいな物言いなんてうんざり。わたしは自分でどうにかできる。引っこんでて。

「大丈夫だから。中に入って、ブースでいちゃいちゃしてて」嫌味たっぷりになるのを、どうすることもできなかった。

「なんで外に出た？」ラッシュは繰り返し、ゆっくりとわたしに近づいてきた。

「そうしたかったから」わたしもゆっくりと、彼をねめつけるように視線を上げながら言った。

「パーティは中でやれ。したかったんだろう？　ホンキートンクで男と酒を飲むってやつを？　外にいたらできないぞ」

「引っこんでて、ラッシュ」

彼がさらに一歩近づいてきた。ふたりの距離はもう数センチしかない。「嫌だ。何があったのか知りたい」

わたしの中で何かが弾け、両手でラッシュの胸をめいっぱい押した。けれど彼はほとんど下がらなかった。「何があったのか知りたいの？　あなたが来たせいよ、ラッシュ。それだけ」わたしは彼に怒鳴り散らすと、暗い駐車場へ大股で向かった。

力強い手で腕をつかまれ、引き留められた。わたしは振りほどこうと頑張ったけれど無駄だった。ラッシュはがっちりとわたしをつかんでいて、放してくれなかった。

「どういう意味だ、ブレア？」彼の胸に引き寄せられる。

わたしはもがきながら、叫びだしたい衝動をこらえた。彼のにおいに鼓動が速くなり、体がうずく自分が嫌だった。距離を取らなければ。彼の温かくてセクシーな体にすり寄ってはだめ。

「放して」わたしは嚙みつくように言った。

ラッシュは怒っていた。「きみの問題がなんなのか話すのが先だ」

わたしは腕の中で身をよじったけれど、彼はびくともしなかった。こんなのどうかしている。彼はわたしの話なんて聞きたくないはずだ。そう気づくと、かえって話したくなった。わたしが言おうとしていることは、ラッシュにとっては迷惑でしかないだろう。友達でいるという彼の望みを台無しにしてしまうのだから。

「あなたがほかの女性に触っているのを見たくなかったの。それと、どこかの男性にお尻を触られたのも気持ちが悪かった。お尻に触るのはあなたがよかった。あなたに触ってほしかった。でもそれはできないから、自分でどうにかしなきゃいけないの。ほら、放して！」わたしは身を振りほどいて、レンジローヴァーへ走った。彼がわたしを家へ連れ帰る気になるまで、そこに引っこんでいればいい。

涙が目を刺し、わたしはさらに必死に走った。車に着くと、横に回って目を閉じて寄りかかった。お尻を触ってほしいと、ラッシュに言ってしまった。どれだけ馬鹿なの？　彼はわたしに部屋を貸してくれた。お金が節約できるようにと、父が戻ってくるまで滞在するよう申しでてくれた。それなのにわたしは、追いだされるだけの理由を彼に与えてしまった。

かちゃっという音とともにレンジローヴァーのロックが開いた。目を開けると、ラッシュが大股でこちらに向かっていた。きっとわたしを家まで連れていって追いだす気だろう。彼はわたしの横に立つと後部座席のドアを勢いよく開けた。わたしは背中を押された。まあ優しいこと。

「乗れ。じゃないと放りこむ」ラッシュが低い声で言った。

彼に放りこまれる前に、わたしは後部座席に座った。けれど彼はドアを閉めなかった。代わりに、隣に乗りこんできた。

「何をしてるの?」そう尋ねたとたん、わたしはシートに押しつけられて、唇を奪われた。唇を開き、彼の舌を探る。口の中に金属が当たるのを感じ、興奮した。今夜は、彼のミントみたいな味はほかの味と混ざっておらず、何時間でも飽きずに味わっていられる気がした。

ラッシュの両手がわたしのお尻まで下りてくると、彼はわたしの体の位置を変えて、片脚をシートにのせて膝を曲げさせ、片脚は床に下ろさせた。わたしの脚を広げ、そのあいだに体を入れてきたかと思うと、わたしの唇から唇を離し、飢えたようなキスを首筋に浴びせはじめた。むきだしの肩を軽く嚙まれて、わたしの体の中を快感が走った。

彼の手がシャツの縁にたどり着いた。「脱いで」ラッシュはわたしの胸を見つめたままシャツを頭から脱がせ、前の座席に放り投げた。「全部脱がせたい、かわいいブレア」彼はわたしの背中に手を回し、片手であっという間にブラジャーのホックをはずした。腕からブラジャーを抜き、シャツと同じく前の座席に投げた。「だからきみとは距離を置こうとしたのに。こうなるとわかっていたんだ、ブレア。止められない。もう無理だ」ラッシュは頭を下げると、乳首を口に含んだ。強く吸われ、衝撃が脚のあいだまで走った。

わたしは叫んで、彼の肩をつかんで抱きついた。彼が舌を突きだし、金属のバーベルが自分の肌をなぞる様をわたしは見つめた。見たことがないくらいエロティックな光景だった。

「キャンディみたいだ。女性の体がこんなに甘いはずがないのに。これは危険だ」ラッシュは肌の上でそう言いながら、鼻をわたしの胸の谷間に突っこんで、音をたてにおいをかいだ。「それに信じられないくらいいいにおいがする」

ラッシュの唇がまたわたしの唇に戻ってきた。彼は大きな手で胸に触れ、優しくもみながら乳首を引っ張った。わたしも相手のことをもっと感じたかった。彼の胸を撫で下ろし、シャツの下に手を滑りこませた。彼の胸がどんなふうか、前にじっくりと見たことがある。今度は、手で触れたらどんな感じかを知りたかった。がっしりした筋肉を覆う温かい肌は滑らかだった。割れた腹筋に指を走らせ、感触を心に刻む。一回かぎりではないという約束はしていないから、すべて覚えておきたかった。

ラッシュは片手を伸ばしてシャツを脱ぐと横に捨て、またわたしの唇をむさぼりだした。わたしは背中をそらして彼に密着した。上半身裸になって男性と抱きあうのは初めてだ。彼のむきだしの胸が自分の胸に触れる感触を知りたかった。ラッシュはわたしの望みを知っているかのように、両腕でわたしを抱きしめ、体を寄せた。彼の唇に濡らされた胸がひんやりしたけれど、彼の肌の熱さに驚いた。

わたしはうめき声をあげて、ラッシュが離れてしまわないように引き寄せた。彼が女性とポーチにいるところを見たときからしたかったことをしていた。今、脚のあいだに彼を招いているのはわたしだ。これこそ夢見ていた光景だ。

「かわいいブレア」ラッシュはささやくと、わたしの下唇を奪って吸った。

わたしは彼の下で身じろぎして、硬くなったものを脚のあいだに押しつけようとした。体がうずいていて、彼の興奮を感じたかった。ラッシュは片手を滑らせてわたしの膝を撫で、太ももの内側に触れた。わたしは彼に近づいてほしくて、脚をさらに大きく広げた。痛いほどの飢えはひどくなるばかりで、彼の手が近づいてきていると思うだけで頭がくらくらした。

指でパンティの股の部分を撫でられ、わたしはびくりとしてうめいた。「力を抜いて。ほかのところと同じくらいここも甘いのか知りたいだけだ」ラッシュがかすれた声で言った。わたしはうなずこうとしたけれど、息をすることを自分に思い出させるだけで精一杯だった。ラッシュの銀色の瞳は見つめているうちに、鈍い輝きを帯びはじめた。彼はわたしと見つめあったまま、パンティのレースの縁取りの下に指を忍びこませた。

「ラッシュ」わたしは小さな声をもらし、彼の肩をつかんで目を見つめた。

「しいっ、大丈夫」彼が言った。

怖いのではない。わたしが怯えていると思って彼はなだめようとしているけれど、まったく怖くはなかった。興奮と渇望があふれすぎているだけだ。早くしてほしかった。体内に何かがわき上がってきたので、そこに手を伸ばしたかった。激しいうずきは大きくなるばかりだ。

ラッシュがわたしの首元に顔を埋め、長く深い息をついた。「これはやりすぎだ」彼がうめく。

わたしは口を開き、やめないでとねだりそうになった。ラッシュが欲しい。そこまで来ている解放感を求めていた。彼の指が濡れた部分を滑ると、体が勝手にのけぞって爪先が丸まった。指が入ってくる。ゆっくりと。どんなふうに感じるのかわからず、わたしは身をこわばらせた。ラッシュの太い指が中をゆるめるように進んでいる。わたしは指をもっと強く押しつけてほしくて、彼の手をつかみたくなった。気持ちいい。よすぎるくらいだ。

「くそっ。やばいな。濡れてて熱くて……すごく熱い。それに、すごくきつい」首元に当たるラッシュの息が荒くなる。彼の言葉にわたしはいっそう興奮した。彼の言葉がみだらであればあるほど、わたしの体はさらに反応した。

「ラッシュ、お願い」わたしはねだった。彼の手をつかんで急かしたい、触れられたせいでうずく体を解放してほしいという衝動と戦っていた。「欲しいの……」何が欲しいのかは自分でもわからない。ただ欲しかった。

ラッシュは顔を上げるとわたしの首筋に鼻をこすりつけ、あごにキスした。「きみが求めているものはわかってる。それをあげたら、見ているぼくのほうが我慢できるか自信がない。きみのせいでひどく興奮してるんだよ。必死でいいやつでいようとしているんだ。車の後部座席なんかで我を忘れるわけにはいかない」

わたしは首を振った。やめるなんてだめ。いいやつでなんかいてほしくない。わたしの中に来てほしい。今すぐ。「お願い、いいやつなんかやめて。お願い」わたしはねだった。

ラッシュが荒々しく息を吐いた。「くそっ、ベイビー。やめろ。爆発しそうだ。きみをいかせてあげるけど、初めてぼくがきみの中に入るのは、車の後部座席でなんかじゃない。ぼくのベッドでだ」

わたしが答える前にラッシュの手が動きはじめた。わたしは目を見開いた。

「ほら。いくんだ、かわいいブレア。ぼくの手でいって、ぼくを感じさせて。達するきみを見ていたい」その言葉で、わたしは自分でやるときはなかなか到達できないところまで昇りつめていた。

「ラッシュ！」自分が大声で叫ぶのが聞こえ、恍惚(こうこつ)状態へと陥った。彼を求め、名前を叫び、爪まで立てたかもしれないけれど、自分を抑えられなかった。エクスタシーはすさまじかった。

「ああ、そうだよ。それが見たかったんだ。くそっ、きれいだ」ラッシュの言葉が、どこか遠くで聞こえる。感覚が戻ってきても、わたしはぐったりしたまま空気を求めてあえいでいた。

どうにかまぶたを上げて、初めてのオーガズムにすっかり興奮してラッシュを傷つけてしまっていないか確かめようとした。オーガズムについては嫌というほど耳にしていたけれど、今までは一度も達したことがなかった。達してみたいと何度か挑戦してはみたものの、どんなものなのか想像もつかなかった。でもきっと今夜からはもう大丈夫だ。ラッシュがいいきっかけをくれた。その張本人はまだジーンズをはいたままだが。

目を上げてラッシュを見ると、彼はわたしを凝視したまま指を口にくわえた。それが何を意味するかわかるのに少し時間がかかった。気づいたとたんに息をのんだけれど、ラッシュはただ含み笑いをもらして口から指を抜いてにやりとした。「思ったとおりだ。熱くて狭いきみのあそこは、体と同じくらいに甘いよ」

こんなにぐったりしていなかったら、真っ赤になっていたところだ。わたしにできたのは、きつく目をつぶることだけだった。

ラッシュの笑い声が大きくなった。「おい、頼むよ、ブレア。きみはぼくの手で派手に、そしてセクシーにいったばかりだ。その証拠にぼくの背中には引っかき傷が残ってる。今さら恥ずかしがらなくていい。そうだろう、ベイビー、夜が終わるまではきみは裸でぼくのベッドの中にいるんだから」

聞き間違いではないかとわたしはラッシュをじっと見つめた。もっとしてほしかった。もっとたくさん。

「きみに服を着せさせてくれ。それからベティを見つけて、一緒に乗って帰るのか、送ってもらえるカウボーイを見つけたのか確かめよう」

わたしは伸びをしてうなずいた。「オーケイ」

「こんなにがちがちに硬くなっていなかったら、このままここで、満足したきみのぼうっとした瞳を眺めて楽しんでいたいところだな。自分がこうしたんだと思うと嬉しいからね。でも今夜は、もっと先まで進みたい」

15

わたしに服を着せたいと言ったラッシュの言葉に嘘はなかった。彼はわたしにブラジャーを着けて肩に軽くキスを落とすと、頭からシャツをかぶせてくれた。

「ぼくがベティを探してくるから、きみはここにいてくれないか。いかにも楽しみましたって顔で、すごくセクシーなんだよ。きみを巡って喧嘩なんてしたくない」また褒めてくれた。彼からこんなふうに言われることにいつか慣れるのだろうか。

「わたしがここに来たのは、ベティをただのセックスの相手としか思わない男性と寝ないよう彼女を見張るためだったの。それなのにあなたが一緒に来て、こうして車の後部座席にいる。こうなった理由をわたしの口から彼女に説明しなきゃいけないと思うんだけど」

ラッシュはすぐには返事をしなかった。しばらくわたしを見つめていたものの、こところにいるのがあの男だと気付くはずがない。とにかくベティはわたしを見上げたが、こんな暗がりの中では表情までは読み取れなかった。「これからベティの様子を見に店内に戻るつもりかもしれないが、ぼくは賛成しかねるよ」ラッシュはわたしを背中から抱きしめると、髪に触れてきた。「きみを味わってしまった今、誰にもきみの姿を見られたくない。これはひとときの情事とはわけが違う。きっと少しきみに中毒になってるんだ」

心臓が胸の中で激しく打ち、わたしは深く息をついた。うわあ。オーケイ。なんてこと。わたしがどうにかうなずくと、ラッシュは頭を下げて唇に軽くキスをして、わたしの下唇を舌でなぞった。

「うーん、よし。きみはここにいて。ベティを連れてきて、きみと話をさせよう」

またも、わたしにできたのはうなずくことだけだった。

ラッシュが車の外に出て、ゆったりした足取りでホンキートンクへ戻っていくと、わたしはようやく息がつけた。

彼は自分が中毒になったと思っているかもしれないけれど、わたしをどんな気持ちにさせたかなんて想像もつかないはずだ。少なくとも、彼は歩けている。わたしはあんなにすぐに、自分の足で立てるとは思えない。

まっすぐに座りなおしてスカートの裾を引っ張り、ドアのそばに移動した。降りて前の座席に移るべきだけれど、まだ自分の脚が信用できなかった。これが普通なの？　男性はこんなふうに感じさせることができるの？　わたしはどこか変なのかもしれない。ラッシュにこんなふうに反応するべきじゃない……そうよね？

こういうときに、女友達がいればいいのにと思う。ただひとりの女友達はベティだけれど、男性に関するアドバイスを彼女からもらうべきじゃないことは確かだ。母がいればよかったのに。

母を思うたびによみがえる痛みを感じて、どうにかやり過ごそうと目を閉じた。今は悲しみにのみこまれている場合ではない。

ドアが開き、外に笑顔のベティが立っていた。「へえ、自分の顔を見たほうがいいわよ。ローズマリー・ビーチでレンジローヴァーの後部座席に乗ってる女の子の中で一番色っぽいから。あなたは肉体労働をしてる男性を探しに来たんだと思ってたけど」どこかろれつが回っていない。

「乗るんだ、ベティ、ここに座りこむ前に」ラッシュが彼女の背後から声をかけた。わたしは彼女の肩越しに彼を見た。いらだっているようだ。

「帰りたくない。アールが気に入ったの、じゃなくてケヴィンだっけ？　違う、待って、ナッシュはどうしたの？　彼を見失ったのよ……たしか」ベティはとりとめもなくしゃべりながら後部座席に乗りこんできた。

「アールとケヴィンって誰？」わたしは尋ねた。ベティはヘッドレストをつかみ、仰向けに倒れた。

「アールは結婚してるの。してないって言ってたけど、してるわ。わかるの。結婚してる人はそういうにおいがするものだから」

彼女はいったいなんの話をしてるの？

ベティがドアを閉め、わたしがさらに突っこんで話を聞こうとしたときに、こちら側のドアが開いた。顔を向けると、ラッシュがわたしを降ろそうと手を差しだして立っていた。「彼女の話をまともに聞こうとしても無駄だ。ぼくが見つけたときには、既婚者のアールにおごってもらった六杯目のテキーラを飲み干すところだった。べろんべろんだよ」

今夜、こんなふうになってほしいとはまったく思っていなかった。田舎の男性が相手なら、今までのようにはならないと思いこんでいた。ベティを大切に扱ってくれるのではないかと。そうはいっても、彼女のほうも赤いレザーのショートパンツ姿なのだけれど。わたしが手を預けると、ラッシュはぐっと握った。「今夜、ベティには何も説明しなくていい。どうせ朝になったら全部忘れてる」

きっと彼の言うとおりだろう。わたしがレンジローヴァーを降りると、ラッシュはわたしを自分のほうに引き寄せてからドアを閉めた。「その甘い唇を味わいたいが、今は我慢するよ。ベティが気持ち悪くなる前に家にたどり着かないと」彼は低く、かすれた声でささやいた。

わたしはうなずいた。わたしもキスをしてほしかったけれど、ベティが気分が悪くなりそうなら、家まで送らないと。わたしが彼から離れようとすると、回された腕に力がこもった。

「でも、さっき言ったことは本気だから。今夜はぼくのベッドにいてほしい」

今もわたしはうなずくことしかできなかった。わたしも彼のベッドにいたい。男性に関しては、わたしもベティと同じくらい愚かなのかもしれない。

ラッシュに手を引かれて助手席に回り、ドアを開けてもらった。「友達なんてくそくらえだ」彼はつぶやくと、わたしの腰をつかんで車に乗りこむのを手伝った。

にっこりしながら、わたしはラッシュがレンジローヴァーの前を回っていくのを見つめた。「なんで笑ってるんだ？」彼はそう言いながら運転席についた。

わたしは肩をすくめた。「友達なんてくそくらえ。笑えるわ」

ラッシュは含み笑いをすると頭を振り、レンジローヴァーのエンジンをかけて、混みあってきた駐車場から出た。

「わたし、あなたが知らないことを知ってるんだから。そう。知ってるのよ」ベティが歌うように唱えはじめた。

わたしは振り返ってベティを見た。彼女の顔には笑顔ではなく、ぎこちないしかめっ面が貼りついていた。

「わたしは知ってるの」ベティは大声で言った。

「聞こえてるわよ」わたしは彼女の相手をしながらラッシュを見た。面白がっている様子はない。ベティが酔っぱらっているのが気に入らないらしい。

「すっごい秘密よ。とびっきりのを……知ってるんだから。わたしが知ってるはずがないんだけど、でも知ってるの。あなたが知らないことを知ってる。あなたは知らない。あなたは知らない」ベティはまた歌いはじめた。

わたしは何を知っているのか尋ねようとしたけれど、ラッシュが先に口を開いた。

「もう充分だ、ベティ」彼ははっきりと警告していた。冷たい口調にわたしまで体が震えた。

ベティはぐっと唇を閉じると、鍵をかけて投げるような手ぶりをした。

わたしは前に向きなおりながら、ベティはわたしが知るべきことを知っているのだろうかと考えた。ラッシュの態度は、まさにそんな感じだった。彼は、今にも車を停めて彼女を放りだしてしまいそうに見える。ラッシュがラジオをいじって音楽を流しはじめたので、わたしはおとなしくしていることにした。

ラッシュは腹を立てている。ベティが知っているはずじゃないことを知っていたからだ。彼の周囲には秘密があふれている。彼には話したくない事柄がある。わたしたちはお互いに心惹かれている。だからといって、ラッシュがわたしに秘密をすべて打ち明けてくれるとはかぎらない。そうでしょう？　そんなの、当然だ。でも繰り返しになるけれど、たいして知らない相手に自分の一部を捧げる心の準備ができている？　ラッシュは用心深く本当の自分を隠している。彼とそんなことをして、好きにならずにいられる？　自信がない。

ラッシュが片手をわたしのほうに滑らせてきた。道路から視線をそらしてはいないものの、物思いにふけっている。ごちゃごちゃ悩んでいないで、彼にきいてしまえたらいいのに。とはいえ、わたしたちはそこまでの関係にはなっていない。そこまで親しくなることはないのかもしれない。なんの希望も残さずにあっという間にわたしの人生から去ってしまう相手にヴァージンを捧げてもいいの？

「今までで一番素敵な夜だった。肉体労働をしてる男性っていいわね。とっても楽しい人ばかりで」後部座席のベティが眠そうな声でもごもごとしゃべっている。「あなたももう少し探してみればよかったのに、ブレア。わたしよりきっとうまくやれたわ。ラッシュはだめよ。だってナンがつきまとってるもの」

ナン？　わたしは振り返ってベティを見た。彼女は目を閉じ、口を開けていた。小さないびきが聞こえた。今の言葉の意味を、今夜は説明してもらえそうもないことはわかった。少なくとも、ベティからは。

ラッシュはわたしに触れていた手を引いて、今はきつくハンドルを握っていた。あごにも力が入っている。彼の妹がどう関係してくるの？　彼女は妹よね？

「ナンはあなたの妹でしょう？」わたしは彼の反応をうかがいながら尋ねた。

ラッシュはただうなずいただけで、何も言わなかった。前回、ナンの話をしたとき と同じ態度だ。彼は完全にわたしを締めだしている。

「じゃあ、ベティが言ったのはどういう意味？　わたしたちのことがナンとどう関わるの？」

ラッシュの全身がぴんと張りつめた。彼は返事をしなかった。

心が沈んだ。それがどんなことであれ、この秘密のせいでわたしたちはこれ以上先に進めない。ラッシュにとってはあまりに重要なことなのだ。つまり、わたしにとっては警告フラグだ。ベティでさえ知っていることを彼がわたしに打ち明けるつもりがないのなら、それはわたしたちのあいだの障害になる。

「ナンはぼくの妹だ。ぼくは……妹についてはきみとは話せない」彼の〝きみ〟という言い方にいらだった。どこか変だ。もっと尋ねたいことはあったけれど、今夜にしろほかの夜にしろ、彼のベッドで眠ることはないと気づいて悲しみと喪失感に襲われ、質問を重ねるのはやめた。この秘密があるかぎり、ラッシュと親しくなりすぎることはないだろう。もう、さっきみたいに彼に触れさせてはいけない。彼はあっさりとわたしを捨ててしまえるのだから。

カントリークラブに着くまでのあいだ、お互いにまったく口を開かなかった。ラッシュは無言でレンジローヴァーから降りるとベティを起こした。彼は彼女に手を貸してオフィスへ向かった。鍵がかかっていたけれど、ベティは鍵を持っていた。彼女は、ここに泊まらないと父親に殺されるとかそんなことをさっきからつぶやいている。わたしは手を貸しに行かなかった。そんなエネルギーはなかった。とにかくベッドに入りたい。階段下の自分のベッドに潜りこみたかった。わたしを待っている、新しい部屋の広いベッドではなくて。

ラッシュは車に戻ってきても黙ったままだった。ナンのことや、ベティが言ったことのせいで彼がこんなふうに会話を拒絶する理由を考えてみたけれど、まったく思いつかなかった。ほんの数分後、四台収容できるガレージに車が停まった。彼がレンジにローヴァーを停めると同時に、わたしはドアを開けて車を降りた。ラッシュを待たずに玄関へ向かったが、鍵がかかっていたので彼が来て開けてくれるのを待つしかなかった。

16

ラッシュはドアを開けると、わたしが通れるように後ろへ下がった。わたしは中に入るとキッチンへ向かった。

「今のきみの部屋は階上だ」沈黙を破って彼が言った。

わかっている。ちょっとぼんやりしていただけだ。わたしは向きを変えて階段を上がりはじめた。ラッシュはついてこなかった。振り返って彼が何をしているのか確かめたかったけれど、できなかった。

「きみとは距離を置こうとしてきた」沈んだ声だった。わたしは足を止めて振り返り、ラッシュを見下ろした。彼は階段の一番下からこちらを見上げている。その傷ついた表情に胸が締めつけられた。

「最初の夜、ぼくはきみを追いだそうとした。きみが嫌いだったからじゃない」彼が苦々しげにふっと笑った。「わかっていたからだ。きみがぼくの心の中に入ってきてしまうって。きみと距離を置くなんてできないって。たぶん、いくらか憎く思う気持ちもあったんだろう。きみがぼくの中の弱さを見つけてしまうから」

「わたしに惹かれるのが、どうしてそんなにいけないことなの？」せめてこれだけは答えてほしい。

「きみは何も知らないからだ。でも、ぼくからは話せない。ナンの秘密をきみには話せない。この秘密は妹のものだ。ぼくはナンが大事なんだ、ブレア。ずっと妹を愛し、守って生きてきた。ナンはぼくの妹だ。だから、そうするしかない。たとえきみのことを、生まれて初めてというくらい求めていても、ナンの秘密を話すことはできない」

ラッシュの一言一言は、体からもぎ取って放っているかのように響いた。ナンは本当に彼の妹だ。わたしにもこういう忠誠心と愛情はよくわかる。わたしだって代われるならヴァレリーの代わりに死んだだろう。妹はわたしより十五分年下なだけだったけれど、望みはなんだってかなえてあげたかった。どんな男性が相手でも、どんな気持ちを抱いていたとしても、妹を裏切ることはできない。

「その気持ちはわかる。大丈夫よ。尋ねるべきじゃなかったわね。ごめんなさい」申し訳なく思った。ラッシュと彼の妹の人生を詮索してしまった。ベティが何を知っているにしろ、明らかに彼女が知るべきではないことだ。彼が妹を守りたがることがわたしたちのあいだの障害になるとベティが思っているのなら、それは間違いだ。

ラッシュはきつく目を閉じて何かつぶやいた。気持ちを整理しようとしているのだろう。つらい記憶がよみがえったのかもしれない。階段を下りて彼を抱きしめたくてたまらなかったけれど、今は喜ばれないだろう。混乱させるばかりだ。

「おやすみなさい、ラッシュ」わたしはそう言うと階段を上がった。今度は振り返らずに、まっすぐ自分の部屋へ向かった。

二階のこれだけ窓がある部屋にいれば、寝過ごすことはない。目覚まし時計が鳴る一時間前に、太陽の光で目が覚めた。バスルームがついているうえに部屋が広いので、シャワーを浴びて着替えるのも楽になった。

今朝はラッシュの食糧を食べたい気分ではなかった。そもそも食欲がなかったけれど、今日はシフトがふたつ入っているので、食べないわけにはいかない。コーヒーショップに寄ってカフェインとマフィンでもおなかに入れよう。カントリークラブのダイニングルームで働くときに着ている黒いリネンのミニスカートと白いコットンのボタンダウンシャツの制服は、自分で洗濯してアイロンをかけなければならない。昨日、少し時間をかけて数少ない制服にアイロンをかけておいた。

テニスシューズを履き、わたしは階下へ行った。階上で人が動く気配はなかったから、ラッシュが起きていないのはわかっていた。今回ばかりは、彼と顔を合わせなくてすむのは助かる。昨夜の出来事をひと晩じゅう考えていたせいで、きっと気まずい思いをしたに違いない。

今まで誰にも触られたことのない場所をラッシュに触らせたというだけではない。いきなり頭のおかしな、口うるさい女みたいに振る舞ってしまった。彼に謝らないといけないけれど、まだそうする心の準備ができていなかった。

わたしは静かに玄関を閉めると、トラックに向かった。少なくとも今夜は、暗くなるまで家には戻らない。最低でもあと十二時間はラッシュと顔を合わせずにすむ。

わたしが到着したとき、ジミーはすでにエプロン姿でスタッフルームにいた。彼はわたしを見るとぱっと笑顔になり、すぐに唇をとがらせてすねた顔をしてみせた。

「ふうん、誰かさんにとってはあんまりいい朝じゃなかったみたいね」

ジミーに悩みを打ち明けることはできない。彼も相手の人たちをよく知っている。この件は自分の胸にしまっておかないと。「よく寝られなかったの」わたしは言った。

ジミーがチッチッと舌を鳴らす。「あきれた。睡眠はとっても大事なんだから」

わたしはそのとおりだとばかりにうなずくと、タイムレコーダーを押した。「今日はあなたのサポートなしで働くの？」

「もちろん。二時間もぼくのあとにくっついて研修したんだから。今日はささっとこなせるはずよ」

そう思ってもらえて嬉しかった。わたしは注文用タブレットとペンを黒いエプロンのポケットに突っこんだ。

「朝食の時間ね」ジミーはウインクすると、ダイニングルームに続くドアを押し開けた。「まあ、ボスとお友達が八番テーブルにいるわ。あの素敵なお尻を眺めに行きたいけど、きっと向こうはあなたに来てほしいでしょうね。ぼくは十番テーブルの早朝テニスのママさんたちの注文を取りに行くよ。チップをはずんでくれるから」

ウッズとその友達がいるテーブルを担当するのは、できれば今朝は避けたかった。

けれど、ジミーには反論できない。彼の言うとおりだ。彼は女性客からのほうがチップをたっぷりもらえるだろう。女性たちは彼が大好きなのだから。

わたしは八番テーブルに向かった。ウッズは視線を上げてわたしを見ると、にっこりした。「ここのほうが似合ってるよ」彼が言った。

「ありがとう。こっちはかなり涼しいわ」わたしは答えた。

「ブレアは昇格したんだね。ぼくももっとここで食事をするようにしよう」ブロンドの巻き毛の男性が言った。いまだに彼の名前がわからない。

「彼女を異動させたおかげで売り上げも伸びそうだな」ウッズが返した。

「ベティとゆうべ出かけたんだろう。楽しんだのか？」ジェイスが少しとげのある口調で尋ねた。彼は明らかにベティの件でわたしを恨んでいる。かまうものか。わたしの知るかぎり、ジェイスは嫌なやつだ。

「楽しかったわ。何をお飲みになりますか？」わたしはそう尋ねて話題を変えた。

「コーヒーを」ブロンドの男性が言った。

「オーケイ、わかったよ。踏みこむなってことだな。女の子同士の決まりとか、そういうくだらないやつだ。ぼくにはオレンジジュースを」ジェイスが言った。

「ぼくもコーヒー」ウッズが言った。

「すぐにお飲み物をお持ちします」わたしはそう告げると、客がいるほかのテーブルを回ろうとした。一方のテーブルにはジミーがすでに注文を取りに行っていたので、わたしはもうひとつのテーブルに向かった。テーブルについているのが誰なのか、すぐには気づかなかった。長いストロベリーブロンドの髪を肩から払い、ナンがわたしをにらみつけてきたので足が止まった。ジミーのほうを見たけれど、彼はふたつ目のテーブルの飲み物の注文を取り終えたところだった。こちらはわたしが受け持つしかない。これほど怯えるなんてどうかしている。彼女はラッシュの妹なのに。

わたしはどうにか足を動かして彼女のテーブルへ近づいた。一緒にいる。ナンと同じくらい華やかなタイプだ。

「最近のカントリークラブは誰でも働かせるしかないのね。従業員はもっとちゃんと選んだほうがいいってウッズからお父様に伝えてもらわないと」ナンはゆっくりと、やや大きめの声で言った。

わたしは顔が熱くなった。きっと真っ赤になっているだろう。だけど今は、とにかくこの場を切り抜けるしかない。ナンはなんだかわからない理由でわたしを嫌っている。もちろん、わたしが彼女の問題をかぎ回っているとラッシュがナンに伝えていたら、話は別だ。ラッシュがそんなことをするとは思えないけれど、わたしは彼のことをちゃんとわかっているのだろうか？　いいえ。

「おはようございます。何をお飲みになりますか？」わたしはできるかぎり丁寧に尋ねた。

もうひとりの女性はくすくす笑って首をかしげている。ナンはまるでわたしが不快なことでも言ったかのように、こちらをにらみつけてきた。「あなたには頼まないわ。ここへ食事に来るときにはもっと上品な接客係を期待してるの。あなたじゃ無理」

わたしはもう一度ジミーを探したものの、彼はいなくなっていた。ナンはラッシュの妹かもしれないけれど、本当に嫌な女だ。この仕事をどうしても必要としていなければ、ふざけるなと言って出ていっているところだ。

「何か問題でも？」後ろからウッズの声が聞こえてきた。生まれて初めて、彼の存在にほっとした。

「ええ、あるわ。なんで貧乏な白人なんか雇っているのよ。さっさと追いだして。こんな人のサービスで我慢するために高いお金を払ってここのメンバーになってるわけじゃないわ」

わたしが彼女の兄の家に住んでいるせいなの？　ナンもわたしの父を嫌っているの？　彼女に嫌われたくはない。もし彼女に嫌われたままなら、ラッシュは絶対にわたしに心を開いてくれないだろう。心の扉は固く閉ざされたままになる。

「ナンネッテ、きみはここの会費を払ったことなんてないだろう。きみがここにいるのは、お兄さんが許可しているからだ。ブレアは今までいたうちの従業員の中でもとくに優秀だし、会費をきちんと払ってるメンバーからはクレームなんていっさい出てない。きみのお兄さんだってそうだ。だから爪は引っこめて、冷静になれ」ウッズが指を鳴らすと、ジミーが早足でこちらにやってきた。彼はこの騒動のあいだに戻ってきていたのに、わたしが見逃していたのだろう。「ジム、ナンとローラを担当してくれるか？　ナンとブレアのあいだには問題があるみたいだし、ぼくはブレアに無理にナンの給仕をさせたくない」

ジミーがうなずいた。ウッズはわたしの肘をつかんでキッチンへと引っ張っていった。注目を浴びているのはわかっていたが、今は気にならなかった。興味津々の視線から逃れられるのがとにかくありがたかったし、ひと呼吸入れる必要があった。

背後でキッチンのドアが閉まると、わたしはずっと詰めていた息を吐きだした。

「一度だけ言わせてもらう、ブレア。きみはあの夜、ラッシュの家でぼくに待ちぼうけをくわせた。ぼくは理由を尋ねなかった。ラッシュもどこにもいなかったから、きくまでもなかった。きみは彼を選んだ、だからぼくは引き下がった。でも今の騒動で、きみも少しはわかったんじゃないのか。あの性悪女の血管には毒が流れている。彼女はねたみっぽくて怒りやすい。それでも、きみとナンのどちらか選ばなければいけなくなったら、ラッシュは妹を選ぶだろう」

わたしは振り返ってウッズを見つめた。彼が言っていることの意味がわからない。ウッズは悲しげな笑みを浮かべるとわたしの肘を放し、ダイニングルームへ戻っていった。ウッズも秘密を知っている。そのはずだ。頭がおかしくなりそうだった。いったいなんだっていうの？

17

わたしは一日が終わったことを嬉しく思いながら、トラックのドアを勢いよく開けた。わたしの視線は、運転席に置かれたメモつきの黒い箱に吸い寄せられた。手を伸ばして箱を手に取る。

ブレア、携帯電話だ。必要だろう。きみの父親と話をしたら、買ってやってくれと頼まれた。これは彼からだ。通話とメッセージは無制限だから、好きなように使うといい。ラッシュ。

父がラッシュと話して、携帯電話を用意してくれた？　箱を開けると、白のｉＰｈｏｎｅと保護ケースがセットになって、中におさまっていた。わたしは携帯を取りだして、しばらく眺めた。下にある小さくて丸いボタンを押すと、画面が明るくなった。父が家を出る前に誕生日プレゼントをもらって以来、父から何かを贈られたことは一度もなかった。ヴァレリーが亡くなる前に、わたしたちにお揃(そろ)いの電動スクーターとヘルメットをプレゼントしてくれたのが最後だった。

わたしはトラックに乗りこむと携帯電話を握った。これで父に電話していいの？　こっちにいない理由を説明してもらえたら嬉しい。少しも望まれていないこの場所にわたしを来させた理由も。父はナンに会っただろうか？　父は彼女がわたしを受け入れないことを知っていたはずだ。それにナンがラッシュの妹なら、わたしにとっては義理の姉ということになる。だから彼女はあんなに怒っていたの？　わたしが彼女より貧しい環境で育ったから？　ナンは冷酷だ。

連絡先をタップすると、電話番号が三件だけ登録してあった。一件目はベティ、次がダーラ、最後はラッシュだ。彼が自分の番号を登録していたことに驚いた。

ラジオで前に聞いたことがある《スラッカー・デーモン》の曲が携帯電話から流れだし、ラッシュの名前が画面に表示された。彼が電話をかけてきている。

「もしもし」まだこのプレゼントをどう受け止めたらいいのかわからないまま、わたしは電話に出た。

「電話を受け取ったかどうか確認だ。気に入ったか？」ラッシュが尋ねた。

「ええ、すごく素敵。でも、なぜ父はわたしに携帯を持たせたがったのかしら？」父はもう何年も、わたしが何を必要としようと気にも留めなかった。今さら携帯電話を用意してくれるなんてことがありうるだろうか。

「安全対策さ。女性には電話が必要だ。それも、自分より年季の入った車に乗ってる女性はとくにね。いつ車が故障してもおかしくないんだから」

「銃があるわ」わたしは指摘した。

ラッシュが含み笑いをもらした。「ああ、そうだな、不良娘。だけど銃じゃトラックをレッカーできないだろう」

たしかに。

「家に帰るところか？」ラッシュが尋ねた。〝家〟と言ったその口ぶりは、彼の家がまるでわたしたちの家であるかのように聞こえて、体の内側が温かくなった気がした。たとえ彼がそんなつもりではなかったとしても。

「ええ、それでかまわなければ。まだ帰ってきてほしくないなら、適当に時間をつぶすわよ」

「いや。帰ってきてくれ。料理したから」

ラッシュが料理？　わたしのために？　「そう、わかった。ええと、あと何分かで帰るわ」

「じゃあ、あとで」彼はそう言い、電話を切った。

またラッシュの行動が理解不能になっている。

屋敷に入ると、タコスのスパイシーな香りが漂ってきた。わたしはドアを閉めてキッチンに向かった。これが本当に自家製のメキシコ料理なら、心から感動する。

足を踏み入れたキッチンでは、ラッシュがこちらに背中を向けて調理していた。音響システムから流れる知らない曲に合わせてハミングしている。彼がいつも聞いている曲よりもっと穏やかでスローな曲だ。ライムを添えたコロナビールがバーカウンターに置いてある。ゴルフコースで働いているあいだ、何度も同じようにビールを用意したものだ。

「いいにおい」わたしは言った。

ラッシュが振り返り、その顔にゆっくりと笑みが広がった。「だろう」彼はそう言ってタオルで手を拭いた。さっきのコロナを取ると、わたしに渡した。「ほら、飲んで。エンチラーダがもうすぐできあがる。ケサディージャはひっくり返さないといけないからあと数分だな。すぐに食べられるよう準備をしないと」

わたしはコロナビールの瓶に唇を当てて少しだけ飲んだ。勇気を出すために飲んだようなものだ。次に顔を合わせたら、こんなふうになるとは思ってもいなかった。

ラッシュはまるで解くことができないパズルだ。

「メキシコ料理が食べられるといいんだけど」彼はエンチラーダをオーブンから出しながら言った。ラッシュ・フィンレイはキッチンで料理をするタイプには見えない。まさか、料理をする姿がこんなにセクシーだとは思ってもみなかった。

「メキシコ料理は大好きよ」わたしは言った。「料理ができるなんて、実はすごく感動してるわ」

ラッシュはわたしを見てウインクした。「ぼくはきみを驚かせるありとあらゆる才能を持ってるんだ」

そのとおりに違いない。わたしはコロナビールをごくりと飲んだ。

「ゆっくり飲めよ。食べ物もおなかに入れたほうがいい。飲んでとは言ったが、一気に飲み干せってことじゃないから」

　わたしはうなずくと、下唇についた小さなしずくを拭った。ラッシュはじっとわたしを見つめていた。おかげで少し手が震えた。彼はさっと視線をそらすと、ケサディージャをスキレットから取りだしはじめた。硬いタコスと柔らかいタコスを敷いた大皿の上にケサディージャをのせた。ブリトーまである。彼はあれもこれも作ったようだ。

「これで料理は全部揃った。冷蔵庫からぼくの分のコロナビールを出したらついてきてくれ」

　わたしは言われたとおりにして、急いでラッシュのあとを追った。彼はダイニングルームを通り過ぎて、海を見渡せる、裏手のポーチに出た。風防つきのランプがふたつ、テーブルの真ん中に置かれていた。

「座って。きみの皿を用意するよ」彼は手ぶりで、ふたつある椅子のひとつに座るよう示した。

　わたしが座ると、ラッシュはすべての料理をひとつずつわたしの皿に盛りはじめた。それから料理の皿を置き、その横にあったナプキンをわたしの膝に広げた。彼の口が耳元に近づいてきて、温かい息がかかって体が震えた。

「もう一杯飲むかい？」ラッシュがささやいた。

わたしは首を振った。彼がこんなふうに進めていくつもりなら、これ以上お酒は飲むべきじゃない。すでに心臓が壊れたように打っていた。こんな状態では何も飲み下せそうにない。

ラッシュは自分のビールを手に、わたしの正面の席に座った。自分の皿に料理を取り分ける彼を観察していると、やがて目を上げてこちらを見た。「口に合わなくても、言わないでくれよ。ぼくの自尊心がもたないから」

ラッシュの作ったものがおいしくないわけがない。わたしはにっこりするとフォークとナイフを持ってエンチラーダを小さく切り分けた。全部食べきれる気がしなかったけれど、ひと通り味見くらいはできるだろう。

料理を舌にのせた瞬間に驚いた。メキシコ料理のレストランで食べた料理に負けないくらいおいしい。わたしは笑顔で彼を見つめた。「おいしい、意外じゃないけど」

ラッシュはフォークで料理を口に運びながら、にやりとした。彼の自尊心が傷つくことはないだろう。図に乗らないよう釘を刺す必要はあるかもしれないけれど。わたしはほかの料理も食べてみて、最初に思っていたよりおなかが空いていたことに気づいた。どれもおいしくて残したくなかった。

皿の上の四つ目の料理を食べてから、そろそろやめておいたほうがいいと思った。わたしはビールを飲むと椅子の背にもたれた。ラッシュも料理を食べ終えようとしていた。彼が瓶を置いた。真剣な目をしている。いよいよ昨日の夜のことを話すつもりね。わたしは昨夜のことは忘れたかった。今夜がこんなに素敵なのだから、なおさら。

「今日、ナンがひどい態度を取ったそうだね、悪かった」ラッシュは傷ついたような真剣な声で言った。

「どうして知ってるの?」落ち着かない気分で尋ねた。

「ウッズが電話してきた。今度、ナンが従業員に失礼な態度を取ったら、出ていってもらうことになると警告された」

ウッズはいい人だ。たまにやりすぎなところはあるけれど、いい上司だ。わたしはうなずいた。

「ナンはきみにそんな口を利くべきじゃなかった。本人とも話しておいた。もうあんなことはしないと約束してくれた。でももし、どこかで同じようなことがあったら、ぼくに電話してくれ」

これは妹のひどい態度に対するお詫びの食事であって、わたしたちの関係を修復するための食事ではなかった。わたしの想像力がひねりだしたようなロマンティックなデートでもない。これは単に、ナンがしたことに対するラッシュからの謝罪だ。

わたしは椅子を後ろに引くと、自分の皿を手に取った。「ありがとう。あなたの目的はわかった。優しいのね。この先、ナンが失礼な態度を取ってもウッズに告げ口はしないって約束するわ。今日はたまたま、彼がその場に居合わせたの」わたしはビールの瓶も持った。「夕食はおいしかったわ。一日働いたあとにこんな食事ができて嬉しかった。本当にありがとう」わたしはラッシュと目を合わせなかった。とにかく彼から離れたかった。

急いで家の中に戻り、自分の皿を水で洗って食器洗浄機に入れ、瓶をゆすいでリサイクルのコンテナに捨てた。

「ブレア」ラッシュの声が後ろからしたかと思うと、いきなり彼の体にすっぽりと包まれた。彼が両手をカウンターに置いた。わたしは突っ立ったまま目の前のシンクを見下ろすことしかできなかった。ラッシュのがっしりした温かい体が背中に当たり、わたしはうめき声をあげないよう舌を嚙んだ。どれほど彼に心をかき乱されているか知られるわけにはいかない。

「これはナンの態度を謝罪したわけじゃない。自分のしたことに対する謝罪のつもりだ。昨日の夜は悪かった。ひと晩じゅうベッドの中で、きみが一緒にいてくれればいいのにと思ってた。きみをはねつけるんじゃなかったって。ぼくは人をはねつけてしまうんだ、ブレア。ぼくにとっての防御システムだ。でも、きみのことははねつけたくない」

彼から離れて距離を取るのが賢い行動だ。ラッシュは誰かの王子様になれるタイプではない。わたしを愛し、いつくしんでくれる相手が彼だなどと自分に思わせることもできない。わたしにとってラッシュはそういう人ではない。それなのに、わたしの心は少しずつ彼に惹かれていた。ずっととは言わないけれど今は、ラッシュをわたしにとっての一番にしておきたい。人生の道のりにおいて、彼はちょっと足を止めるだけの場所だ。わたしが忘れることも、終わりにすることもできない通過点。何より怖いのはそれだ。前に進めなくなってしまうのが怖い。

彼がわたしの首の横の髪を撫で、肩の丸みにキスを落とした。「お願いだ。ぼくを許してくれ。もう一回チャンスをくれないか、ブレア。こうしたいんだ。きみが欲しい」

ラッシュがわたしの一番になる。それが正しいと感じた。わたしに人生を教えてくれる男性、ラッシュはそういう存在になると悟った。最後には彼が、わたしの心を砕くことになったとしても。わたしは彼の腕の中で振り返ると、その首に両手を回した。

「許してあげるには条件がひとつあるの」感情にあふれた彼の瞳を見上げていると、わたしの胸の中で今まで以上に希望がふくれあがっていった。

「ああ」ラッシュは慎重に言った。

「今夜は一緒にいたい。からかうのはなし。待たされるのもなし」

心配そうな表情が一気に消え、飢えた光が彼の目にともった。「くそっ、わかった」

ラッシュはうめくと、わたしを引き寄せた。

18

ラッシュの始め方は穏やかとは言えなかった。彼の唇は支配的で強引だ。わたしは嬉しかった。ロマンティックだ。それにまさしく現実。彼は舌にバーベルのピアスをつけている。さっき見たときは気づかなかったけれど、今は感じられた。バーベルがついている彼の舌に触れられるのはみだらな感じがした。手にできないとわかっているものを味わっている気分だ。

ラッシュは両手でわたしの顔を包んだ。キスがゆっくりとしたものになり、やがて彼はわたしの顔に手を添えたまま体を引いた。「一緒に階上に来てくれ。ぼくの部屋を見せたい」そう言っていやらしい笑みを見せた。「それからベッドもね」

わたしがうなずくと、ラッシュは顔に触れていた手を下ろした。片手でわたしの手を取って指を広げさせ握った。何も言わずに、急ぎ足でわたしをそっと引っ張るようにして階段へ向かう。二階に着くと、彼はわたしを壁に押しつけて激しいキスをした。唇を噛み、舌をなぞられる。

ラッシュは急に身を引くと、深く息をついた。「もうひとつ階段があるんだ」ざらついた声で言い、廊下の奥にあるドアへとわたしを引っ張っていった。わたしの部屋の前を通り過ぎたところで、彼が足を止めた。一瞬、気が変わってここに入るつもりなのかと思ったけれど、ラッシュは廊下の突き当たりの狭いドアまで進んでいった。これが彼の部屋に続く階段なのだろうか。彼は鍵を取りだし、錠を回してドアを開けると、先に行くようわたしを促した。

階段はほかと同じように堅木張りだったが、急な階段の両側は壁になっている。一番上まで来ると、わたしは動けなくなった。息をのむような景色が広がっている。月光が海を照らし、想像できるかぎり最高の背景を作りだしていた。

「この部屋が気に入って、母にこの家を買ってもらったんだ。ぼくはわずか十歳だったけど、この部屋を特別に感じた」ラッシュが後ろからわたしの腰に腕を回してささやいた。

「信じられない」わたしはかすれた声でささやいた。大きな声で話したら、この瞬間が壊れてしまいそうな気がした。

「その日のうちに父に電話して、住みたい家を見つけたって話した。父は母に金を送り、母がここを買った。母はこの場所が気に入ってたから、夏になるとぼくらはここで過ごした。母はアトランタにも自分の家を持っているけど、こっちのほうがいいみたいだ」

ラッシュが自分のことを話している。家族のことを。彼は努力してくれている。わたしの気持ちが少しほぐれた。わたしの心の中にこれ以上、彼がじりじりと入りこんでくるのを止めないと。関係が終わって彼が離れていくときに傷つくだけだ。こんなのは求めていない。でも、もっとラッシュのことが知りたかった。「ここから離れたくない」わたしは心から素直に言った。

ラッシュがわたしの耳にキスを落とした。「ああ、でもきみはまだヴェイルにあるぼくのキャビンとかマンハッタンのフラットを見ていないだろう」

見ていないし、見ることもないだろう。とはいえ、そういう場所にいるラッシュの姿は想像がついた。どんなところなのか、テレビで何度も見たことがある。雪に覆われた山の中にある洒落(しゃれ)たキャビンで、火が爆(は)ぜている暖炉の前にいる彼。あるいはマンハッタンを見渡せるフラットでくつろいでいる彼。その窓からは、毎年飾られるあの有名な巨大クリスマスツリーが見えるかもしれない。

ラッシュはわたしを右に向かせた。そこにはキングサイズのベッドがある。真っ黒だった。ベッド自体も、かけてあるキルトも。枕まで黒い。「これがぼくのベッドだ」彼はわたしの腰に手を当ててベッドのほうへいざなった。

わたしはこれまでにここへ来たことのある女性たちのことは考えないようにした。絶対に。目を閉じて、そういう考えを完全に締めだす。

「ブレア、キスするだけでも、ただ横になって話をするだけでもぼくはかまわない。きみをここに連れてきたかったんだ。ぼくの近くに」

さらにもう少し、ラッシュがわたしの心にくいこんできた。わたしは振り返って彼を見上げた。「本気で言ってるとは思えないわね。わたしは、あなたがそういうことをしてるところを見たことがあるのよ、ラッシュ・フィンレイ。あなたが女性を部屋に連れこんで、話をするだけなんてありえない」わたしはからかうように言おうとしたけれど、ほかの女性のことを口にする声がひび割れた。

ラッシュが顔をしかめた。「この部屋に女性を連れてきたことはないよ、ブレア」

なんですって？　そんなはずがない。「わたしがここに来た最初の夜、自分のベッドは満員だって言ったじゃない」わたしは指摘した。

彼はにやりと笑った。「ああ、だってぼくが寝るからね。自分のベッドルームに女性を入れたことはない。意味のないセックスにこの場所を汚されたくないから。ここが好きなんだ」

「翌朝、女性はまだ家にいたでしょう。あなたが彼女をベッドに残してきたから、下着姿であなたを探しに来たじゃない」

ラッシュは片手をわたしのシャツの下に滑りこませ、小さな円を描くように背中をさすりはじめた。「右側の一番手前の部屋は、両親が離婚するまではグラントの部屋だった。今はそこを、独身男の部屋にしてるんだ。だから女性はあの部屋に連れていく。ここじゃない。ここには誰も連れてきたことがない。きみが初めてだ」彼は言葉を切り、口元に笑みを浮かべた。「まあ、一週間に一度、ヘンリエッタが掃除に入るけど、でもきみとぼくのあいだにつまらないごまかしなんかないって約束する」

わたしはほかの女性とは違うってこと？　大勢の中のひとりじゃない？　そうだったらいいのに。だめよ……そんなことを望んじゃ。しっかりしないと。ラッシュはすぐにわたしのもとから去っていくのだから。わたしたちの世界は重ならない。近づくことさえない。「キスして」わたしは爪先立ちをすると、ラッシュが反論したり話をしようと言ったりする隙を与えずに唇を彼の唇に押しつけた。話なんてしたくなかった。話をしたら、ますます彼を求めてしまう。

ラッシュはわたしをベッドに押し倒すと体を重ね、舌を絡ませてきた。両手でわたしの体の側面を撫で下ろし、膝に触れた。脚を開かせてそのあいだに体を割りこませる。

もっとラッシュを感じたくて、シャツをつかんで引き寄せた。彼はその合図を受け取り、キスをやめて脱いだシャツを横に投げ捨てた。今度はわたしにも彼に触れる余裕があった。がっしりと盛り上がった二の腕に触れる。胸まで手を滑らせると、腹筋を指でなぞり、割れた筋肉に感動のため息をもらした。上へと撫でていき親指で胸筋に触れると、指の下で乳首が硬くなるのを感じた。うわあ、色っぽい。

ラッシュは体を引くと、わたしの制服の白いシャツのボタンをすごい勢いではずした。最後のボタンをはずすと、シャツを押し下げ、ブラジャーをつかんで下に引っ張った。レースに覆われていた胸が解放される。

彼は舌を伸ばして乳首をなめた。もう一方の胸にも同じことをすると、頭を下げて口の中に吸いこみ、きつく引っ張った。

わたしはのけぞった。さっきまで脚に当たっていた硬いものが脚のあいだにしっかりと割りこんできて、うずく部分を直接刺激している。「ああ!」わたしは叫び、彼の硬いものに体を寄せ、もっと感じようとした。

ラッシュは乳首から口を離すと、わたしを見つめたまま体を下げた。わたしが求めている彼の体の重みがまたなくなった。彼はスカートのホックをはずし、パンティと一緒にゆっくりと下ろしていった。そのあいだもずっと、わたしから視線をはずさない。

わたしは腰を上げて、彼が楽に服を脱がせられるよう協力した。ラッシュは膝立ちになると、指を曲げて体を起こすよう合図した。わたしは彼のどんな要求にも応えるつもりでいた。わたしが座ると、彼はまだ引っかかっていたシャツをはぎ取った。それからブラジャーをはずし、横に投げた。

「きみが裸でぼくのベッドにいる姿は、信じられないほど美しい……想像以上だよ。信じてくれ、ぼくはこのときをずっと想像してたんだ。何度も」

ラッシュはまた覆いかぶさってくると、わたしの膝を抱え、脚のあいだに体を割りこませた。けれど彼はまだショートパンツをはいたままだ。脱いでほしい。

うわっ！

彼は開いたわたしの脚のあいだに腰を入れ、まさに彼を求めている場所に押しつけてきた。

「そうよ、お願い！」わたしはもっと近くに来てほしくて、彼に爪を立てた。ラッシュは体を下げて、太もものあいだに手を入れながら、わたしのへそに、そしてその下の盛り上がったところにもキスをした。彼の髪がもっと長かったらよかったのに。わたしは何かをつかみたかった。

彼は銀色の瞳でこちらを見つめたまま、舌を突きだして金属のピアスが当たるようにクリトリスをなめた。わたしは彼の名前を叫び、ベッドから落ちないようシーツをつかんだ。そうしないと、この大きな窓から飛びだしてしまいそうな気がした。

「ああ、きみは甘いな」ラッシュはあえぎながら、頭を下げて舌をまたわたしに押しつけた。話に聞いたことはあった。知識としては知っていたけれど、こんなに気持ちのいいものだとは想像もしていなかった。

「ラッシュ、お願い」わたしは泣き声で言った。

ラッシュがわたしの上で動きを止めた。温かい息が、彼にかき立てられてうずいている部分にかかる。「お願いって何をかな、ベイビー？　何をしてほしいか言ってくれ」

わたしは頭を前後に振って、ぎゅっと目をつぶった。言えない。なんて言ったらいいのかわからない。

「きみが言うのを聞きたいんだ、ブレア」彼が抑えた声でささやく。

「お願い、もっとなめて」わたしは声をつまらせながら言った。

「くそっ」ラッシュは毒づいてから、秘められた部分に舌を滑らせた。そして腫れあがったクリトリスを口に含み、わたしを高みへと連れていった。世界が一気に色づき、快感が体を突き抜けて、息が止まった。

高みから戻ってくる間もなく、わたしから離れていたラッシュが服を脱いでまた覆いかぶさってきた。

「コンドームは着けた。中に入りたい」ラッシュは両手でわたしの脚を広げ、耳元でささやいた。彼自身の先端がわたしに入ろうとしている。「うわ、すごく濡れてるな。

すぐに入らせてくれ。ゆっくりやるから。約束する」声が張りつめていた。じわじわとわたしの中へと進んでくる彼の首に血管が浮いた。

中が押し広げられる感じがしたものの、気持ちよかった。覚悟していたような痛みはない。わたしは身じろぎして、さらに脚を広げた。ラッシュが大きく息をのんで動きを止める。

「動くな。頼む、ベイビー。動くな」彼はじっとしたまま言った。やがて彼がさらに進んでくると、痛みが襲ってきた。わたしも、ラッシュも身をこわばらせた。「ここだ。一気に入ったらそのまま、なじむまで動かずにいるから」

わたしはうなずいて目を閉じ、手を伸ばして彼の腕をつかんだ。ラッシュは体を起こし、腰を前に動かして強く突いた。熱い痛みが体を切り裂き、わたしは叫び声をあげた。痛みの波が押し寄せるあいだ、彼の腕をきつくつかんでしがみついていた。

じっとこらえているラッシュの激しい呼吸が聞こえた。こういうときに男性がどんなふうに感じているのかわたしにはわからないけれど、楽でないことは確かだ。ラッシュも苦しそうだ。

「オーケイ、大丈夫よ」痛みがおさまってきたので、わたしは言った。

ラッシュは目を開けるとわたしを見下ろした。瞳がくすぶっている。「本当に？ベイビー、もう動きたくてたまらない」

わたしはうなずくと、ふたたび痛みを感じたときに備えて腕にしがみついた手を離さなかった。まるでわたしから出ていきそうなくらいラッシュは腰を引き、やがてゆっくりと前に来てわたしを満たした。今度は痛くなかった。わたしは体が広がって満たされた気がした。

「痛い？」もう一度動きを止めて、ラッシュが尋ねた。

「ううん。いい感じ」わたしは答えた。

彼がまた腰を引き、前に突きだすと、わたしは喜びのうめきをもらした。気持ちいい。いいどころではない。

「気に入ったのか？」ラッシュが驚いたように言った。

「ええ。気持ちがいいわ」

ラッシュは目を閉じて頭をそらすと、動きを速めながらうめいた。興奮がまた高まっていく。そんなことってある？　こんなにすぐにまた達するなんてできるの？

わたしにわかっているのは、もっと欲しいということだけだった。わたしはラッシュの動きに合わせて腰を動かした。いっそう彼の動きが速くなった気がした。

「すごい。ああ、信じられないよ。こんなにきついなんて。ブレア、きみはぼくをすごく締めつけてる」わたしを突き、あえぎながらラッシュが言った。

わたしは膝を上げて脚を彼の腰に回した。彼の体が震えはじめる。

「いきそうか、ベイビー？」ラッシュは引きつった声で言った。

「たぶん」わたしは中からわき上がってくるものを感じながら答えた。

でも、そこまではまだいっていない。最初のうちは、痛みが快感をすっかり弱めてしまっていた。ラッシュは体のあいだに手を差し入れると、親指でわたしのうずく部分をさすった。

「ああ、そこ！」わたしは叫び、絶頂の波に襲われて彼にしがみついた。ラッシュもうめき声をあげて体をこわばらせると、静かになった。最後にもう一度、彼はわたしの中を突いた。

19

ラッシュの激しい呼吸を耳元で聞きながら、体の重みを感じているのは最高だった。彼にはずっとこのままでいてほしかった。わたしの中に入ったまま、この感じのままで。

ラッシュが腕をついて上からどくと、わたしは彼に腕を回した。彼はくっくっと笑った。「すぐに戻る。きみの世話をするのが先だ」ラッシュは唇にキスを落とし、わたしをベッドに残して出ていった。

部屋を横切ってバスルームへ向かう彼の、完璧なむきだしのお尻を眺めた。水の流れる音がして、すぐに彼が戻ってきた。何ひとつ身に着けていないままで。わたしの視線は下へ向かった。ラッシュの笑い声が聞こえ、わたしは目を閉じた。見ているのがばれて恥ずかしかった。

「今さらぼくに対して恥ずかしがる必要はない」彼はからかうと、手を伸ばしてまたわたしの膝を開かせた。「こっちに向けて開いてて」彼が優しく言った。その手には使い捨てのタオルを持っている。

「出血はそれほどひどくなかったみたいだ」脚のあいだを拭いてくれるラッシュを、わたしはうっとりと見つめていた。「痛い?」敏感な場所を優しく拭きながら、彼が心配そうに尋ねる。

わたしは首を振った。荒々しい情熱が去った今、こんなことをされるのは気恥ずかしかった。でも彼にきれいにしてもらえるのは素敵だ。男性はみんなセックスのあとにこういうことをするの? 映画でこんな場面は見たことがない。

ラッシュは楽しそうにわたしをきれいにすると、ベッド脇のごみ箱にタオルを捨てた。そしてベッドに戻り、隣にいるわたしを引き寄せた。

「あなたは女を甘やかすタイプじゃないと思ってたわ、ラッシュ」彼がわたしの首筋に鼻を押しつけて音をたてて息を吸った。

「たしかにしないな。きみだけだよ、ブレア。きみは例外だ」ラッシュはわたしの頭を自分のあごの下に引き入れ、ふたりの体の上にシーツをかけた。眠りはすぐに訪れた。わたしは守られていて、幸せだった。

最初に感じたのは、ふくらはぎの内側から足のカーブに沿って落とされるゆったりとしたキスだった。わたしはどうにか目を開けた。ラッシュがいやらしい笑みを浮かべながらベッドの端で膝立ちになり、わたしの足に、そして太ももの横にキスをしていた。

「やっと目を開けたな。きみを起こすにはどれくらいキスしなきゃいけないんだろうと思いはじめていたところだ。もっと上までキスしてもかまわなかったが、そうなるとまたすごいセックスをすることになる。きみが仕事に行くまであと二十分しかないっていうのに」

仕事。しまった。わたしが体を起こすと、ラッシュはわたしの脚を解放した。

「まだ時間はある。きみが支度をしてるあいだに、何か食べるものを作ってこよう」彼が請けあった。

「ありがとう、でも結構よ。向こうに着いてから休憩室で何か食べるから」わたしは事後の朝の気まずさが漂わないよう気を遣った。わたしはこの人とセックスをした。

本当に素敵なセックスだった。少なくともわたしはそう思った。そして今、日の光を浴びながらわたしは裸でラッシュのベッドにいる。

「何か食べていってくれ。頼むから」

彼はわたしにここにいてほしがっている。胸の中で鼓動が速くなった。「わかったわ。でもまずは、部屋に戻ってシャワーを浴びないと」

ラッシュはちらっとバスルームに目をやり、それからわたしを見た。「難しいところだな。ここでシャワーを浴びてほしいけど、裸で泡まみれのきみがぼくのバスルームにいるとわかってて、離れていられるとは思えない。ぼくも一緒に入りたくなる」

胸元でシーツをつかみながら、わたしは体を起こしてにっこり笑った。「すごく心惹かれるけど、仕事に遅刻するわ」

ラッシュがため息をついてうなずいた。「そのとおりだ。自分の部屋に行ったほうがいい」

わたしは服を探してあたりを見回したが、どこにもなかった。

「これを着て。今日はヘンリエッタが来るから。昨日の夜のうちに、きみの服は洗濯とアイロンがけをしてもらえるように出しておいた」ラッシュはゆうべ自分が着ていたTシャツを投げて寄越した。Tシャツが胸に当たり、ふわっと彼のにおいがした。これを彼に返すのが惜しくなるに違いない。わたしは慎み深く、どうにかシーツを落とさずにTシャツを着た。

「じゃあ立って、きみが見たい」ラッシュが後ろに下がって言った。パジャマの下だけをはいた姿でベッドからゆっくり立ち上がると、わたしが立つのを待った。わたしもシーツを落として立ち上がった。彼のTシャツは膝の上あたりまで届いた。

「病気になったって電話しないか?」ラッシュがわたしの体を視線でなぞりながら言った。

熱く、ひりつくような感覚が体を走る。「病気じゃないわ」

「本当に? ぼくは熱っぽいけどな」ラッシュはベッドを回りこんでわたしを抱き寄せた。「昨日の夜は素敵だった」わたしの髪にささやく。

彼がこんな反応を示すとは思ってもいなかった。朝になったら放りだされるかもしれないと心配していたのだ。でも、違った。優しいままだ。おまけにすごくかっこよくて、わたしは危うく病気だと電話してしまいそうになった。

今日はドリンクのカートに乗る日なので、わたしが行かなければ金曜だというのにベティがひとりですべてのコースを担当することになる。それは残酷すぎる。わたしにはできない。

「今日は仕事に行かないと。みんな待ってるから」わたしは言った。

ラッシュはうなずくと後ろに下がった。「わかってるよ。走れ、ブレア。そのかわいいお尻で急いで下りて支度しておいで。そんな格好でこれ以上ここにいられたら、行かせてあげるって約束できないよ」

わたしはくすくす笑いながら、彼の横を走って通り過ぎ、階段を下りた。後ろから楽しそうな笑い声が聞こえたのは最高だった。ラッシュは最高だ。


暑さはひどくなる一方だった。今日は髪を上げていいとダーラが言ってくれないかと真剣に願った。瓶に入った冷たい水を頭から浴びてしまおうか。この暑さなら数秒で乾くだろう。こんな陽気の日に男性たちはなんでゴルフなんかしているのだろう？頭がどうかしているの？

ドリンクのカートを運転して最初のホールに戻ると、ウッズの黒髪が見えた。最悪だ。今日は彼に会いたい気分じゃない。いずれにしろ、ジェイスはベティが回ってくるのを待ちたがるだろう。ここは飛ばしてもいいかもしれない。ところがウッズが振り返ってわたしを見つけ、口元に笑みを浮かべた。

「今日はまたカートなのかい？　きみが中にいるのもいいけど、こっちにいるとゴルフが断然楽しくなるね」わたしがカートを寄せると、ウッズが軽い調子で言った。

わたしは彼の軽口に乗るつもりはなかった。とはいえウッズはわたしの上司で、彼の機嫌を損ねるわけにはいかない。

「下がれ、ウッズ。ちょっと近すぎるぞ」後ろからラッシュの声がして、わたしははっと振り返った。彼は白いポロシャツに紺色のショートパンツ姿で、こちらに歩いてくるところだった。ラッシュもゴルフをするの？

「きみが急にぼくたちとゴルフをする気になったのは、彼女のせいってことか？」ウッズが尋ねた。

わたしはこちらに向かってくるラッシュから目を離さなかった。彼はわたしのためにここにいる。そうだという確信があった。朝食のときに、今日はどこで働くのか尋ねられたのだ。

ラッシュがわたしの腰に手を回した。そして自分のほうに引き寄せると身をかがめてわたしの耳元でささやいた。「ひりひりしてないか?」彼はわたしが痛がっていないかを、一日じゅう歩き回って働いていることを心配していた。わたしは大丈夫だと答えた。ただ何かが挟まっているような感じがしているだけだ。明らかに彼はまだ心配そうだった。

「本当に大丈夫だから」わたしは落ち着いた口調で答えた。

ラッシュがわたしの耳にキスをした。「中が広がってる感じは? まだ入ってる感じがするかい?」

わたしはうなずいたけれど、彼の声の調子のせいで膝に力が入らなくなった。

「よかった。ぼくが中にいる感覚がまだ残ってるってわかって嬉しいよ」ラッシュはそう言うとわたしから離れてウッズと目を合わせた。

「何かあったみたいだな」ウッズがむっとした口調で言った。

「ナンはもう知ってるのか?」ジェイスが尋ねた。ブロンドの男性が彼の腕を叩いて顔をしかめてみせた。

なんでいつもナンが出てくるの? わたしは何を知らずにいるの?

「ナンには関係ない。きみにもね」ラッシュはジェイスをにらんだ。

「ぼくはゴルフをしに来たんだ。こんなところで話すのはやめよう。ブレア、みんなのドリンクを用意して、次のホールへ行ったらどうだ?」ウッズが言った。

わたしの横でラッシュが身をこわばらせた。ウッズはわたしたちを試している。ラッシュが人前で彼氏面をしたことで、わたしの行動が変わるのかどうかウッズは知りたがっている。わたしはここに仕事をしに来ている。ラッシュと寝たからといって、基本的なわたしの立ち位置は変わらない。ちゃんとわかっている。

わたしはラッシュの腕から離れてクーラーボックスを開け、ドリンクを渡しはじめた。チップは、このグループがいつもくれているほど高くはなかった。もちろんウッズは別だけれど。ただし、彼もいつもとは様子が違った。

ウッズがわたしの手に握らせたのは百ドル札だった。ラッシュも同じことをするだろう。わたしは素早く手を握りこんで札をポケットにしまった。ウッズのことはあとでなんとかしよう。ラッシュの見ていないところで。最後にラッシュが近づいてきて代金をわたしのポケットに入れた。彼は優しくキスをするとウインクして、キャディからゴルフクラブを受け取りに行ってしまった。

わたしはウッズに文句を言わせる機会を与えないよう、すぐにカートに戻り、次のホールへ向かった。ポケットの中で携帯電話が震え、わたしは驚いた。朝、わたしが家を出る前にラッシュがポケットに入れたのだ。わたしは自分が携帯電話を持っていることを思い出すのに時間がかかった。

カートを停めて携帯を取りだす。

ラッシュ：ウッズのこと、すまなかった。

なぜ彼が謝るの？　謝る理由なんてないのに。

わたし：大丈夫。ウッズはわたしの上司だもの。たいしたことじゃないわ。

わたしは携帯電話をポケットにしまうと、次の目的地を目指した。

20

仕事を終えてラッシュの家に戻ると、思いがけず私道が車であふれていて、わたしは驚いた。今日はとても忙しくて、十六番ホールでもう一度ラッシュたちと会ったときには、ドリンクを渡すことしかできなかった。ラッシュはあれきりメッセージを送ってこなかった。不安で胸が苦しい。これで終わり？　わたしのヴァージンを奪ったあとの甘いひとときは、こんなに早く終わったの？

わたしは道の端にトラックを停めるしかなかった。そこから玄関まで歩いた。

「中に入らないほうがいいと思うよ」聞き覚えのある声が暗闇から聞こえた。あたりを見回すと小さなオレンジ色の光が地面に落ち、次にブーツを履いた足がそれを踏んだかと思うと、隠れていた場所からグラントが現れた。

「外をうろつくためにパーティに来たの？」パーティの最中にここへ来て、グラントがひとりで外にいるところにでくわすのはこれで二度目だ。

「煙草をやめられなくてね。ラッシュはぼくがやめたと思ってるんだ。だから、吸いたくなったらここに隠れるってわけさ」

「煙草は命を縮めるわよ」母が化学療法を受けているときに、喫煙者たちはゆっくりと死に向かっているようなものだと実感したことを思い出して、わたしは言った。

「みんなにそう言われるんだけどね」彼がため息まじりに返した。

わたしは屋敷に視線を戻し、流れてくる音楽に耳を傾けた。「今夜パーティがあるなんて知らなかった」わたしはがっかりしていることが声に表れないよう願いながら言った。

グラントは笑ってボルボに寄りかかった。「ここはいつだってパーティじゃないか」

いいえ、そんなことはない。昨日の夜のあとだし、ラッシュはわたしに電話かメッセージで知らせてくれるはずだ。「ただ予想していなかっただけ」

「ラッシュもそうだと思うよ。これはナンのパーティだから。彼女がいきなり押しかけてきたんだ。ラッシュが相手なら、ナンはいつだってどうにかして自分の好き勝手を通すからな。大人になってからはかわいそうな女の子を演じるナンの手にぼくが乗らないもんだから、ラッシュに何度となく尻を蹴られたよ」

わたしはグラントの隣に行って車に寄りかかり、腕を組んだ。「じゃあ、あなたはナンとも一緒に育ったのね？」わたしは知りたかった。どんな説明でもいいから、聞きたかった。

グラントは鋭い目でわたしを見た。「ああ、当然さ。ジョージアナがナンの母親だ。彼女のただひとりの親だよ。ええと……」グラントはボルボを押して離れると、頭を振った。「だめだ。もう少しでしゃべるところだった。ぼくからは話せないんだ、ブレア。正直言って、誰かがこの話をするときに、ぼくは近くにいたくない」その言葉とともに、グラントは屋敷のほうへ歩いていった。

彼が屋敷の中に入るのを見送ってから、わたしもそちらへ向かった。自分の部屋に人がいないことを祈るしかない。もし人がいたら、食糧庫に戻ろう。ナンと会いたい気分ではない。わたし以外の誰もが知ることを許されている、ナンにまつわる秘密とも向きあいたくない。ラッシュと会いたいのかさえわからなかった。

そっとドアを開けた。わたしが入るところを見とがめる人が誰もいなくてほっとした。まっすぐ階段に向かう。笑い声が屋敷じゅうに満ちていた。わたしにはそぐわない。階下に行って笑えるふりをしても無駄だ。

わたしはラッシュの部屋の階段につながるドアをちらっと見た。昨夜の思い出が一気によみがえってきた。あれは一度きりのことだと思いはじめている。わたしは自分の部屋のドアを開けて中に入り、電気をつけた。

人がいることに気づいて叫び声をあげそうになったが、手で口を押さえた。ラッシュだった。彼は窓のほうを向いてわたしのベッドに座っていた。わたしがドアを閉めると立ち上がり、近づいてきた。

「やあ」ラッシュが優しい声で言った。

「うん」屋敷じゅうに人がいるというのに彼がわたしの部屋にいる理由がわからなかった。「ここで何をしてるの?」

彼がゆがんだ笑みを浮かべる。「きみを待ってたのさ。わかりきったことだと思うけど」

わたしは笑いながら、小首をかしげた。彼の瞳にはかなわないと思うときがある。

「それはそうだけど。でも、お客さんが来てるじゃない」

「ぼくの客じゃない。信じてほしい、ぼくは人を呼びたくなんかなかった」ラッシュはそう言うと、片手でわたしの顔を包んだ。「ぼくの部屋へ一緒に来てくれ。頼む」

その必要はない。頼まれなくても喜んでついていくのだから。わたしはバッグをベッドに落とし、彼の手を取った。「連れてって」

ラッシュはわたしの手を握ると、一緒に階段を上がった。

階段の一番上まで来るなり、ラッシュはわたしを腕の中に引き入れて激しくキスをした。わたしはずいぶんお手軽な女かもしれないけれど、かまわない。今日は彼に会いたかった。わたしは彼の首に腕を巻きつけ、自分でもはっきりとはわからない、体の中で渦巻く感情をぶつけるようにキスを返した。

キスをやめたときには、お互い息を切らしていた。「話そう。まずは話がしたい。きみがほほえんで、笑い声をあげるところが見たい。子供のころ好きなテレビはなんだったのか、学校できみを泣かせたのは誰なのか、壁にどのバンドのポスターを貼っていたのか知りたい。それから、ぼくのベッドできみを裸にしたい」

ただセックスをしたいだけではないと、奇妙だけれど素敵な方法で伝えられて、わたしは笑みを浮かべた。革張りのユニット式ソファの、テレビの正面にあるほうではなく、海に面した大きいほうに歩いていった。

「喉は渇いてる？」ラッシュはステンレスの冷蔵庫に近づいた。昨日の夜はそんなものに気づく暇もなかった。その横には小さなバーがあった。

「冷たいお水をもらえるかしら」

ラッシュが飲み物を用意しに行ったので、わたしは海のほうに顔を向けた。「好きだったテレビ番組はアニメの『ラグラッツ』で、週に一度はケン・ノリスに泣かされてた。でも彼がヴァレリーを泣かせたときには、怒ってやり返してやったわ。一番得意で成功率が高いのは、股間へのキックね。あと認めるのは恥ずかしいんだけど、壁には《バックストリート・ボーイズ》のポスターを貼ってた」

ラッシュは背の高いグラスに入れた冷たい水を渡してくれた。何かを迷っているのがその表情からうかがえる。彼はわたしの隣に腰を下ろした。「ヴァレリーって誰だい？」

わたしは無意識のうちに妹の名前を口にしていた。ラッシュといると安心できる。彼にわたしのことを知ってほしかった。わたしが自分の秘密を打ち明けたら、彼も自分の秘密を話してくれるかもしれない。ナンの秘密は話せないとしても。

「ヴァレリーはわたしの双子の妹よ。五年前に車の事故で亡くなったの。運転してたのは父だった。事故の二週間後、父はわたしたちとの生活を捨てて出ていき、二度と戻らなかった。許してあげないとだめよって母は言ってた。あの人は自分が運転してた車でヴァレリーを死なせてしまったという事実を抱えて生きていけないんだからって。わたしは母の言葉を信じたかった。たとえ父が母のお葬式に来なくても、母の死を認めることができないだけだって信じたかった。だから、わたしは父を許した。父のことは憎んでないし、苦しみや憎しみに支配されることもなかった。でもここに来て……まあ、わかるでしょう。母は間違ってたのかもしれないって思ってるわ」

ラッシュが身を乗りだして、横にあった飾り気のない木製のテーブルにグラスを置いた。彼はわたしに腕を回した。「きみが双子だったなんて思ってもみなかった」彼はあがめるような口調で言った。

「一卵性だったの。みんな、わたしたちを見分けられなかった。学校でも、男の子相手にも、いろいろと悪ふざけをしたものよ。わたしたちを見分けられたのはケインだけだった」

ふたりで海を見つめていると、ラッシュがわたしの髪をひと房もてあそびはじめた。

「結婚前、ご両親はどれくらいつきあっていたのかな?」予想外の質問だった。

「ひと目惚れだったみたい。母がアトランタにいる友達のところに遊びに行ったとき、父は母の友達と別れたばかりで、母が友達のアパートメントにひとりでいる夜にふらっとやってきたんですって。母の口ぶりからすると、その友達っていうのは少し奔放な人だったみたい。父は母をひと目見て、恋に落ちた。父を責められないわ。母は美人だったもの。わたしは髪の色は母譲りだけれど、母は大きな緑色の目をしてた。まるで宝石みたいだった。それに楽しい人だった。母のそばにいるだけで幸せな気持ちになれた。落ちこんだりしない人だった。どんなことでも笑ってやり過ごしてたわ。母が泣いたのを見たのはたった一度、ヴァレリーの事故を聞かされたときだけだった。母は床に崩れ落ちて、一日じゅう泣いてた。わたしが母と同じ気持ちじゃなかったら、怖くなるくらいの泣き方だったわ。わたしも魂の一部がもぎ取られた気がした」わたしは話すのをやめた。目が焼けるように熱い。我を忘れていた。もう何年も、誰にも打ち明けていなかったせいだ。

ラッシュはわたしの頭に自分の額をつけた。「かわいそうに、ブレア。ぼくには想像もつかない」

ヴァレリーがいなくなってから初めて、わたしは打ち明けられる相手がいると感じられた。もう我慢しなくていいのだ。

わたしはラッシュの腕の中で向きを変えて、唇を重ねた。こういう親密さが欲しかった。痛みは忘れないけれど、彼に吹き飛ばしてほしかった。ラッシュ以外のものを忘れさせるのが、彼は得意だから。

「母と妹を愛してる。これからだってそう。でも、わたしはもう大丈夫。ふたりは一緒にいるから。母と妹にはお互いがいる」わたしがそう言うと、彼はどことなく気持ちのこもっていないキスを返してきた。

「きみには誰がいる？」苦しげな声だった。

「わたしにはわたしがいる。三年前、母が病気になったときに気づいたの。わたしが自分を保って、自分を忘れないかぎり、わたしはずっと大丈夫だって」

ラッシュは目を閉じて深く息をついた。目を開けたとき、絶望しているような光が浮かんでいてわたしは驚いた。「きみが欲しい。今すぐに。今ここできみを愛させてくれ、お願いだ」

わたしは自分のポロシャツを脱いで、ラッシュのシャツに手を伸ばした。わたしが彼のシャツを頭から脱がせようとすると、彼が両腕を上げてくれた。ラッシュが手早くわたしのブラジャーをはずした。それがなくなると、ふたりをへだてるものはなくなった。彼はわたしの胸を両手で包み、とがった乳首を親指で撫でた。

「きみは信じられないくらいきれいだ。中身も外見も」ラッシュがささやいた。「ぼくがふさわしくないのはわかってるけど、きみの中に自分を埋めたい。もう待てない。できるだけきみのそばに行きたいんだ」

わたしはラッシュから離れて立ち上がった。靴を脱ぐと、ショートパンツのボタンをはずしてパンティと一緒に落として足から抜いた。彼は座ったまま、見たことがないほど魅惑的なものを見ているかのようにこちらを見つめていた。わたしは勢いづいた。全裸で彼の前に立ったら恥ずかしいだろうと思っていたけれど、実際はそんなことなかった。

「裸になって」彼の硬くなったものがジーンズを押し上げているのを見下ろして、わたしは言った。

面白がるような笑い声が聞こえてくるものと思っていたのに、実際は違った。ラッシュは立ち上がって手早くジーンズを脱ぐと、ソファに座りなおしてわたしを引き寄せた。

「ぼくをまたいで」わたしはラッシュの指示に従った。「それから――」彼が息をのむ。「ゆっくり腰を下ろせ」

下を見ると、彼が自分のペニスの根元を支えているのが目に入った。わたしはラッシュの肩をつかんで、彼に操られるままに、ゆっくりと体を下ろしていった。

「力を抜いて。ゆっくり、力を抜いて。痛いはずだから」

わたしはうなずくと唇を嚙み、先端を中に入れた。ラッシュは入り口で突いたり引いたりしながら、わたしをもてあそんだ。わたしは彼の肩をぐっとつかみ、あえいだ。気持ちいい。すごく感じる。

「それでいい。すごく濡れてきたよ。ああ、なめたい」ラッシュがうめいた。

獣のようにぎらつく彼の目を見たとたん、わたしの中のスイッチが入った。わたしのことを覚えていてほしかった。今日のことを。わたしたちの時間はかぎられていることも、わたしがラッシュのことを絶対に忘れないこともわかっていた。それでも、彼が離れていってしまうときに、わたしのことを忘れないでいてくれるという確信が欲しかった。彼にヴァージンを奪われただけの女の子にはなりたくない。体を前に倒し、入り口に彼の先端がこすりつけられるのを待った。一気に体を落とすと、彼に満たされて叫び声をあげた。

「くそっ！」ラッシュが叫んだ。彼に心配する隙を与えたくない。わたしは彼の上にのった。今、騎乗位という言葉の意味がわかった。この場を支配しているのはわたしだ。ラッシュが口を開いて何か言おうとしたけれど、わたしは彼の口に舌を差し入れて黙らせ、彼の上でさっきより激しく腰を上下させた。彼のうめき声とわたしの下で震える体のおかげで、自分がちゃんと動けているとわかった。

わたしは彼の上でさらに速く激しく動いた。わたしの中の柔らかい部分が引きつれて悲鳴をあげていたけれど、心地よい痛みだった。

「ブレア、ああ、すごい、ブレア」ラッシュはうめきながらわたしのお尻をつかみ、自由に動いてこの行為を楽しんでいた。彼の手が主導権を奪いつつある。彼はわたしを持ち上げては落とし、速く激しく出し入れした。ラッシュが毒づいたり、大きなうめき声をもらしたりするたび、わたしは大胆になっていった。彼とずっとこうしていたい。

絶頂が近かった。あと何回か突かれたら、ラッシュの上でばらばらになってしまいそうだ。彼も一緒に達してほしい。わたしは彼の上で体を揺らし、こらえようとしていた叫び声が出るにまかせた。「いきそう」快感が高まり、わたしはつぶやいた。

「くそっ、ベイビー、すごくいい」ラッシュがうめき、わたしたちは絶頂に達した。わたしの下で彼の体が揺れたかと思うと、静かになった。わたしが達したのと同時に、彼の唇からわたしの名前がもれた。

震えがおさまって息ができるようになると、わたしは彼の首に腕を巻きつけてたくましい体の上に倒れこんだ。わたしを腕でしっかりと抱きしめているうちに、ラッシュの呼吸も落ち着いてきた。昨日の夜のような優しいセックスも好きだけれど、自分からファックするのも悪くない。わたしはそう思ってほくそ笑みながら、彼のほうを向いて首筋にキスをした。

「初めてだ。こんなの初めてだ」ラッシュはあえぎながらわたしの背中に手を滑らせ、お尻を軽くつかんだ。「今のは……ああ、ブレア、言葉にならないよ」

わたしは彼の首元で笑みを浮かべた。この完璧で、傷を抱えた、ミステリアスでわかりにくい男性に、わたしを深く印象づけることができた。「あなたが言いたいのは、最高ってことじゃないかしら」わたしは彼の顔が見えるよう体をそらしながら笑った。

ラッシュの瞳に浮かぶ優しさに、わたしの心はまた少し溶けた。「男にとって最高のセックスだった」彼はそう言うと、わたしの髪を耳にかけた。「ぼくはだめになりそうだ。わかるかい？　きみはぼくをだめにする」

小さくお尻を振ると、彼がまだ中にいるのが感じられた。「ふうん、あなたはまだできそうだけど」

「おい、きみはまたぼくを興奮させるつもりか。きみをきれいにしないといけないのに」

わたしは指の腹で彼の下唇をなぞった。「今回は血は出てないわ。二度目だから」

ラッシュはわたしの指を口に含んでそっと吸ってから放した。「コンドームを着けなかった。もちろん、病気は持ってないけど。いつもはちゃんとコンドームをしてるし、定期的に検査も受けてるから間違いない」

どう受け止めたらいいかわからなかった。コンドームのことなんて、わたしは考えていなかった。

「すまない。きみが裸になったら理性が吹っ飛んでしまった。病気をうつしていないことは保証する」

わたしは首を横に振った。「ううん、大丈夫。信じてるから。わたしも全然考えていなかったし」

ラッシュはまたわたしの体を引き寄せた。「よかった。だって信じられないくらい気持ちよかったから。コンドームなしでセックスをしたことがなかったんだ。きみの中に直に触れてると思うと、すごく幸せな気持ちになった。きみはすごいよ。熱くて濡れてて、すごく締まっていた」

わたしはラッシュを揺さぶった。いやらしい言葉を耳元でささやかれて、うずきがぶり返してくる。「うーん」わたしは自分の中で彼のものがまた大きくなるのを感じてうめいた。

「何か避妊はしているか?」

今まではしないといけない理由がなかった。わたしは首を振った。

ラッシュはうめくとわたしを持ち上げ、自分のものを抜いた。「きみが避妊するまで、こんなことをしたらだめだ。でももう、しっかりぼくを受け止めたあとだな」彼はわたしの脚のあいだに手を伸ばし、腫れあがったクリトリスに指を滑らせた。「すごくセクシーだ」彼がつぶやき、わたしは頭をそらして優しい愛撫を楽しんだ。「ブレア、一緒にシャワーを浴びよう」緊張した声で彼が言う。

「いいわよ」わたしは答えた。

ラッシュは手を貸してわたしを立たせると、立派なバスルームへと連れていった。

「シャワーの下に立って。今までで経験したことがないくらい、最高のセックスだった。でもここでは、ゆっくり行こう。ぼくにまかせて」

21

今朝はラッシュをベッドに残して出ていくのがつらかった。彼はぐっすり眠っていたので、起こしたくなかった。出る前に顔にキスするのもやめておいた。眠っていると、心配から解放されているように見えた。眠っている姿を見るまで、こうしてすっかり穏やかな顔をしているのを見るまでは、彼がどれほど張りつめて用心しているのか気づかなかった。

スタッフルームのドアを開けると、ドーナッツのいいにおいとジミーの笑顔に迎えられた。

「おはよう、サンシャイン」彼はいつもどおり陽気に言った。

「まだ残ってるみたいね。そのドーナッツを分けてくれる気はある?」

ジミーはわたしに箱を差しだした。「あなたのためにふたつ余分に買っておいたよ。

今日はブロンド美人が仕事に来る日なのに、手土産なしじゃまずいと思ったからね」

わたしは彼の正面に座ると、ドーナッツに手を伸ばした。「あなたが喜ぶんなら、顔にキスしてあげる」わたしは軽口を叩いた。

ジミーは眉を上げた。「わかってる、ベイビー？　あなたみたいな顔の子が男を惑わせるんだから」

わたしは笑いながら、温かくてふわふわしたドーナッツをかじった。健康的ではないけれど、ものすごくおいしい。

「全部食べて。今日はうんざりするくらい長いから。社交界デビューする女性(デビュタント)たちのパーティが今夜あるんだ。だからぼくたちはダイニングルームじゃなくて、パーティルームに駆り出されることになる。料理のトレイを持って歩き回って、それから着席ディナーの給仕もする」

デビュタントのパーティ？　それはいったい何？「だから外に花や飾りを乗せたトラックが何台も来てたの？」

ジミーはうなずくと、チョコレートのかかったドーナッツを取った。「そう。毎年、この週に開かれるんだよ。頭のどうかした金持ちの母親が社交界の面々に娘を見せびらかしながら紹介して回るパーティが。これが終わると娘たちは一人前の女性と見なされて、クラブでも大人のメンバーとして扱われる。委員会とかそういうのにも出られる。どうしようもなくくだらない会だけど。なんと言っても、何週間か前にナンが二十一歳になったからね。彼女も馬鹿みたいな大人として解放されるってこと」

ナンがデビュタント。それは興味深い。でも彼女の母親はここにいない。つまり今夜にでも戻ってくるってこと？　脈が速くなった。すぐにでもあの屋敷を出なくてはいけなくなる。引っ越しについて、何か変更があったとはラッシュから聞いていない。屋敷を出たあとでも、彼はまだわたしと会いたがるだろうか？

「息をして、ブレア。ただのパーティだから」ジミーが言った。

わたしは深呼吸した。パニックになりかけていることに気づかなかった。だからラッシュとは距離を置くべきだったのに。この日が来ることはわかっていた。父も今日、家に帰ってくるのだろうか？

「始まるのは何時？」わたしはどうにか声を上ずらせることなく尋ねた。

「七時。でも準備のために五時にはダイニングルームを閉めるよ」

わたしはうなずくと、残りのドーナッツを置いた。食べきれそうにない。今日は持久戦になるだろう。ポケットの中の携帯電話が存在を主張したけれど、ラッシュにメッセージは送れなかった。悪いニュースをメッセージで伝えられたくない。とにかく待とう。

「ブレア、ちょっとオフィスで話せるかな」ウッズの声で物思いを破られた。

わたしがちらっとジミーを見ると、彼は心配そうに目を見開いていた。最高。わたしは何をしたのかしら？

立ち上がると、ウッズに顔を向けた。怒っているようには見えなかった。彼は笑顔だったので、わたしはそれに勇気づけられて近づいていった。ウッズはわたしのためにドアを押さえていてくれた。わたしたちは廊下に出た。

「リラックスして、ブレア。トラブルってわけじゃない。ただ今夜のことを話しておきたいだけだ」

ああ。なるほど。わたしは深く息をつくとうなずき、彼のあとについて廊下の奥のドアへ向かった。

「まったく気乗りはしないんだけどね。父は、ぼくが努力して経営者の座を手に入れるべきだと思ってる。たとえいつかこのクラブをぼくが相続するんだとしても」ウッズはぐるりと目を回し、オフィスのドアを開けてわたしに中へ入るよう手招きした。彼のオフィスは、わたしがラッシュの家で与えられているベッドルームと同じくらい広かった。はめ殺しの二枚のガラス窓からは十八番ホールが見渡せた。

ウッズはデスクの向こうの椅子ではなく、デスクの端に腰かけた。堅苦しい話し合いにならないよう気を遣ってくれているのが嬉しかった。堅苦しいのは緊張する。

「今夜、デビュタントのパーティを開催する。ここで年に一度開かれるイベントだ。甘やかされた金持ちのお嬢さんを大人にするわけだ。このパーティを開くと、その料金やら寄付やらなんやらで一千万ドルはもうかるってところが腹立たしいよな。だからこの馬鹿げた行事をやめられないんだ。まあ、そうできたからって母はやめないだろうけど。母もかつてはデビュタントで、母が話すのを聞いたらイギリス女王だったんじゃないかと思うような人なんだ」

今夜のことを聞いて、気分が悪くなった。説明を聞いたら、さらに気持ちが落ちこんだ。

「ナンは今、二十一歳だ。だからデビュタントってことになる。出席者リストに名前があったから、ラッシュがエスコートしてくるはずだ。伝統的に父親か兄がエスコートすることになってるからな。エスコートはクラブのメンバーにかぎられる。きみとラッシュのあいだに何があったかは知らないが、ナンがきみを嫌っているのはわかってる。今夜はいざこざは避けたい。でも、きみの力も必要なんだ。きみの働きぶりは素晴らしい。確認したいんだが、喧嘩せずに仕事できそうか？　ナンはきっときみを怒らせようとちょっかいを出してくるはずだ。受け流せるかどうかはきみにかかってる。きみはメンバーとつきあってるかもしれないけど、ここの従業員でもある。そのことは変わらない。メンバーの言うことは常に正しい。もし争いになったら、クラブはナンの味方をせざるを得ない」

ウッズは何を考えているの？　ここは高校じゃない。わたしたちはみんな大人だ。必要ならば、ひと晩じゅうナンもラッシュも無視できる。「できるわ。問題ない」

ウッズは短くうなずいた。「よかった。時給がすごくいいし、きみには経験を積んでほしいんだ」

「やれるわ」わたしは請けあった。

ウッズが立ち上がった。「できるって信じているよ。さあ、朝食の給仕をしているジミーを手伝いに行ってくれ。彼はきっと、ぼくたちふたりをののしってる」

その日はそれ以降、飛ぶように時間が過ぎた。準備で忙しすぎて、ナンのことや父が戻ってくることについて考えている暇はなかった。ラッシュのことも。今はキッチンで、パーティで給仕をするほかのスタッフとともに立っている。白と黒の接客係用の制服を着て、髪はひっつめておだんごにまとめた。胃のあたりが落ち着かなくなってきた。

ラッシュと自分との違いに真正面から向きあうのは今回が初めてだ。彼の世界対わたしの世界。このふたつが今夜、ぶつかりあう。ナンに何を言われることになっても、心の準備はできていた。ジミーにも、緩衝材になってほしいこと、ナンのそばに行かずにすむようにしてほしいことは伝えてある。ラッシュには会いたいし、話もしたかったけれど、彼にいい顔をされない気がした。

「ショータイムよ。オードブルとドリンクをお客様に配って。自分の仕事はわかっているわね。さあ、行って」今夜のイベントを裏方として取り仕切っているのはダーラだ。わたしはマティーニののったトレイを持つと、ドアの前の列に加わった。誰もがさっさとフロアに出ていき、それぞれ違う方向に向かって客のあいだを回った。わたしは時計回りに半円を描くように歩いた。ナンを見かけるまでは。わたしはすぐに反時計回りに歩きだし、ジミーが時計回りに進んだ。我ながらうまいやり方だと思う。あとは成功することを祈るだけだ。

わたしが近づいていった最初のカップルは話をしながらトレイからドリンクを取っても、わたしに気づきもしなかった。楽勝だ。ほかにもいくつかのグループを回った。ゴルフコースに来ていた男性や女性の中には、わたしの顔を覚えている人もいた。気づくと彼らはうなずいて笑顔になったが、それだけだった。

部屋の半ばまで来たところでトレイが空になったので、いったん引き上げることにした。ドリンクを補充するためにキッチンへと早足で向かう。待っていたダーラがマティーニののったトレイを差しだし、すぐに行くよう手ぶりで合図した。

自分の持ち場へ戻るあいだに二度、ドリンクをトレイから取る客のために足を止めた。ミスター・ジェンキンスがわたしの名前を呼んで手を振ってきた。わたしは彼に笑い返した。彼は毎週金曜と土曜に、十八ホールを回る。九十歳の男性がそんなに元気に歩き回れるなんてと驚いたものだ。月曜から金曜は、ブラックコーヒーとポーチドエッグを求めてクラブハウスにも来ていた。

老人から視線をはずすと、ラッシュが目に入った。わたしは彼のほうを見ないように頑張っていたものの、来ていることにはずっと気づいていた。今日はナンにとって特別な夜だ。ラッシュが欠席するわけにはいかないし、そうする理由もない。ナンは意地が悪いけれど、ラッシュにとっては妹だ。ナンが嫌っているのはわたしであって、彼ではない。

ラッシュはつらそうで、無理に笑顔を作っているように見えた。わたしは笑い返し、彼の態度がおかしいことは考えないようにした。少なくとも、ラッシュはわたしのほうを見ていた。彼に何を期待していいのかわからない。

ウォレス夫妻がわたしに声をかけてきて、ゴルフコースで会えないのが残念だと言った。わたしも会えなくて寂しいと嘘をついた。それからまたトレイを交換するためにキッチンへ戻った。

ダーラがシャンパンののったトレイを差しだす。「行って、急いで」彼女は大声で命じた。

わたしはシャンパンのフルートグラスがのったトレイを持って、できるかぎり素早く歩いた。メンバーたちのあいだを、また同じルートで回った。みんな会話に花を咲かせていて、わたしは単なるドリンクのトレイ役。これなら楽だ。いらいらせずにすむ。

聞き覚えのあるベティのくすくす笑いが聞こえ、どこにいるのかと振り返った。さっきキッチンでは見かけなかった。ダーラがベティにこの仕事をさせたがらないのは確かだ。ウッズの父親だってそうだろう。

ベティはわたしたちとは違う服装をしていた。ぴったりした黒のシフォンドレスを着て、長い茶色の髪を頭の上でまとめ、巻き毛を顔のまわりに垂らしている。振り返ったわたしと目が合うと、満面の笑みを浮かべた。彼女はわたしのほうに急ぎ足で歩いてきた。ピンヒールを履いていても、歩く速度は落ちなかった。

「わたしがここにお客として来てるなんて信じられる?」ベティが憧れるような目であたりを見回し、わたしに視線を戻して言った。

わたしは首を振った。たしかに信じられない。

「昨日の夜、ジェイスがわたしのアパートメントに来てひざまずいて頼んできたから、そんなにわたしが欲しいなら彼の友達がいるところでわたしをガールフレンドだって紹介してほしいって言ったの。彼はいいって言って、あとはまあ、わかるでしょ。昨日はほんとに最高な夜だったわ。でもとにかく、そうしてわたしはここにいるってわけ」ベティがまくしたてた。

ジェイスはついに毅然とした態度に出たのね。いいことだ。わたしはベティの肩越しに、こちらを見ているジェイスに目をやった。わたしは笑顔で、よかったねとばかりに彼にうなずきかけた。彼はぱっと明るい顔になると、肩をすくめてにやりとした。

「彼がまともな感覚を持ってくれて嬉しいわ」わたしは言った。

ベティがわたしの腕をぎゅっと握った。「ありがとう」彼女は小さな声で返した。

わたしはお礼を言われるようなことは何もしていないけれど、笑顔で答えた。「楽しんでいって。あなたのおばさんがここに来て、わたしたちが話してるのを見つける前にこれを配り終えないと」

「オーケイ、そうする。でも一緒に楽しめたらと思ってたんだけど」ベティはわたしの背後に目をやった。彼女がラッシュを見ているのはわかった。彼はこの場にいて、ここの人たちの前でわたしのことを無視している。ナンのためにそうしているのだろうけれど、そんなことをして状況がよくなるの？　だんだんわかってきた。わたしも以前のベティと同じ立場になっている。

「お金がいるのよ、ひとり暮らしができるように」わたしは作り笑顔で答えた。「ほら、みんなのところに行って」わたしは彼女を促すと、別のグループのほうへ向かった。

つきまとってくる視線を感じて、首筋が焼けるように熱かった。ラッシュが見ているのはわかっている。振り返って確かめるまでもない。彼もわたしと同じことに気づいたのだろうか？　それはないだろう。彼は男性だ。わたしは手近な軽い女になってしまった。どうしようもない偽善者だ。今になって、ベティを叱り、同情していたことに罪悪感を覚えた。

トレイから最後のシャンパンがなくなり、ラッシュやナンの近くに寄らないよう気をつけながら、わたしは客のあいだを歩いた。彼らのほうを見もしなかった。わたしにだってプライドは残っている。キッチンに急いで戻るあいだに足を止めたのは三回、どれも空のフルートグラスをトレイにのせてもらうときだけだった。

「よかった、戻ってきたわね。こっちのトレイを持っていって。お客が酔っぱらう前にお料理を出さないと、偉そうな酔っぱらいに手を焼くことになるから」ダーラはそう言うと、なんだかわからないものがのったトレイをわたしに寄越した。ひどいにおいがする。わたしは鼻にしわを寄せ、トレイをできるだけ自分から離して持った。

ダーラが笑いだした。「エスカルゴよ。カタツムリ。気持ち悪いけど、ここの人たちにとってはこれがおいしいのよ。においは我慢して、いってらっしゃい」

胃がひっくり返った。そんな説明は聞きたくなかった。エスカルゴという説明だけで充分だったのに。

パーティルームの入り口まで来ると、わたしは気持ちを落ち着かせ、客に食べてもらうために自分が持っているのはカタツムリではない、ラッシュがわたしのことをまったく知らないふりをしている事実なんてない、と自分に思いこませようとした。

ラッシュのベッドで二晩も過ごしたっていうのに。

「うまくやってるか？」会場に入ったとたん、ウッズから声をかけられた。彼はわたしの肘をつかみ、心配そうな顔をしてみせた。

「ええ。自分がお客様に出そうとしてる料理がカタツムリだってことを除けば」わたしは答えた。

ウッズは含み笑いをすると、わたしのトレイからひとつ取って口に放りこんだ。

「食べてみるべきだよ。本当においしいんだから。ガーリックとバターで味つけしてあれば最高だ」

また胃がひっくり返った。わたしは首を振った。

ウッズが今度は大声で笑った。「きみといるといろんなことが面白くなるよ、ブレア」彼はそう言うと、わたしの耳元に体を寄せた。「ラッシュのことは残念だ。はっきり言っておくけど、もしきみがぼくを選んでいたら、今夜働かせたりしなかったのに。きみはぼくの腕の中にいたはずだ」

顔が真っ赤になるのがわかった。自分が後ろめたい秘密として扱われているのは充分わかっていたけれど、それが屈辱的だと理解してくれる人もいるのだ。それでも、わたしはラッシュを求めていた。どうしようもなく。そう、わたしの望みはかなっている、大丈夫。「わたしはお金がいるの。もう少しでひとり暮らしを始められそうなのよ」わたしは淡々とウッズに言った。

彼は小さくうなずくと、同情するような笑みを浮かべたあと、通りかかった年輩の客に挨拶しに行った。それを機に、わたしはその場を離れた。客たちにカタツムリを食べさせないと。

ジミーはわたしと目が合うと、元気づけるようにウインクしてきた。彼はこの部屋のラッシュがいる側の担当を見事にこなしている。わたしはまったく彼に近づかずにすんでいた。

ベティのいるグループに近づくと、彼女が明るい笑みを見せた。しかしその笑みは、わたしが持っているトレイの上の料理を見るなり消えた。「それ、何？」彼女が怯えた声で尋ねる。

「知りたくないと思う」わたしがそう答えると、ジェイスと、わたしが知らない男性が一緒になって笑った。

「きみはパスしておいたほうがいいかもな」ジェイスはベティにそう言うと、彼女の腰に手を回して、自分の横に愛情をこめて引き寄せた。

ベティは明るい顔でジェイスを見上げた。こんなに甘い場面を見せられるなんて、もうおなかいっぱいだ。わたしは急いで次のグループに向かった。カールした赤毛には見覚えがあった。その意地の悪い笑みを見て、以前どこで彼女を見かけたのかはっきりと思い出した。ナンの誕生日パーティの夜にラッシュの家で、ウッズを追いかけていた女性だ。

「面白くない？」彼女は今まで話していたカップルからわたしのほうに注意を向けて

言った。「ウッズはあなたとデートするより、あなたを働かせるほうがふさわしいと思ったのね」彼女はくすくす笑うと頭を振った。赤い巻き毛がはずむ。「おかげで今夜は楽しくなりそう」彼女は手を伸ばし、わたしが持っていたトレイを傾けた。カタツムリがわたしのシャツの前を滑り落ち、大きな音をたててトレイが床に落ちた。わたしはびっくりしすぎて、動くことも話すこともできなかった。

「やだ、見て、この人ったら本当に不器用なんだから。ウッズは従業員をもっとちゃんと選ばないと」彼女は憎々しげに言った。

「まあ、大変！　ブレア、大丈夫？」後ろからベティの声が聞こえて、わたしはショック状態から立ち直った。

わたしはまだシャツにくっついているカタツムリをどうにか振り落とした。

「どけ」低い声が命じた。すぐに誰の声なのかわかった。はっと振り返ると、ラッシュが赤毛の女性と一緒にいたカップルを押しのけて近づいてくるのが見えた。カップルはわたしの惨状を笑っていた。ラッシュは怒っていた。見間違えようもないくらいに。ラッシュはわたしの腰をつかみ、顔をじっと見つめた。彼が何をしているのかわからなかった。「大丈夫か？」落ち着いた声で尋ねてくる。

まだどう反応していいかわからず、わたしはうなずいた。

ラッシュが大きく息を吸うと、首元の肌の下の血管がこわばるのが見えた。彼はほとんど頭を動かさずに、赤毛の女性に鋭い視線を向けた。「二度と、ぼくや彼女に近寄るな。わかったか？」彼は恐ろしいほど落ち着いた声で言った。

赤毛の女性が目を見開いた。「なんでわたしに怒ってるの？　やらかしたのはこの子よ。自分でトレイをひっくり返したんじゃない」

わたしの腰に回されていたラッシュの手に力がこもった。「あと一言でもしゃべったら、きみが永遠にここから追いだされるまで、ぼくはこのカントリークラブへの寄付の依頼を断ると脅すことになる」

彼女は息をのんだ。「でもわたしはナンの友達よ、ラッシュ。一番古い友達。あなたがそんなことをするはずないわよね。こんな従業員のために」子供じみた不機嫌さがにじむ声が二十一歳の女性から放たれるのが奇妙に思えた。

「試してみればいい」そう答えたラッシュが、今度はわたしを見下ろして言った。「きみはぼくと来るんだ」

わたしが答える間もなく、彼はわたしの背後を見やった。「ぼくが彼女を連れていくよ、ベティ。大丈夫だから。ジェイスのところに戻って」ラッシュはわたしの腰に手を回した。「カタツムリに気をつけて。滑るよ」

給仕手伝いの男性がふたり、掃除用具を手に急いでやってきて、片付けを始めた。音楽はやんでいなかったが、パーティは静かになっている。ゆっくりと、客たちは会話を再開した。わたしはドアを見つめた。パーティルームから出るまでは、ラッシュの腕を振りほどきたくても我慢しなければ。

ここにいる人たちが、わたしたちがセックスしたことを知らなかったとしても、今は知られてしまった。ラッシュは人前で、ある程度はわたしを気遣ってみせた。でも腕に抱いてわたしをパーティで連れ回すことまではしたがらない。胸が痛んだ。彼と距離を置きたかった。信頼できるのは自分だけ、そんな小さな世界に這い戻ることを学ぶときだ。誰も信じられない。

パーティルームを出て詮索の目から逃れると、わたしはラッシュの手を振りほどいて距離を取った。胸の前で腕を組み、足元を見つめる。彼を見るのが正しいことなのかどうかわからなかった。黒のタキシード姿の彼がどれほど素敵か、愛でることもしていなかった。今、彼は目の前にいて、正装している。わたしのほうは、カタツムリのオイルにまみれた制服姿だ。わたしたちの世界が大きく違うことは明白だった。

「ブレア、すまない。こんなことが起きるとは思っていなかった。彼女ときみのあいだに問題があることも知らなかった。この件はナンと話をする。きっと妹が関わっているに違いないから――」

「あの赤毛は、ウッズがわたしに興味を持ってるからわたしのことが嫌いなの。ナンは関係ないわ、あなたともね」

ラッシュはすぐには答えなかった。彼に背を向けて、キッチンに戻るべきだろうか。

「ウッズはまだきみに言い寄ってるのか？」

ラッシュはなんでそんなことをきくのだろう？ わたしはカタツムリとバターまみれで立っているのに、ほかの男性に言い寄られていないか尋ねるわけ？ 今、くびになっていないかさえわからないのに。もういい。こんなのはもうたくさん。わたしは彼に背を向けるとキッチンに向かった。だが、ラッシュが行かせてくれなかった。彼はさっと手を伸ばしてわたしの腕をつかんだ。

「ブレア、待ってくれ。すまない。今、きくべきじゃなかった。今はそんなことはどうでもいい。きみが大丈夫か確かめて、服をきれいにする手伝いをしたかったんだ」

最後の部分を言った彼の声は、傷ついているようだった。

わたしはため息をついて振り返り、今度はラッシュと目を合わせた。「大丈夫。キッチンに行って、まだ仕事があるかどうか確かめないと。今朝、ウッズから注意されてたの。こういうことがあったら、わたしのせいになるって。だから今は、あながいきなり見せた独占欲よりも重大な問題がある。そもそもおかしいじゃない。この騒動が起きるまで、あなたは必死でわたしを無視しようとしていたのよ。あなたはわたしの知り合いでもあるし、知らない人でもあるってことね、ラッシュ。どっちにするのか選んで」傷ついた声にならないよう話すのは難しかった。わたしはラッシュの手を振りほどき、大股でキッチンへ向かった。

「きみは仕事中だった。ぼくにどうしてほしかったんだ?」彼が大声を出したので、わたしは足を止めた。「きみがいるってわかったら、ナンにきみを攻撃する理由を与えることになる。ああすることで、ぼくはきみを守ってたんだ」

ラッシュが認めたという事実だけでもう充分だった。ナンが最優先。ナンを満足させるためにわたしを無視した。もちろん、予想どおりだ。わたしはただのセフレ。ナンは妹。ラッシュがわたしより妹を選ぶのは正しい。あっさりベッドをともにするような女なんて、軽んじられても当然じゃない？「あなたの言うとおりよ、ラッシュ。あなたはわたしを無視することで、ナンがわたしを攻撃するのを避けた。わたしはこの二晩、ファックしただけの相手。いろいろと考えると、わたしは特別な存在なんかじゃない。大勢の中のひとりなんだわ」

わたしはそれ以上、ラッシュの言葉を待たなかった。キッチンまで走っていき、勢いよくドアを閉めた。涙がこみあげ、あふれて流れた。

22

「うわ、あなたったら」キッチンに駆けこんだわたしを、ジミーが抱き止めようと腕を伸ばして言った。

わたしはしゃっくりをしながら、すすり泣きをのみこんだ。

「あれはひどかったね。でも、もっとひどいことになってた可能性だってあったんだよ。少なくとも、ラッシュはあなたを助けに来てくれた」ジミーはわたしの背中を軽く叩きながらハグしてくれた。

自分がどれほど安っぽい女か、ジミーに知られたくなかった。わたしは金持ち男の後ろめたい秘密になったせいで泣いているのだとは言えなかった。どこかの性悪女が、パーティルームじゅうの人々の前で料理をわたしに向かってぶちまけたせいではないと。

「仕事に戻ってくれ、ジム。フロアの人手が足りない。ブレアとはぼくが話す」キッチンに入ってきたウッズが言った。

ジミーはもう一度きつくわたしをハグすると、ウッズに向かって顔をしかめてから、トレイを持ってドアへ向かった。「優しくしてあげてよ」ウッズとすれ違いざまにジミーが言った。

ウッズは答えなかった。代わりに、わたしをじっと見つめた。いよいよ来た。〝おまえはくび〟の瞬間だ。

「ぼくはわざわざナンとトラブルを起こさないようきみに注意をしていたし、嫉妬した女性がきみに絡んだのはラッシュのせいでもない」ウッズはうんざりした様子で頭を振った。「すまない、ブレア。全部ぼくのせいだ。彼女があんなことをするとは思っていなかった。彼女はぼくの元ガールフレンドで、いつまでもしつこくつきまとってくるんだ」

わたしをくびにするんじゃなかったの？　わたしは後ろにあったカウンターにもたれて、深く息をついた。

「あんな騒動のあとできみをフロアに戻したくない。ここにいてトレイの準備をしてくれ。フロアで働いたときと同じだけの給料を払うと約束する」

「ありがとう。でもその前に着替えていい？」カタツムリを取り除く必要がある。

ウッズは笑顔になった。「ああ。オフィスからカートガールの制服を取ってくるといい。給仕の制服は今夜、予備まで全部使ってしまってるんだ」

わたしはドアに向かった。

「ゆっくりでいいよ。きみが休憩したいなら、こっちは大丈夫だから」わたしがキッチンから出ようとしたところでウッズが大声で言った。

ラッシュとナンが廊下にいた。激しく言い争っているようだ。ナンがわたしに凍りつくような視線を向けてきた。ラッシュがいらだっているのが表情からわかった。わたしは彼に苦悩しかもたらさないらしい。そんな顔は見る気になれなかった。ふたりはきょうだい喧嘩をしても仲直りできる。今夜が終われば、わたしにも引っ越せるだけの資金ができるはずだ。明日になったら住む場所を見つけよう。ラッシュとひとつ屋根の下で眠るのはもう無理だ。わたしはふたりに背を向けると、外へと続くドアに向かった。

「ブレア、待って」ラッシュが声をかけてきた。

「行かせてあげなさいよ、ラッシュ」ナンが言う。

「できない」彼が答えた。

わたしはドアを閉め、耳にした言葉を頭から締めだそうとした。ラッシュが自分のために喧嘩しているかもしれないなんて考える必要はない。

ドアが勢いよく開き、ラッシュが走って出てきた。「ブレア、頼むから待ってくれ。話をしよう」彼は必死だった。

わたしは足を止め、ラッシュが走ってきてわたしの前に立つのを見つめた。わたしから彼に話すことなど何もない。全部話した。

「すまなかった。でも、きみは間違ってる。ぼくはきみを無視なんてしていない。誰かに確かめてみるといい。ぼくはずっときみから目を離せなかった。ぼくがきみに対してどう感じているのか疑問に思うんなら、きみがあの部屋を歩き回っているあいだずっと目を離せなかったというのが答えになるだろう」彼は手で髪をかき乱し、小さく毒づいた。「ベティがジェイスといるのを見たときのきみの表情を目にした。ぼくの中で何かが裂けて口を開けた。きみが何を考えていたかはわからないけど、今夜が間違っていると気づいたのはわかった。きみはここで客にサービスしてるべきじゃない。ぼくの隣にいるべきだったんだ。ぼくの隣にいてほしかった。誰かがきみにおかしな真似をするんじゃないかと心配で、ずっと息をするのも忘れてたくらいだ」

ラッシュは手を伸ばして、ぎゅっと握っていたわたしのこぶしを指で撫でた。「許してくれるなら、こんなことは二度と起きないようにすると約束する。ぼくはナンを愛してる。でも彼女を喜ばせるためとはいえ、やりすぎた。ナンは妹で、解決しないといけない問題を抱えている。ナンには、きみにすべてを話すつもりだと伝えた。きみが知らなきゃいけないことがあるんだ」彼は目を閉じて、深く息をついた。「きみが知ってしまったら、ぼくのもとから去って二度と振り返らないかもしれない、そんな真実を抱えてきた。ぼくはどうしようもなく怖いんだ。そのせいでぼくたちがどうなってしまうのかはわからないけど、きみを見た瞬間から、きみがぼくの世界を変えるだろうとわかっていた。怖かったんだ。きみを見れば見るほど、惹かれていったから。あんまり近づくわけにいかなかった」

ラッシュは心を開き、わたしを受け入れようとしてくれている。わたしを利用しているのではない。彼がセックスしては捨てたほかの女性たちとは違う。彼の秘めた世界に入れてくれようとしている。彼はわたしにそばにいてほしがっている。もう降参だ。わたしは自分を抑え、ラッシュに心を奪われないよう頑張ってきた。それでも彼はわたしの心を手に入れた。傷ついた彼の姿が最後のひと押しになった。これ以上、気持ちを抑えられない。

わたしはもう彼に夢中だ。わたしは、ラッシュ・フィンレイを愛している。

「オーケイ」わたしは言った。ほかに言うことがなかった。彼はわたしを手に入れた。

ラッシュが眉根を寄せる。「オーケイ？」

わたしはうなずいた。「オーケイ。あなたが本当にわたしを手放したくないと思うなら、心を開いてくれるはず。だから、オーケイ」わたしは愛しているとラッシュに告げるつもりはなかった。早すぎる。きっと、わたしが若いせいだと彼に思われてしまうだろう。そのときだと思える日まで、胸の中にしまっておくつもりだ。わたしが若いからかもしれない。とにかく、そんな気がした。

彼の口元に小さな笑みが浮かんだ。「ぼくは心をさらけだしたっていうのに、ただ〝オーケイ〟だけ？」

わたしは肩をすくめた。「あなたはわたしの聞きたかった言葉をすべて言ってくれた。今ではもうとりこよ。わたしはあなたのもの。あなたはわたしをどうするつもり？」

ラッシュは低くてセクシーな笑い声をもらすと、わたしを引き寄せた。「湖のそばの十六番ホールでセックスするのがいいんじゃないかと思うんだけど」

わたしは考えているふりをして小首をかしげた。「うーん……問題は、わたしが今夜はまだ着替えてキッチンで働かないといけないってことね」

ラッシュが深いため息をついた。「くそっ」

わたしは彼のあごにキスをした。「それに、あなたにはエスコートしなきゃいけない妹がいるじゃない」彼に思い出させてあげた。

ラッシュはわたしに回した腕に力をこめた。「今ぼくが考えられるのは、きみの中に入りたいってことだけだ。強く抱きしめて、色っぽいうめき声を聞きたい」

うわあ。大変。考えただけで鼓動が一気に速くなった。

「あっさり手放せるような相手なら、オフィスにでも連れこんで壁に押しつけ、さっさとぼくを埋めこんでるところだ。でも、きみ相手にそんな適当なセックスはできない。きみは魅力的すぎる」

ラッシュの言葉にわたしは息が苦しくなり、彼の肩にしがみついた。

「着替えておいで。ぼくは誘惑されないようここに立ってる。キッチンまで送っていくよ」彼はゆっくりとわたしを放して言った。

彼の腕が離れていくあいだに、気持ちを落ち着かせなければならなかった。彼に背を向けると、わたしはオフィスへ急いだ。

キッチンのドアのところで短いキスとともにラッシュと別れてからは、彼を見かけることはなかった。その夜は果てしなく長くて、わたしは疲れきってしまった。料理を準備するのは見かけよりきつい仕事だった。客たちが帰ったあとには、片付けという作業が残っていた。

三時間後、午前四時近くになってようやく、わたしはよろめきながら早朝の暗闇の中に出て、トラックへ向かった。心のどこかではラッシュが待っていてくれないかと期待していたけれど、そうなると彼は車の中で寝たということになる。いくらなんでも馬鹿げている。

わたしはトラックのエンジンをかけ、彼の屋敷へ向かった。今日はもう仕事に行かなくていいので、寝ていられる。アパートメントを探す必要もない。私道に車を入れると、ラッシュの部屋の明かりがまだついていることに気がついた。屋敷のほかの部屋が真っ暗なのと対照的に、最上階は煌々と明かりがついていた。

玄関の鍵はかかっていなかったので、わたしは中に入ると静かにドアを閉めた。ラッシュがまだ起きてわたしを待っているのか、それとも電気をつけっぱなしで寝ているのか。わたしは自分の部屋と彼の部屋、どっちに行くべきだろう？

階段を上っていくと、ラッシュが自分の部屋に続くドアにもたれて床に座り、まっすぐこちらを見ていた。何をしてるの？

ラッシュは立ち上がると、大股でわたしに近づいてきた。わたしも彼に向かって歩いた。彼はやけになっているようだった。理由はわからないけれど。「階上に連れていきたい。今すぐに」彼がこわばった声で焦ったように言った。

わたしの鼓動が速くなる。彼は誰かに傷つけられたの？　大丈夫なの？

わたしは急いでラッシュの後ろからついていった。彼はドアを閉めて鍵をかけた。今までかけたことなどなかったのに。階段を上がるのも待たずに、彼はわたしに触れてきた。

ラッシュはまるで、荒々しい男に体を乗っ取られているみたいだった。手を下げてわたしのお尻をつかむと、わたしを後ろ向きにし、ポロシャツを引きちぎるように脱がせた。ボタンが飛ぶ音が聞こえてわたしはたじろいだ。制服のポロシャツなのに。何かあったのか尋ねようとしたけれど、彼の唇に唇をふさがれた。口の中に舌が入ってきた。ラッシュはわたしのショートパンツのスナップに手をかけると、勢いよくはずして下ろした。彼の飢えたようなうめき声にわたしの体が反応する。脚のあいだが濡れ、うずきはじめているのがわかった。

ラッシュは階段にわたしを押し倒すと靴を脱がせた。ショートパンツとパンティも脱がせ、わたしの膝をつかんで脚を広げさせた。何が起きているのかわからないうちに、彼はわたしに唇を押し当ててきた。舌が割れ目をなぞり、中に入ってくる。昨日の夜の荒っぽいセックスのせいでまだ柔らかかったそこは、彼の舌が動くたびに敏感に反応した。わたしは彼の名前を呼んだ。肘をついて体を起こすと、彼がわたしの太ももにキスの雨を降らせ、また脚のあいだに顔を埋めるのが見えた。わたしはあえぎながら、もっととせがんだ。

「ぼくのだ。これはぼくのだ」ラッシュは取り憑かれたように繰り返しながら体を引いてわたしを見つめた。脚のあいだにそっと指を滑らせると、鋭い視線をわたしに向けた。「ぼくのだ。この甘いプッシーはぼくのだ、ブレア」
いかせてもらえるなら、どんな言葉にもうなずくつもりだった。とにかく、まずは
ラッシュに中へ来てほしかった。
「きみはぼくのものだと言ってくれ」彼がせがんだ。
わたしがうなずくと彼は指を中に押しこみ、さらにうめき声をあげさせた。
「きみはぼくのだって言うんだ」彼が繰り返す。
「あなたのものよ。お願い、ラッシュ。ファックして」
ラッシュは目を見開いて立ち上がると、着ていたパジャマを下ろした。彼のものは
誇らしげにそそり立っていた。「今夜はゴムは着けない。外に出す。きみのすべてを
感じたいんだ」ラッシュはわたしの膝を開き、自分自身をわたしの入り口に当てた。
思っていたのと違って、彼は一気に入ってきたりはしなかった。ゆっくりと中に進ん
できた。「痛い？」自身を埋めこみながら、彼が尋ねる。
少し痛かったけれど、それを認めるつもりはなかった。ラッシュに理性を失ってほ
しかった。「気持ちいいわ」わたしは言った。
ラッシュは唇を嚙むと、ゆっくり腰を引いて出ていった。「この階段は固すぎるな。

こっちへおいで」彼は身をかがめるとわたしを抱き上げ、階段を上がりはじめた。

わたしは男性に抱き上げられたのはこれが初めてだったけれど、うっとりするような体験だった。抱きしめられてラッシュの裸の胸が触れる感触は信じられないほど素敵だった。

「ぼくの言うとおりにしてくれるか？」ラッシュが頭を下げて、わたしの鼻とまぶたにキスしながらきいた。

「ええ」わたしは答えた。

彼はベッドの手前で足を止めると、わたしの足が床につくところまでゆっくりと下ろした。「前かがみになって胸をベッドにつけて。手は頭の上のほうに、お尻は上に突きだして」

うーん……オーケイ。理由はわざわざきかなかった。想像はつく。足を床につけたまま、前かがみになって彼に言われたとおりにベッドに体を預けた。

ラッシュはわたしの下半身を撫で、満足そうな声をあげた。「今まで見た中でも一番完璧なお尻だ」彼が感動した口ぶりで言う。

お尻まで手を滑らせると、ラッシュはゆっくりと中に入ってきて、奥に進みながらわたしの腰を引き寄せた。この体勢だといつもより奥まで届く。「ラッシュ！」「彼が深いところまで来たせいでかすかな痛みを感じながら、わたしは叫んだ。

「ああ、深く入った」彼はうめいた。

ラッシュはゆっくりと自分を引き出し、そこからはいつものように動きはじめた。わたしはクライマックスを目指して昇っていきながら、シーツをつかんだ。何が来るかはわかっている。中からわき上がる快感に脚が震えはじめた。

ラッシュは片手を前に回して腫れあがったクリトリスに触れ、親指でこすりはじめた。「すごい、びしょびしょだ」彼が荒い息をしながら言った。

わたしは両脚を突っ張って達した。ラッシュがさらにわたしを攻め立てるので、その感覚に耐えきれずに脚ががくがくしだした。強すぎる快感は痛いほどだ。もう許してと言おうとしたとき、彼がわたしの腰をつかんだかと思うと、すぐに出ていった。「ううっ」叫びながらラッシュがベッドに倒れた。見なくても、達する前に彼がわたしの中から出ていったのはわかった。「くそっ、今のきみのお尻がどんなにいい眺めか、見せてあげたいよ」ラッシュは息を切らしながら言った。

わたしは頭を横に倒し、ベッドにつけたまま彼を見た。「なんで？」

ラッシュの胸から抑えた笑い声がもれた。「後始末をする必要があるとだけ言っておこう」

どういう意味なのかわかると、さっきまでは気づいていなかった温かいものの感触が急に気になりだした。笑いがこみあげてきて、わたしは両手で顔を覆った。

そのまま横になっていると、水が流れる音が聞こえ、やがて彼がわたしのところに戻ってきた。温かいタオルで彼の精液を拭ってもらうのは気持ちがよかった。わたしはだんだん眠くなってきた。疲れきっていた。二度と目が覚めないような気がした。

23

わたしはひとりきりだった。目を覆って朝の日差しをさえぎり、部屋の中を見回す。ラッシュの姿はない。驚きだ。わたしは体を起こして時計を見た。十時を過ぎている。彼がいなくても無理はない。すっかり寝過ごしてしまった。今日こそはラッシュと話をしなければ。彼はわたしにすべて打ち明けてくれると言った。昨日の夜は最高のセックスをした。今度は言葉を交わす番だ。

わたしは立ち上がり、脱ぎ捨てたはずのショートパンツがベッドの端に置いてあるのを見つけた。昨日の夜、階段に置きっぱなしにしたのを覚えているから、ラッシュが持ってきてくれたのだろう。わたしはショートパンツをはくと、次はポロシャツを探した。ラッシュのTシャツがショートパンツの隣に畳んで置いてあったので、わたしはそれを着て階下へ向かった。ラッシュに会う心の準備はできていた。

玄関ホールから家族の居住スペースへとつながるドアが開いていた。わたしは足を止めた。いったいどういうことだろう？　いつもは閉まっているのに。やがて声が聞こえてきた。わたしは一階に下りる階段へ向かい、耳をそばだてた。父のなつかしい声がリビングルームから階段まで響いてきた。父が家にいる。

わたしは一段下りたところで立ち止まった。父と顔を合わせられる？　父はわたしに出ていけって言うかしら？　父はわたしとラッシュが寝ていることを知っているの？　ナンは母親もわたしを嫌うよう仕向けているんじゃない？　こういったことすべてを考えるには時間が足りなかった。

父がわたしの名前を口にした。下りていって顔を合わせるべきなのはわかっていた。その結果がどういうことになろうとも。わたしは自分に言い聞かせるようにして階段を一段ずつ下りた。玄関ホールを進み、声がはっきり聞こえてくるといったん立ち止まった。どんな話の最中に足を踏み入れるのか知っておきたかった。

「信じられないわ、ラッシュ。あなた、何を考えてるの？　彼女が誰だかわかってい
る？　うちの家族にとって彼女がどんな存在なのかわかってるの？」話しているのはラッシュの母親だ。会ったことはないけれどわかった。

「ブレアにはなんの責任もないだろう。まだ生まれてすらいなかったんだから。彼女がどんなに苦労してきたか知らないくせに。こいつがどれほど彼女に苦労させたか」ラッシュは怒っていた。

わたしはドアに向かって歩きはじめたけれど、足を止めた。待って。わたしはこの家族にとってどんな存在なの？　ジョージアナはなんの話をしているの？

「偉そうに言わないでよ。エイブを探しに行って、連れて帰ってきたのはあなたでしょ。だから彼が娘にどんな苦労をさせたとしても、きっかけを作ったのはあなたよ。おまけに彼女と寝たですって？　本当に、ラッシュ、何を考えてるの？　まったく、父親にそっくりね」

わたしは体を支えようとドア枠に手を伸ばした。話の成り行きが見えないけれど、深く息が吸えなくなっていた。胸からパニックがせり上がってくる。

「この屋敷の持ち主が誰なのか忘れるなよ、母さん」ラッシュがはっきりと警告した。

ジョージアナは甲高い笑い声をたてた。「信じられる？　この子は会ったばかりの女の子をかばって、母親にくってかかってるのよ。エイブ、あなたがなんとかして」

沈黙が流れた。やがて父が咳払いをした。「ここはラッシュの屋敷だ、ジョージアナ。彼に無理強いはできないよ。こうなると予想しておくべきだった。娘は母親のレベッカにそっくりだから」

「何が言いたいの？」ジョージアナが怒鳴る。

父はため息をついた。「前にもこういうことがあったな。ぼくがきみを置いてレベッカのもとに走ったのは、彼女には引力があったからだ。どうしてもレベッカを手放せなくて――」

「それは知ってる。二度と聞きたくないわ。妊娠しているわたしを捨てて結婚式の招待状の注文をキャンセルさせるほど、あなたはどうしようもなく彼女を求めてた」

「スウィートハート、落ち着いて。愛してるよ。ただぼくは、ブレアも母親と同じようなカリスマ性を持っているって言いたかったんだ。惹かれずにいるのは無理なんだよ。そして娘も、母親と同じように、自分の魅力をわかっていない。本人にもどうしようもないことなんだ」

「ああ！　あの女はわたしをそっとしておいてくれないの？　これから先もわたしの人生をめちゃくちゃにするつもり？　はっきり言うけど、彼女は死んだのよ。わたしは愛する男性を取り戻して、わたしの娘はやっと父親を手に入れた。それなのに、今になってこれ。ラッシュがあの娘と寝てるなんて!」

全身の感覚がなくなっていた。動けなかった。深く呼吸ができない。わたしはまだ夢を見ているに違いない。きっとそうだ。まだ目が覚めていないのだろう。わたしはぎゅっと目を閉じ、この吐き気がするようなゆがんだ夢からどうにかして抜けだそうとした。

「あと一言でもブレアの悪口を言ったらここから追いだす」ラッシュの声は冷たくこわばっていた。

「ジョージアナ、ハニー、頼むから落ち着いてくれ。ブレアはいい子だ。彼女がここにいるからって世界が終わるわけじゃない。娘にはどこか住むところが必要なんだ。そのことはもう説明しただろう。きみが今はレベッカを嫌っているのはわかってるが、昔は親友だったじゃないか。幼なじみだったんだろう。ぼくがやってきてすべてを壊すまでは、きみたちは姉妹みたいに仲良しだった。ここにいるのは彼女の娘だ。少しは同情してやってくれ」

違う、違う、違う、違う、違う。こんなの聞こえていない。現実じゃない。わたしの母は誰かの結婚を壊したりしない。父の子供を妊娠している女性を、父に捨てさせたりなんてしない。わたしの母は優しくて思いやりのある女性だ。絶対にそんなことはしていない。母のことをこんなふうに話すのをこれ以上黙って聞いていられない。ここにいる人たち全員が間違っている。みんな母のことをわかっていない。父はずっと前に家を出たから、本当は何があったのか忘れただけだ。

　わたしはドア枠を強く握っていた手を離すと、母の名が貶（おとし）められている部屋の中へ入っていった。「違う！　みんな黙って！」わたしは叫んだ。部屋の中は静まり返った。父に目を留めると、怒りをこめてにらみつけた。今はこの部屋にいるほかの人たちはどうでもいい。母のことで嘘ばかりしゃべっている女も、わたしが愛していると思っていた男も。わたしが体を捧げた相手は、わたしに嘘をつき続けていた。

「ブレア」ラッシュの声が遠くから響いた。わたしは片手を上げて彼を止めた。近くに来てほしくない。

「あなた」わたしは父を指さした。「母を貶めるような嘘を言わせっぱなしにしてたわね！」わたしは叫んだ。頭がどうかしていると思われてもかまわなかった。今は全員が憎かった。

「ブレア、説明させてくれ——」

「黙って！」わたしは叫んだ。「妹は、わたしの半身は死んだ。死んだのよ、パパ。あなたと買い物に行く途中の車の中で。魂を奪われてふたつに引き裂かれたような気分だった。妹を失うのは耐えられなかった。母が嘆いて泣いて、悲しんでいるのをこの目で見てた。父親が家を出ていくのも見てた。二度と戻ってこなかった。娘と妻が、ヴァレリーのいない世界を少しずつ作り上げようとしているあいだも。その後、母が病気になった。あなたに電話したけど、返事はなかった。だからわたしは放課後のバイトを増やして、母の医療費の支払いをするようになった。母の看病と学校に行くだけの生活だった。結局、二年生のときに母の病状が悪化すると、わたしは退学するしかなくなった。一般教育修了検定を受けて高校卒業の資格を取ったわ。だって世界でたったひとりわたしを愛してくれる人が死にかけているのに、わたしは何もできずに見ているしかなかったから。母が息を引き取るとき、わたしは手を握っていた。葬儀の手配もした。母の遺体が地中に下ろされていくのも見守った。そのときも、あなたは一度も連絡してこなかった。たったの一度も。それからわたしは祖母が遺してくれた家と、売れそうなものは全部売った。医療費を払うために」わたしは音をたてて大きく息をついた。すすり泣きがもれる。

二本の腕に抱きしめられ、わたしは叫んで腕を振り回して離れた。

「触らないで！」ラッシュに触れてほしくなかった。彼はわたしに嘘をついていた。彼は知っていたのに、嘘をついていたのだ。「さっきあなたたちが母のことを話すのが聞こえたけど、母は素晴らしい女性だったわ。ちゃんと聞いてる？　母は素晴らしい女性だった！　みんな嘘つきよ。あなたたちが言ったどうしようもないたわごとについて、もし誰かに責任があるとしたら、それはこの男よ」

わたしは父を指さした。もう父親なんて呼べない。今はもう。

「彼は嘘つきよ。わたしの足元の泥よりも汚いわ。ナンが彼の娘じゃなければ、もしあなたが妊娠していなかったら……」

まだ目を向けていなかった女性のほうを見ると、口元で言葉が凍りついた。彼女を見たことがある。わたしはよろめき、頭を振った。違う。今まで見ていたものは、真実ではなかったのだ。

「あなたは誰？」記憶にある顔がゆっくりとよみがえってきた。

「答え方に気をつけろ」ラッシュの張りつめた声が背後から聞こえた。彼はまだわたしのすぐそばにいた。

ジョージアナは視線をわたしから父へとさまよわせ、またわたしに戻した。「わたしが誰だか知ってるはずよ、ブレア。前に会ったことがあるわ」

「あなたはわたしの家に来た。あなたは……母を泣かせた」

女性が目をむいた。

「最終警告だ、母さん」ラッシュが言った。

「ナンが父親に会いたがったの。だから、父親のところに連れていった。娘は父親の素敵な家族を目の当たりにすることになったわ。かわいいブロンドの双子の娘と、非の打ちどころのない愛する妻。わたしは娘に、あなたに父親はいないと言い聞かせるのにうんざりしていたし、自分に父親がいることは娘にだってわかっていた。だからわたしは、父親がナンを捨てて選んだ家族を見せた。それからかなり成長するまで、娘は父親のことを尋ねてこなくなったわ」

わたしと同い年くらいの少女が母親の手をきつく握って、ドアのところに立っているわたしをじっと見ていた。あれがナンだったのね。胃がひっくり返った。父はなんてことをしたの？

「ブレア、頼むからぼくを見てくれ」必死になったラッシュの声が後ろから聞こえたけれど、彼のことを受け入れられなかった。彼はすべて知っていた。これがナンの大きな秘密だったのだ。彼は妹のために秘密を守ろうとした。これがわたしにとっても秘密だとわからなかったの？　この男はわたしの父親だけれど、わたしは彼のことを何も知らなかったようだ。ウッズの言葉が頭の中で響く。〝きみとナンのどちらか選ばなければいけなくなったら、ラッシュは妹を選ぶだろう〟

ラッシュがナンを選ぶことを、ウッズはわかっていた。この町の人は、わたし以外の誰もが秘密を知っていた。わたしが何者かも、わたし以外は知っていた。

「ぼくはジョージアナと婚約していた。彼女はナンを妊娠中だった。そこへきみの母親が訪ねてきた。レベッカはぼくがそれまで出会ったどんな女性とも違っていた。魅惑的だった。彼女と離れるなんて考えられなくなった。ジョージアナはまだディーンに未練があったし、ラッシュも一週間おきに週末になると父親と面会していた。ディーンが家族が欲しいと決心したとたんにジョージアナはディーンのところへ行くだろうと思っていた。ナンが自分の子供なのかも確信が持てなかった。きみの母親は純真で楽しい人だった。ロックミュージシャンに入れあげていなかったし、ぼくを笑わせてくれた。ぼくはレベッカを口説いたけど、無視された。だからぼくは、彼女に嘘をついた。ジョージアナはもうひとりディーンの子供を妊娠していると。レベッカは同情してくれた。ぼくは駆け落ちしようと彼女をどうにかして説得した。生まれたときからの友情を捨ててほしいと」

わたしは父の言葉を遮断しようと両手で耳をふさいだ。こんな話は聞いていられない。全部嘘だ。彼らが住むこの病んだ世界は、わたしの世界じゃない。家に帰りたい。アラバマへ。わたしが理解できる場所へ。お金やロックスターなんて関係ない場所へ。

「やめて。聞きたくない。わたしは自分の荷物を取りに来ただけ。出ていきたいだけ」すすり泣きが止められないのはどうしようもなかった。わたしの世界も、わたしが知っていたと思っていたものも、粉々に砕け散ってしまった。母のお墓のそばに座って、母と話したかった。家に帰りたかった。

「ベイビー、頼むから話をさせてくれ。お願いだ」ラッシュが後ろからまた言った。

彼を押しのける力も残っていなかったので、わたしから離れた。絶対に彼の顔を見るつもりはない。「あなたを見られない。あなたと話をしたくない。ただ自分の荷物を取りに来ただけ。家に帰りたい」

「ブレア、ハニー、もう家はないだろう」父の声が神経に障った。

視線を上げ、彼をにらみつけた。父が出ていって以来、忍び寄ってくるあらゆる痛みも苦しみも締めだしてきたけれど、そのことに疲れきっていた。「母と妹がいるお墓がわたしの家よ。わたしはふたりのそばにいたい。ここに突っ立ってあなたたちが母のことを、わたしの知らない人みたいに話すのを聞いたわ。あなたたちに責められるようなことを母は絶対にしていない。ここであなたの家族と一緒にいればいいわ、エイブ。きっと前の家族と同じくらいあなたを愛してくれるはずよ。家族の誰も殺さないよう気をつけることね」わたしは吐き捨てた。

ジョージアナがはっと息をのむ音が、その部屋をあとにしたわたしが最後に聞いた音だった。出ていきたいけれど、スーツケースと車のキーが必要だ。階段を駆け上がり、スーツケースに入るだけの荷物を詰めこむと力まかせに蓋を閉めた。スーツケースを引きずって、ドアに向かった。

ラッシュが立ったままわたしを見つめていた。顔は真っ青で、目は真っ赤だ。わたしは目を閉じた。彼が苦しんでいてもかまわない。苦しんで当然だ。彼はわたしに嘘をついた。わたしを裏切っていた。「出ていくなんてできないだろう」ラッシュはかすれた小さな声で言った。

「できるわ」わたしは冷たく、淡々と答えた。

「ブレア、まだぼくに説明させてくれていないじゃないか。今日すべてを話すつもりだったんだ。母たちが昨日の夜に帰ってきてしまったから、ぼくは焦った。先にきみに話をしないとって」彼はドア枠をこぶしで殴った。「あんなふうにきみに知らせる予定じゃなかった。あんなじゃない。ああ、あんなじゃないはずだったんだ」どうやら本気で怒っているようだ。

ラッシュの顔を見たくらいで心を動かされ、譲歩するわけにはいかなかった。そんなことをしたらただの愚か者だ。それに彼の妹……ナンは彼の妹だ。彼が妹を守ってきたのは当然だ。父親のいない子だったのだから。わたしは喉にせり上がってきた苦いものをのみ下した。わたしの父親はひどい男だ。「ここにはもういられない。あなたを見ていられない。あなたは、わたしだけでなく母にとっても、痛みと裏切りの象徴だから」わたしは頭を振った。「わたしたちのあいだで何があったにせよ、もう終わりよ。わたしが階下に下りて、自分が知っていると思っていた世界が嘘だと知った瞬間に消えたの」

ラッシュがドア枠から手を離し、肩を落としてうなだれた。彼は何も言わなかった。

わたしが通れるよう、ただ後ろに下がった。まだ損なわれていなかった心のかけらが、彼の打ちのめされた表情を見たとたん砕かれた。ほかに選択肢はない。わたしたちは汚れてしまった。

24

わたしは振り返らなかったし、ラッシュももう、わたしの名前を呼ばなかった。わたしはスーツケースを手に階段を下りた。最後の一段に足をかけたところで、父がリビングルームから玄関ホールに出てきた。眉間にしわが刻まれている。前に父と会ったときより、十五歳は老けて見えた。この五年間は父にとってはあまりいいものではなかったようだ。

「行かないでくれ、ブレア。話をしよう。いろいろと考える時間を取ったほうがいい」父はわたしにいてほしがっている。なぜ？　わたしの人生を台無しにするのが楽しいの？　ナンの人生も台無しにしたいの？

わたしは、父がわたしに持っていてほしがったという携帯電話をポケットから取りだすと、彼に差しだした。「受け取って。いらないから」わたしは言った。

父は携帯電話を見下ろすと、わたしに押し戻した。「なんできみの携帯電話をぼくに？」

「あなたからは何ひとつ受け取りたくないからよ」わたしは答えた。怒りはあるものの、疲れていた。とにかくここから出ていきたい。

「ぼくはきみに携帯電話なんて渡してない」父は困惑した顔をしていた。

「電話は持っていけ、ブレア。出ていきたいならぼくにはもう引き留められない。でもお願いだから、電話は持っていってくれ」ラッシュが階段の一番上に立っていた。携帯電話を買ってくれたのはラッシュだったのだ。父は彼に、電話を用意するように頼んでなんていなかった。わたしの感覚はもうすっかり麻痺していた。今さら痛みを覚えることもない。感じるはずの悲しみもなかった。

わたしは階段脇にあるテーブルへ歩み寄ると、携帯電話を置いた。「もらえない」わたしはそれだけ答えた。わたしは誰のことも振り返らなかったけれど、ジョージアナのヒールが大理石の床に当たる音が響き、彼女が玄関ホールに出てきたのがわかった。

わたしはノブを握ると、ドアを引いて開けた。誰とも二度と会うことはないだろう。

ただ、彼らのうちのひとりを失ったことを嘆くだけだ。

「あなたは彼女にそっくり」ジョージアナの声が静かな玄関ホールに響いた。彼女は母のことを言っているのだとわかった。ジョージアナには母を思い出す権利すらない。ひとりでしゃべらせておけばいい。彼女は母のことで嘘をついた。わたしが誰よりも尊敬している女性を、利己的で残酷だと非難した。

「わたしは半分でいいから母みたいになりたいと思ってるわ」わたしははっきりと大声で言った。全員に聞かせたかった。母は純粋だとわたしが心から信じていることを知らしめたかった。

日差しの下へ足を踏みだし、ドアをしっかり閉めた。トラックへ向かっていくと銀色のスポーツカーが私道に入ってきた。ナンだろう。彼女には会えない。今は。

車のドアが音をたてて閉まったけれど、わたしはひるまなかった。スーツケースをトラックの荷台にのせ、運転席のドアを開けた。こともおさらばだ。

「聞いたのね」ナンが面白がっているように大声で言った。

答えるつもりはなかった。母についてこれ以上、彼女の口から嘘を聞くつもりはない。

「どんな気分？　自分の父親がほかの女のところに行くために見捨てられたって知ったんでしょう？」

心が麻痺していた。痛みも感じない。父が出ていったのは五年前だ。それからわたしは前に進み続けてきた。

「もう偉そうにしてられる気分でもないでしょ？　あなたの母親は安っぽいあばずれ、捨てられて当然ってことよ」

わたしを包んでいた冷静さが弾け飛んだ。誰にも二度と母の話はしてほしくない。誰にも。わたしは座席の下に手を伸ばし、九ミリ口径の銃を取りだした。ナンのほうを向くと、嘘つきの赤い唇に狙いを定めた。

「これ以上一言でもわたしの母のことを口にしたら、あなたの体に穴が開くわよ」わたしは耳障りな声で淡々と言った。

ナンが悲鳴をあげ、両手を宙に上げた。わたしは銃を下げなかった。彼女を殺す気はない。もしもう一度口を開いたら腕を傷つけるつもりだった。わたしはぴたりと狙いを定めた。

「ブレア！　銃を下ろせ。ナン、動くなよ。彼女はそこらの男よりも銃の扱いを心得てる」父の声にわたしの手が震えだした。彼はナンを守っている。わたしから。彼のもうひとりの娘。彼が欲しがっていた娘。わたしたちを捨てて選んだ娘。彼女の人生の大半のあいだ、見捨てていた娘。わたしは自分が何を感じているのかわからなかった。

パニックになったジョージアナの声が聞こえた。「この子はそんなものを持って何をしてるの？　違法じゃないの？」

「許可証はある」父が答えた。「それに、ブレアは自分が何をしているかわかってる。落ち着け」

わたしは銃を下ろした。「トラックに乗ってあなたたちの人生から出ていくわ。永遠に。母のことは口にしないことね。二度と聞きたくない」わたしはそう警告すると全員に背を向けてトラックに乗りこんだ。銃を座席の下に戻し、私道をバックで出た。みんなでかわいそうなナンネッテを取り囲んでいるのかも確かめなかった。どうでもいい。これからはナンも、自分の母親に関することで誰かをいじめたりしないだろう。だって、わたしの母の悪口は言わないほうが身のためだから。

わたしはカントリークラブに向かった。ここから出ていくことを伝えなければ。もうわたしが働けないことをダーラは知る権利がある。それを言うなら、ウッズもだ。説明はしたくなかったけれど、きっとみんなすでに知っているのだろう。わたし以外の誰もが知っていた。わたしが真実を知るのを待っていただけだ。どうして誰ひとりとしてわたしに真実を話すことができなかったのか、理解できなかった。

ナンの人生が変わってしまうからということでもないだろう。彼女にとっては知っていることばかりだから、打ちのめされたりしないはずだ。けれど、わたしの人生の中心軸はひっくり返された。これはナンの話ではない。わたしの話だ。わたしの。なぜみんな、ナンを守らなければならなかったの？　何から守る必要があったの？

わたしはオフィスの外にトラックを停めた。正面のドアからダーラが出てきた。

「スケジュールを確認するのを忘れた？　今日はお休みよ」彼女はにっこりしたが、わたしと目を合わせると笑みが消えた。彼女は足を止めてオフィスのポーチの手すりをつかんだ。そして頭を振った。「聞いたのね？」

やっぱりダーラは知っていた。わたしはただうなずいた。彼女は長いため息をついた。「ほかの人と同じようにわたしも噂は聞いていたけど、真実そのものは知らない。知りたいとも思っていないわ、わたしには関係ないことだから。でもわたしの聞いた話が真実に近いなら、つらいでしょうね」

ダーラが階段を下りてきた。わたしの知っている、堂々とした小さい爆竹のような雰囲気は消えていた。彼女は階段の一番下まで来ると、両腕を広げた。わたしはそこに飛びこんだ。思ってもみなかった。わたしには抱きしめてくれる人が必要だった。ダーラの腕が回された瞬間、すすり泣きがもれた。

「最悪よね。誰かがもっと早くあなたに話してくれたらよかったのに」

わたしは何も言えなかった。ダーラにきつく抱きしめられているあいだ、しがみついてひたすら泣いた。

「ブレア？ どうしたの？」ベティの心配そうな声が聞こえて顔を上げると、彼女が階段を駆けおりてくるところだった。「ああ、そっか。聞いたのね」彼女は途中で足を止めて言った。「わたしが話してあげられたらよかったんだけど、怖かったの。本当のことを全部知ってるわけでもなかったし。ジェイスがナンから偶然聞いた話を知ってるだけだったから。間違ったことを伝えたくなかった。ラッシュが話してくれたらって思ってた。彼から聞いたの？ 昨日の夜、彼があなたを見る目つきを見て、きっとそうするだろうと思っていたの」

わたしはダーラの腕の中から離れて、顔を拭った。「ううん。彼は話してくれなかったわ。立ち聞きしたの。父とジョージアナが家に帰ってきて話してるのを」

「ひどい」ベティはいらだたしげに息を吐いた。「ここを出ていくの？」その目には傷ついた表情が浮かんでいて、もう答えがわかっていると伝えていた。

わたしはただうなずいた。

「どこに行くの？」ダーラが尋ねた。

「アラバマに戻ります。故郷に。今はお金も少し貯まったので。仕事も見つけられるだろうし、向こうなら友達もいます。母と妹のお墓もあるから」最後まで言わなかった。また取り乱してしまうだろう。

「寂しくなるわ」ダーラが悲しげな笑みを浮かべた。

わたしも彼女たちに会いたくなるだろう。みんなに。ウッズにさえも。わたしはうなずいた。「わたしも」

ベティは大声で泣きだすと、走ってきてわたしの首に腕を巻きつけた。「あなたみたいな友達、初めてだった。行かないで」

また涙が浮かんできた。数は少ないものの、ここにも友人ができた。誰もがわたしを裏切っていたわけではなかった。「たまには〝バマ〟に遊びに来て」わたしは涙で声をつまらせながら言った。

ベティは体を離し、はなをすすった。「行ってもいいの？」

「当然でしょ」わたしは答えた。

「オーケイ。来週じゃ早すぎる？」

笑顔を作る気力が残っていたら、そうしていたところだ。自分がもう一度笑顔になれる日が来る気がしなかった。「あなたの準備ができたらすぐにでも」

ベティはうなずき、赤くなった鼻を腕でこすった。

「ウッズにはわたしから伝えておくわ。きっとわかってくれる」ダーラがわたしたちの後ろから言った。

「ありがとう」

「気をつけて。元気でね。近況も知らせて」

「ええ」嘘になる気がした。また話をすることなどあるだろうか？

ダーラは後ろに下がり、自分のほうに来るようベティを手招きした。わたしはふたりに手を振ると、トラックのドアを開けて乗りこんだ。この土地をあとにするときだ。

25

アラバマ州サミットに三基しかない信号機のうち最初のひとつを通り過ぎても、思っていたような安堵のため息は出なかった。八時間も運転してきて、感覚が完全に麻痺していた。母について父が話した言葉が頭の中で繰り返され、誰に対しても何も感じなくなっていた。

ふたつ目の信号を左に曲がり、墓地へ向かった。町に一軒しかないモーテルにチェックインする前に、母と話がしたかった。何ひとつ信じなかったと母にわかってほしかった。母がどんな女性だったかはわかっている。どんな母親だったのかも。誰とも比べ物にならない。死に向かっているときでさえも、母はわたしの支えだった。母がわたしのもとから去っていくのが、何より怖かった。

墓地の駐車場にほかの車はなかった。最後にここへ来たときは、町のほとんどの人が母に最後のお別れを伝えに来ていた。今日は、太陽も沈みつつある中、道連れは影だけだ。

トラックから降り、喉にせり上がってくるものをのみ下した。またここに来た。母はここにいるけれど、ここにはいないこともわかっている。母のお墓へと続く小道を歩きながら、わたしが出ていってから誰か来ただろうかと考えた。母には友人がいた。きっと誰かが立ち寄って新しいお花を手向けてくれているだろう。涙が目を刺した。何週間も母がひとりきりだったとは考えたくない。ヴァレリーの隣に母を埋葬してよかった。おかげでここを離れるときも、あまり気がとがめずにすんだ。

あのときは掘り起こしたばかりだった地面も、今では草に覆われていた。ミスター・マーフィは、無料で芝生を植えておくと言ってくれた。わたしには余分なお金を払う余裕がなかった。緑色の芝生を目にして、馬鹿げて聞こえるけれど、母がしっかり守られているという感じがした。母の墓は今はヴァレリーのとそっくりに見える。墓石は妹のほどかわいらしくはないが。わたしに払える精一杯の金額のシンプルなものだ。でも墓石に自分が本当はなんと記したいのか考えるのには何時間もかけた。

レベッカ・ハンソン・ウィン
一九六七年四月十九日―二〇一二年六月二日

彼女が遺した愛のおかげで、夢に手が届く。
彼女は崩れつつある世界のかなめだった。
その強さはわたしたちの心の中に生き続ける。

わたしを愛してくれた家族はすでにここにいる。わたしはふたりの墓を見下ろして立ちつくした。自分は本当にひとりなのだという事実が胸に突き刺さる。わたしにはもう家族はいない。今日からは父親の存在を認めることもないだろう。
「こんなに早く戻ってくるとは思わなかった」背後から小石を踏みしめる音が聞こえ、振り返らなくても誰だかわかった。彼を見ることはしなかった。まだ心の準備ができていない。彼はきっと見透かしてしまう。ケインは幼稚園のころからの友人だ。友人以上の関係になったときも、予想外のことはまったくなかった。わたしは昔から彼を愛していた。

「わたしの人生はここにあるから」わたしはそう答えた。

「そのことを、何週間か前に話しあおうとしたんだけどな」面白がっているような口調に気づかずにはいられなかった。ケインはいい人であろうとする。いつだってそうだ。

「父の助けが必要だと思ったの。でも違った」

また小石を踏む音がして、彼がわたしの隣に立った。「相変わらずくそ野郎だったのか?」

わたしはただうなずいた。ケインに、父がどれほどくそ野郎だったか話す覚悟はまだできていない。今は口には出せない。はっきり言ってしまうと、現実になるような気がした。あれは夢だったと信じたかった。

「彼の新しい家族を好きになれなかった?」ケインが尋ねた。いつだって彼は質問をやめない。わたしが取り乱してすべてを話すまで畳みかけてくる。

「どうしてわたしが帰ってきたのを知ってるの?」わたしは話題をそらしたくて尋ねた。少しのあいだしかはぐらかせないだろうけれど、ここにいつまでも突っ立っているつもりもなかった。

「あのトラックで町を走っておいて、五分以内に町のトップニュースにならないと本気で思ってたのか？　ここのことはよくわかってるだろう、B」B。五歳のときから彼はわたしをそう呼ぶ。ヴァレリーのことはリーと呼んでいた。ニックネーム。思い出。ここは安全だ。この町にいれば安全だ。

「わたしがここに来て五分？」わたしは目の前の墓石に刻まれた母の名前をじっと見つめたまま尋ねた。

「いや、たぶん違う。ぼくは食料品店の外でカリーの仕事が終わるのを待ってたんだけど……」言葉が途切れた。彼はまたカリーとつきあっているのね。驚くことではない。彼女はどうやら、ケインが忘れ去ることのできない女性なのだから。

わたしは深く息をつくと、やっと彼のほうを向いてその青い目を見つめた。ずっと隠れ蓑(みの)にしていた無感覚を突き破って、感情があふれだしてきた。ここは故郷だ。ここは安全だ。そのことだけはわかっている。「ここにいるわ」わたしは言った。

ケインが口元に笑みを浮かべて、うなずいた。「嬉しいよ。みんな、きみがいなくて寂しがってた。きみの居場所はここだよ、B」

何週間か前に母が亡くなり、わたしはどこにも居場所がないような気がしていた。

たぶん間違っていたのだろう。わたしの過去はここにある。「エイブのことは話したくないの」わたしはケインにそう告げると、母の墓石に視線を戻した。

「わかった。もう彼の話は持ちださない」

それ以上、何も言う必要はなかった。黙って目を閉じ、母と妹が一緒にいて幸せでありますようにと祈った。ケインは動かなかった。わたしたちは日が落ちるまで、何も話さずに立っていた。

墓地が闇に包まれると、ケインがわたしの手を握った。「おいで、B。どこか泊まるところを探そう」

わたしは彼に手を引かれながら小道を進み、トラックへ戻った。「グラニーのところに連れていけばいいかな？　客用ベッドルームがあるし、きみが泊まってくれたら喜ぶよ。あの家でひとり暮らしだから。話し相手がいれば、ぼくに電話してくる回数も減るかもしれない」

グラニーQは、ケインの母親の母親だ。わたしが小学校に通っているあいだは、日曜学校の先生でもあった。母の容態が悪くなってからは週に一度、食事を持ってきてくれた。

「お金はあるから、モーテルに泊まるつもりよ。グラニーQに面倒をかけたくない」

ケインがふっと笑った。「きみがモーテルに泊まったなんて知ったら、グラニーが部屋の前まで来て大騒ぎするぞ。そのあとで、グラニーの家に行くはめになる。ひと騒動起こされる前に、彼女の家に行ったほうが楽だと思わないか。それに、この町にモーテルは一軒しかない。デートの行きつく先があそこだってことは、きみもぼくも承知してる。避けたくなる理由になるだろう」

ケインの言うとおりだ。「あなたが連れていってくれなくていいわ。自分で会いに行くから。あなたはカリーが待ってるでしょう」わたしは彼に思い出させた。

ケインはぐるりと目を回した。「その話はするなよ、B。よくわかってるだろう。きみは指を鳴らすだけでいい。パチンと指を鳴らすだけ。それで充分だ」

彼はわたしに何年もそう言い続けてきた。今ではもう定番の冗談になっている。少なくとも、わたしにとっては。わたしの心はここにはない。銀色の瞳が思い浮かび、麻痺していた心の中から痛みがわいてきた。自分の心がどこにあるかはわかっているけれど、もう一度取り戻せるかどうかはわからない。そんなふうにしてまで生きていたいのかどうかも。

グラニーQはわたしをそっとしておいてはくれないだろう。気持ちを落ち着かせる暇もなさそうだ。今夜は静けさが、孤独が必要だった。

「ケイン。今夜はひとりになりたい。考えたいの。気持ちを整理したい。今夜はモーテルに泊まる必要があるの。今夜ひと晩だけ」

ケインは不満そうな仏頂面でわたしの向こうを見やった。わたしに尋ねたいことがあるのに、慎重になっているのがうかがえた。「B、ぼくは嫌だ。きみが傷ついているのはわかってる。その顔を見れば一発でわかる。きみの傷ついた顔は何年も見てきたからね。どんどん気になってしかたがなくなってくるんだ。話してくれ、B。誰かに話さなきゃだめだ」

彼の言うとおりだ。誰かに話すべきなのだろうが、今は自分の中でけりをつけられるかを心配するべきだ。いずれは彼に、ローズマリー・ビーチでの出来事を話すことになるだろう。誰かに打ち明けるなら、ここにいる知り合いの中で一番親しいケインがいい。「少し時間をちょうだい」わたしは彼を見上げて言った。

「時間か」彼はうなずいた。「三年間、時間をあげたんだ。もう少し長くなったってどうってことない」

わたしはトラックのドアを開けて乗りこんだ。明日になったら、真実と向きあう心の準備ができるかもしれない。真実。向きあえるかもしれない……明日なら。

「携帯電話はある？　きみがぼくを置いて出発した次の日に昔の番号にかけたら、つながりませんって言われたんだけど」

嘘をついて用意した携帯電話を持っていくよう懇願するラッシュの顔が、ふと頭をよぎった。痛みがほんの少しわき上がってくる。わたしは首を振った。「ううん、持ってないわ」

ケインはさらに顔をしかめた。「まったく。電話を持ってないのはまずいよ」

「銃があるわ」わたしは彼に思い出させた。

「それでも電話は必要だ。きみが今までに人に銃を向けたことがあるかどうかも怪しいもんだ」

そこについては彼は間違っている。わたしは肩をすくめた。

「明日買うんだ」ケインが命令した。

うなずいたものの、買う気はなかった。わたしはトラックのドアを閉めた。

わたしは二車線の通りまで戻った。二キロほど走って最初の信号を右に曲がった。

左側の二番目の建物がモーテルだ。これまでそこに泊まったことはなかった。プロムのあとに行ったというクラスメートがいたけれど、高校生活のあいだに一度、廊下で話を聞いただけだ。

今夜泊まるところはあっさりと確保できた。フロントで働いていた女の子の顔に見覚えがあったけれど、わたしより年下のようだった。きっとまだ高校生だ。わたしは鍵を受け取ると、外へ戻った。

わたしのトラックの隣に停まっている、ぴかぴかの黒のレンジローヴァーが、ものすごく場違いに見えた。目がラッシュの姿をとらえ、感覚が麻痺したと思っていた心臓が胸の中で痛いほど打ちはじめた。彼はポケットに手を突っこんでレンジローヴァーの前に立ち、わたしを見つめていた。

ラッシュにまた会うとは思ってもいなかった。少なくとも、こんなにすぐには。わたしはどんな気持ちなのかはっきりと伝えた。彼はどうやってここを見つけたのだろう？　わたしは故郷の地名を彼に話したことはない。父だろうか？　ふたりとも、わたしがひとりになりたいと思っているのがわからないの？

車のドアが閉まる音がして、わたしの注意はラッシュからそれた。ケインが卒業したときに手に入れた、フォードの赤いトラックから降りてくるところだった。「きみがこの男を知ってるんならいいんだけど。こいつ、墓地からずっとつけてきてたぞ。道の脇の離れたところからぼくらを見ているのには気づいてたけど、何も言わずにいたんだ」ケインはそう言いながら近づいてきて、わたしの目の前に立った。

「知り合いよ」わたしは喉から絞りだすように言った。

「故郷に逃げ帰ってきたのはこいつのせい?」ケインが尋ねた。

いいえ。そうでもない。ラッシュのせいで逃げてきたわけじゃない。彼は、向こうにいたいと思わせてくれた。わたしたちの状況から考えて不可能だとわかっていてさえも。「ううん」わたしは首を振って答えると、ラッシュに視線を戻した。月明かりの中でも、彼が傷ついた表情をしているのはわかった。「なんで来たの?」わたしは距離を取ったまま尋ねた。

「きみがいるから」ラッシュが答えた。

まったく。またこれを繰り返せと言うの? 彼を目の前にして、一緒にはいられないってまた思い知らされるの? 彼が象徴するものは、わたしが彼を好きだと思う気持ちをすべて汚してしまう。「こんなのだめよ、ラッシュ」

彼が一歩進みでた。「話をさせてくれ。頼む、ブレア。説明しなきゃいけないことがたくさんあるんだ」

わたしは首を横に振り、後ろに下がった。「嫌よ。できない」

ラッシュは毒づくと、ケインに視線を向けて言った。「ぼくたちに少し時間をもらえないかな？」

ケインは胸の前で腕を組むと、わたしの前に一歩進みでた。「だめだ。彼女はきみと話したくなさそうだ。無理に話をさせることはできない。それはきみだって同じだろう」

ケインが今、ラッシュをかなり怒らせたのは見なくてもわかった。ふたりを止めなかったら、面倒なことになりかねない。わたしはケインの前に出ると、ラッシュのいる、自分の部屋のほうへ進んだ。もし話をするのなら人に聞かれる場所は避けたい。「大丈夫よ、ケイン。彼は、わたしの義理の兄のラッシュ・フィンレイ。彼はあなたのことも知ってるわ。そんなにわたしと話したいなら、話しましょう。あなたはもう帰って。大丈夫だから」わたしは振り返ってそう言うと、前を向いて4Aの部屋の鍵を開けた。

「義理の兄？　ちょっと待て……ラッシュ・フィンレイ？　ディーン・フィンレイの

ひとり息子か？　うわあ、B、きみはロックのセレブと親戚なのか」

ケインがロックバンドのファンなのを忘れていた。《スラッカー・デーモン》のドラマーの息子について知っていたようだ。

「帰って、ケイン」わたしは繰り返した。そしてドアを開け、中に入った。

26

わたしは部屋の中で、できるだけラッシュと距離を取った。部屋の突き当たりの壁に寄りかかって立つ。

ラッシュはわたしのあとから入ってくるとドアを閉めた。わたしに見とれているかのように、こちらを見ている。

「話して。早く。それでさっさと帰って」わたしは言った。

ラッシュがわたしの言葉にたじろいだ。彼に同情するつもりはない。できない。

「愛してる」

違う。彼はそんなことは言わない。わたしは首を振った。違う。こんな言葉は聞こえていない。彼はわたしを愛していない。愛せるはずがない。愛は嘘をつかない。

「ぼくの行動が全然そんなふうに見えなかったのはわかっているが、説明させてくれ。

なあ、そんなつらそうな顔のきみを見ていられない」

どれほどつらいかなんてわからないくせに。ラッシュは、わたしがどれほど母を愛していたかを知っている。どれほど大切な人だったかも。母がどれほどわたしに尽くしてくれたかも。わたしの思いはすべて知っているのに、彼らが母のことをどう思っているか、ラッシュはまだ話していない。彼が母について何を思っているかも。わたしは彼らを愛せない。彼のことも。母の思い出をあざわらった人たちは誰であっても。絶対に彼らを愛せない。この先もずっと。「あなたが何を言っても変わらないわ。彼女はわたしの母親よ、ラッシュ。母との思い出はわたしの人生の中で何より素敵なものなの。子供のころの楽しかった思い出の中心には母がいた。それなのに、あなたは……」彼を見ていられなくて、わたしは目を閉じた。「あなたと……彼らは。みんなで母をけなした。あなたは醜い嘘を本当のことのように話した」

「あんな伝え方になってしまって悪かった。きみにはぼくから話したかった。最初のうち、きみはナンを傷つけるただの邪魔者だった。きみが妹をさらに傷つけると思ったんだ。問題は、ぼくがきみに惹かれたことだ。会ったとたんに恋に落ちたことを白状するよ。きみはきれいだ。息をのむほどに。だからこそ、きみを憎んだ。きみに惹かれたくなかった。でも恋に落ちてしまった。初対面の夜から、もうどうしようもなくきみを求めていたんだ。ただきみのそばにいたかった。そのために、きみを探す理由をこじつけていた。それから……それから、きみのことを知っていった。きみの笑い声に魅せられた。今まで聞いたことがないくらい、愛らしい笑い声だった。きみはすごく正直でがんこだ。泣き言も文句も言わず、人生が差しだすものを受け取り、一生懸命に生きている。ぼくはそんなふうに生きることはできない。きみを見るたびに、きみのそばへ行くたびに、少しずつ惹かれていった」

ラッシュがこちらに足を踏みだしたので、両手を上げて止めようとした。わたしは深呼吸した。また泣くわけにはいかない。彼がこんな調子で話してわたしをさらに混乱させたいなら、わたしは聞くしかない。彼にけりをつけさせてあげよう。わたしは自分のけりをつけることなどできないのだから。

「それから、あのホンキートンクに行った夜。あの日、ぼくはきみのものになった。きみは気づいていないだろうけど、ぼくはとりこになったんだ。もう戻れなかった。きみに償うべきことがたくさんあった。きみがぼくの屋敷に来てからずっと、つらい思いをさせた。自分でも嫌になる。ぼくはどんな犠牲もいとわないつもりだった。でもわかっていた……きみが何者かってことは。きみが何者なのか、自分にちゃんと言い聞かせることができていたら、身を引いただろう。ぼくの妹にとって苦しみの象徴である女性にすっかり夢中になるなんて、どうしてできる？」

わたしは耳を覆った。「やめて。聞きたくない。出ていって、ラッシュ。今すぐ出ていって！」わたしは叫んだ。ナンの話は聞きたくなかった。彼女が言った母の悪口が耳の中で鳴り響き、胸がざわついて叫ばずにはいられなかった。胸につかえているものを吐きださないと。

「母が妹と一緒に退院してきた日、ぼくはまだ三歳だったが、その日のことをよく覚えている。妹はすごく小さくて、妹に何かあったらどうしようと心配になったことも記憶にある。母はずっと泣いていた。そうするとナンも泣くんだ。ぼくは一気に成長した。ナンが三歳になるころには、ぼくは妹の朝ごはんを作ったり、夜は寝かしつけたりするようになっていた。母が結婚して、グラントがきょうだいになった。不安定な家族だった。あのころのぼくは、父が迎えに来てくれるのを心待ちにしていた。父と過ごす数日はナンの世話をしなくてすんだからね。そこでひと息つけたんだ。そのうちにナンが、ぼくには父親がいるのに、自分にいないのはなぜかと尋ねるようになった」

「やめて！」わたしはラッシュをとがめながら、彼から離れようと壁沿いに移動した。

なぜ彼はこんなことをするの？

「ブレア、聞いてもらわなきゃならない。きみにわかってもらうにはこれしかないんだ」彼の声はひび割れていた。「母は、あなたは特別な子だから父親がいないんだとナンに言っていた。でも長くは通用しなかった。ぼくは、ナンの父親は誰なのか母に尋ねた。ぼくの父がナンの父親ならいいなと思っていた。ぼくの父ならナンをあちこち連れていってくれるとわかっていたから。母は、ナンの父親には別の家族がいると言った。ナンより大切にしている娘がふたりいると。彼はその娘たちを必要としたけれど、ナンはいらなかったのだと。ナンをいらないと思う人がいるなんて信じられなかった。彼女はぼくの妹だ。たしかに、たまに殺したくなることもあるけど、ぼくは心から妹を愛していた。やがて母は妹を連れて、彼女の父親が選んだ家族に会いに行った。その後、何カ月もナンは泣き続けた」

ラッシュが言葉を切り、わたしはベッドに座った。彼はどうしてもわたしにこの話を聞かせるつもりだ。止める手だてはない。

「ぼくはその女の子たちを憎んだ。その家族を憎んだ。ナンの父親は妹を選ばなかった。いつの日かこの男につけを払わせてやる、ぼくはそう誓った。ナンはずっと言い続けていたんだ、お父さんがいつの日か会いに来てくれるって。父親も自分に会いたがっていると いう夢を見ていた。ぼくは何年もその夢物語を聞かされてきた。ぼくが十九歳のとき、彼を探しに行った。名前はわかってたから、すぐに見つかった。ぼくはナンの写真を渡した。裏には住所を書いておいた。あなたには素晴らしい娘がもうひとりいる、父親に会いたがっていると伝えた。父親と話したがっていると」

それが五年前だ。胃のあたりが引きつれた。気分が悪い。わたしは五年前にヴァレリーを失った。父は五年前にわたしたちを捨てた。

「ぼくは妹を愛していたからそうした。彼のもうひとつの家族がどんな目に遭っているかなんて考えもしなかった。正直言って、気にもしていなかった。ぼくはナンのことしか考えてなかった。きみたちは敵だった。やがてきみがぼくの屋敷にやってきて、ぼくの世界はひっくり返った。ぼくはずっと、きみたちの家族を壊したことに絶対に罪悪感は持たないと自分に誓っていた。だって向こうが先にナンの人生を壊したんだから。きみと一緒にいればいるほど、自分がしたことに対する罪悪感がぼくを蝕(むしば)んでいった。妹とお母さんの話をするときのきみの目を見て、あの夜は本当に心が引きちぎられる思いがしたよ、ブレア。この気持ちを乗り越えることはできないだろう」

ラッシュが近づいてきたけれど、わたしは動けなかった。

理解はできる。たしかに。でも頭では理解しながらも、気持ちは沈んだ。すべて嘘だった。わたしの人生すべてが。すべて嘘だった。思い出のすべてが。母がクッキーを焼き、わたしとヴァレリーがツリーの飾りつけをできるよう父がふたりを抱き上げてくれたクリスマスは、すべてまやかしだった。あれが本当だったはずがない。わたしはラッシュを信じる。それでも母に対する思いは変わらない。母はこの場にいなくて、自分の側からの話をすることができない。母に罪がないことは、わたしには充分わかっている。そうじゃないなんてありえない。何もかもすべて、父のせいだ。

「ぼくは妹を愛しているけど、もし過去に戻って自分のしたことを変えられるなら、絶対に変える。きみの父親になんて会いに行かない。絶対に。すまない、ブレア。本当にすまない」

もしラッシュがわたしの父に会いに来なかったら、物事はまったく違っていただろう。けれど誰にも過去は変えられない。どんなに望んだとしても。わたしたちはどちらも、過去を正すことはできない。ナンには今、父親がいる。彼女はずっと欲しかったものを手に入れた。ジョージアナだってそうだ。

　そしてわたしには、わたしがいる。

「あなたを許すとは言えない」わたしは言った。だって、許せないから。「でも、なぜあなたがそんなことをしたのかは理解できたわ。そのせいでわたしの世界が変わってしまった。その事実は変えられない」

　涙がひと筋、ラッシュの頬を伝った。「きみを失いたくない。愛しているんだ、ブレア。今まで誰も、何も、こんなふうに求めたことはなかった。きみがいない世界なんて想像できない」

　わたしはこの先ずっとわたししかいない世界で生きていくのだろう。この男性がわたしの心を奪い、壊してしまったから。たとえラッシュにはそんなつもりなどなかったとしても。わたしはもう二度と、愛せるほどに誰かを信用できないだろう。「わたしはあなたを愛せないわ、ラッシュ」

　彼はすすり泣きを抑えようと体を震わせ、わたしの膝に頭を落とした。

　彼をなぐさめはしなかった。できない。わたしたちふたりとも入ってしまいそうなくらい大きく開いた穴を抱えているのに、彼の苦しみをなぐさめるなんてできるわけがない。

「ぼくを愛さなくていい。ただ、ぼくのもとから去っていかないでほしい」ラッシュはわたしの脚に顔を埋めたまま言った。

わたしの人生は喪失に満ちているの？　妹が去り、二度と戻ってこなかったあの日、わたしは母にお別れを言うことができなかった。母がもうそろそろだと言ったあの朝、わたしは母にお別れを言うことを拒んだ。母は目を閉じて、二度と開けることはなかった。ラッシュがこの部屋を出ていってしまえば、それが彼の姿を見る最後になるだろうとわかっていた。これがわたしたちの最後のお別れだ。彼がいては、わたしの人生は進まない。わたしの心が癒えるのにラッシュは邪魔だ。

でも今回は、ちゃんとお別れをしたかった。最後のお別れ、きっぱりと別れを伝えるチャンスが欲しかった。だけど口に出してそうは言えなかった。言葉が出てこない。ラッシュが聞きたがっているとわかっている言葉を言おうとすると、母の名誉を守りたいという気持ちが立ちはだかる。わたしには許すとは言えない。父が出ていき二度と戻ってこなかったのは、ラッシュのせいだとわかっているから。あの日、ラッシュは父を連れていってしまった。一枚の写真が与えるダメージがどれほどのものになるか知らなかったとはいえ。

いろいろあったけれど、ラッシュがわたしの世界を粉々に壊してしまうまでわたしが彼を好きだったという気持ちは変わらない。彼にきちんとお別れを言おう。

27

「ラッシュ」

彼が頭を上げた。その顔は涙で濡れていた。拭くつもりはない。涙だって時には役に立つ。わたしは立ち上がり、シャツのボタンをはずして脱ぐとベッドに置いた。それからブラジャーも取った。ラッシュの目はわたしの体に吸い寄せられていた。思っていたとおり、とまどった顔をしている。わたしにも自分の行動は説明できない。ただ、こうする必要があるのだ。

わたしはショートパンツを下げた。それから靴を脱ぎ、パンティも脱いだ。完全に裸になってしまうと、ラッシュに近づいて脚の上にまたがった。すぐに彼はわたしの体に手を回し、おなかのあたりに顔を埋めた。涙で濡れた顔が肌に当たると冷たくて、わたしは体を震わせた。

「何をしてるんだ、ブレア？」ラッシュは顔を見ようとして、少しわたしを押しやった。わたしには答えられなかった。

わたしがシャツをつかんで引っ張ると、彼は腕を上げて頭から脱ぎ、横に放った。わたしは体を下げてラッシュの膝の上に体重をかけ、両手を彼の頭の後ろに回してキスをした。ゆっくりと。これが最後だ。ラッシュはわたしの髪に手を差し入れ、すぐに主導権を握った。彼の舌は優しく、ゆったりとわたしを愛でた。飢えてもいなければ自分勝手でもなかった。彼もすでに、これが別れの挨拶だと察しているのかもしれない。激しくするつもりも、急いでするつもりもない。これが彼との最後の思い出になる。わたしたちふたりきりの思い出だ。嘘に汚されることのなかった、たったひとつのこと。今、わたしたちのあいだには真実がある。

「本気か？」ラッシュは唇を触れあわせたままささやいた。わたしは彼のジーンズ越しに感じるこわばりの上で体を揺らした。

わたしはただうなずいた。

ラッシュはわたしを抱き上げるとベッドに横たわらせ、靴とジーンズを脱いだ。取り憑かれたような顔でのしかかってくると、わたしの顔をじっと見つめた。「きみはぼくが出会った中で一番きれいな女性だ。内面も外見も」彼はそうささやくと、わたしの顔にキスの雨を降らせ、下唇をくわえてから吸った。

わたしは腰を持ち上げた。ラッシュを中に感じたかった。これからだって欲しくなるだろうけれど、満たせるのは今回が最後になるだろう。ラッシュがこんなにすぐそばにいる。もう誰ともこんなに近づくことはないだろう。誰とも。

ラッシュはわたしの体を撫で下ろし、時間をかけて全身に触れた。まるでわたしを記憶に焼きつけようとしているみたいに。わたしは彼の手に体を押しつけ、目を閉じ、彼の手がわたしを刻みつけようとするのにまかせた。「どうしようもなくきみを愛してる」ラッシュが頭を下げてわたしのへそにキスをしながら言った。

わたしは彼が動きやすいように脚を開いた。

「コンドームを着けたほうがいい？」ラッシュがわたしの上に戻ってきて尋ねた。

ええ、もちろん。危険は冒すまい。またわたしはうなずいた。彼は立ち上がってジーンズを拾い上げ、財布からコンドームを取りだした。

わたしが見ている前で、彼は袋を開けてコンドームを着けた。わたしは彼のそこにキスしたことがない。しようと思ったことはあるけれど、勇気が出なかった。知らないままでいるべきこともある。

ラッシュはわたしの内ももを撫で上げ、ゆっくりと脚をさらに押し広げた。「これはずっとぼくのものだ」彼がきっぱりと言った。

わたしは彼の言葉を訂正しなかった。しても意味がない。わたしがほかの人のものになることはないだろう。今日が終わったら、わたしはわたしひとりのものになる。

ラッシュがゆっくりと体を下げてくる。脚のあいだに硬いものの先端が押し当てられた。「こんなの初めてだ。こんなに感じるのはきみが初めてだ」彼はうめきながら、わたしの中に滑りこんできた。押し広げられる感じがたまらなかった。わたしは彼の腕をつかみ、彼のものが全部入ってくると叫び声をあげた。

ラッシュはゆっくりと腰を引き、また押し入ってきた。わたしから目をそらそうとしない。わたしは彼の視線を受け止めた。彼の瞳の中に嵐が宿っている。混乱しているのがわかった。怯えさえ感じられた。愛もあった。わたしには見えた。荒々しさもあった。絶対に見えた。はっきりと。だけど今となっては遅すぎる。愛だけでは足りない。愛があれば充分だと人は言うけれど、そうではない。魂が粉々になってしまったときには。

わたしは彼の腰に脚を絡ませ、首に腕を巻きつけた。もっと近く。ラッシュをもっと近くに感じたい。柔らかな首筋にキスされ、彼の温かい息を感じた。彼は愛の言葉をささやき、守る必要のない約束をつぶやいた。わたしは言わせておいた。これが最後なのだから。

わき上がってきた快感が極まりそうになったとき、ラッシュが唇をかすめるようにキスをして言った。「きみだけだ」

わたしは目をそらさずに、彼にしがみついて体の中を突き抜ける完璧な喜びに身をまかせた。ラッシュが口を開き、胸を震わせながら大きくうめいたかと思うと、二度わたしに突き入れて、静かになった。彼もずっとわたしを見つめたままだった。どちらも激しく息を切らしていたので、わたしは言うべきことを言葉にせずに伝えた。目で語ったのだ。ラッシュがちゃんとわたしを見ていればわかるはずだ。

「やめてくれ、ブレア」彼は懇願した。

「さよなら、ラッシュ」

彼は首を振った。まだわたしの奥深くに身を埋めたままだ。「嫌だ。こんなことはさせない」

わたしはそれ以上、何も言わなかった。彼にしがみつくのをやめて、両手を体の脇に下げ、彼の腰に回していた脚を下ろした。言い争うつもりはなかった。「わたしは妹にも母にもお別れを言えなかった。ふたりに最後のさよならは永遠に言えない。今回はちゃんと最後のさよならをしたかったの。わたしたちのあいだのこの一回だけは、嘘はなしで」

ラッシュはわたしの下の毛布を両手でつかみ、きつく目を閉じた。「嫌だ。嫌だ。頼む、だめだ」

わたしは手を伸ばして彼の顔に触れたかった。大丈夫だと言ってあげたかった。きっと前に進んでいける、乗り越えられる、と。わたしを乗り越えていける、と。でも言えなかった。自分が空っぽな気持ちでいるのに、どうやって彼をなぐさめるというの？

ラッシュがわたしの中から出ていった。空虚感が全身に広がり、わたしはたじろいだ。立ち上がった彼は、こちらを見ようとしなかった。ラッシュが服を着るのをわたしは黙って見ていた。これでいい。むなしさはこんなに苦しいものなの？　この痛みがおさまるのはいつ？

シャツを着終えると、ラッシュは視線を上げてわたしを見た。わたしは体を起こして膝を胸に引き寄せて裸体を隠し、自分を抱きしめた。自分が崩れてしまいそうで怖かった。

「きみに許してくれとは言えないし、きみの許しに値する男でもない。過去も変えられない。ならばぼくにできるのは、きみが求めているものを与えることだけだ。きみが求めているのが別れなら、ぼくは出ていくよ、ブレア。死にそうなくらいつらいけど、そうする」

それ以外にどうしろというの？ わたしは以前と同じではない。彼が恋に落ちた少女はもういない。もしこのまま一緒にいたら、ラッシュもすぐにわかるだろう。わたしに過去はない。土台となるものもない。すべて消え去った。理不尽なことばかりだけれど、きっとこれからもそうだろう。ラッシュにはもっと素敵な人がいる。「さよなら、ラッシュ」わたしは最後にもう一度言った。

彼の瞳が苦しげに曇っただけで、もう充分だった。わたしは彼の目から視線をはずし、自分が敷いている青い無地の毛布を見つめた。

ラッシュがドアへ向かうのがわかった。足音は古くて薄いじゅうたんのせいでくぐもっていた。ドアが開き、暗い部屋に月明かりが差しこんだ。そこで彼の足が止まった。何か言うつもりだろうか。何も言ってほしくなかった。何を言われても、別れがいっそうつらくなるだけだ。

ドアが閉まった。わたしは自分を取り囲む、空っぽのモーテルの部屋を見回した。さよならはそれほどたいしたことではない。今ではわたしもそのことを知っている。

謝辞

この本を読んで、貴重なアドバイスや励ましをくれた以下の人たちがいなければ、この本が出版されることはなかった。

コリーン・フーヴァー、リズ・ラインハルト、エリザベス・レイエス、トレーシー・ガルヴェス・グレイヴス、アンジー・スタントン、タマラ・ウェーバー、オータム・ハル、ニコール・チェイス。わたしがこの本を出版するべきか自信を持てずにいたときに、みんながそばにいてくれた。わたしがこの本を疑ってはだめだと言ってくれた。この本ができたのは彼女たちのおかげだ。みんな、愛してる。

サラ・ハンセンは魅力的なカバーをデザインしてくれた。彼女は最高。わたしは彼女が大好き。あなたと一緒に過ごすのがとても楽しい。大丈夫……わかってるわ。

夫のキースは、この本（およびほかのすべての本）を書いているあいだ、家が散らかっていても、きれいな服が足りなくなっても、わたしの気持ちが上がったり下がったりしても、耐えてくれた。

大切な三人の子供たちは、わたしが執筆で引きこもっているあいだ、コーンドッグやピザやコーンフレークをたくさん食べるはめになった。書き終わったらおいしくて温かい料理をたくさん用意してあげる、約束よ。

ジェーン・ディステルは、文学の世界を飾る最高にクールなエージェントだ。わたしは彼女を尊敬している。いたって単純なことよ。そして、わたしの本が世界じゅうで手に入るよう目覚ましい仕事をしてくれる海外出版権エージェント、ローレン・アブラモに感謝を。彼女は素敵。

ステファニー・T・ロット——これまで多くの編集者と仕事をしてきたけれど、わたしはこの本がとても気に入っているわ。彼女は素晴らしい。

訳者あとがき

日本初紹介の作家、アビー・グラインズのラブロマンスをお届けします。

物語の舞台はフロリダ州ローズマリー・ビーチ。ヒロインのブレアは母親を亡くしたばかりで、父親を頼ってフロリダにやってきたものの、当の父親は再婚相手と旅行中。ブレアは父親の再婚相手の息子ラッシュと出会い、父親が帰ってくるまで彼の屋敷に滞在させてもらうことになります。ブレアにそっけない態度を取るラッシュですが、それは彼の妹ナンにまつわる秘密と関係があるようです。ラッシュにつれなくされればされるほど、彼を気にしてしまうブレア。ブレアと距離を取ろうとしながらも、彼女に惹かれずにはいられないラッシュ。前途多難なふたりの恋の行く末は——。

母親と妹を亡くし、困窮しながらも前向きに生きようとするブレアと、ロックスターの息子で裕福に暮らしながらもどこか満たされていないラッシュ。正反対のふたりが惹かれあっていく物語ですが、最後まで読まれた方は驚いたのではないでしょうか。

そう、この物語はまだ続いていきます。〈ローズマリー・ビーチ〉シリーズはなんと全十四作。ブレアとラッシュはこのあとの“*Never Too Far*”“*Forever Too Far*”でも主役を務めます。次作では冒頭からブレアに試練が降りかかっているようです。そして四作目の“*Rush Too Far*”はタイトルどおり、ラッシュの視点から本作を描いた作品になります。本作では何を考えているのかわからないミステリアスな男性として描かれているラッシュの心の内がうかがえるのではと楽しみにしています。

五作目以降は、本作では脇役だったウッズ、グラント、ベティ、ナンがそれぞれ主役として描かれます。個人的には、つきあうならラッシュよりグラントのほうが楽しそうだと思っていたので、彼がどんな女性と恋に落ちるのか興味をそそられます。

著者についてご紹介を。アビー・グラインズは今でこそニューヨークタイムズのベストセラー作家ですが、もともとは自費出版で作品を発表していました。本作もまず自費出版されたあと、商業出版へ至りました。彼女の作品はニューアダルト・ロマンスと呼ばれるジャンルで、これは十代後半から二十代のヒロインが登場するロマンス小説を指します。このジャンルの作家はアビーと同様に自費出版からスタートする人が多いようです。

ブレアと同じくアビーもアラバマ出身で、現在はニューハンプシャー州に在住。最新作はパラノーマル・ロマンスでこちらも高い評価を得ています。

最後に、本書が形になるまでには様々な形で多くの方のお力を頂戴しました。この場を借りて厚くお礼申し上げます。

二〇二一年一月

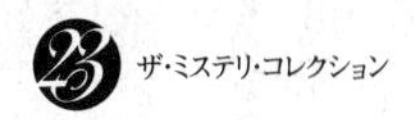

悲しみの夜の向こう

2021年 3月20日 初版発行

著者 アビー・グラインズ
訳者 林 亜弥

発行所 株式会社 二見書房
東京都千代田区神田三崎町2-18-11
電話 03(3515)2311[営業]
03(3515)2313[編集]
振替 00170-4-2639

印刷 株式会社 堀内印刷所
製本 株式会社 村上製本所

落丁・乱丁本はお取り替えいたします。
定価は、カバーに表示してあります。

ISBN978-4-576-20177-1
https://www.futami.co.jp/

あなたとめぐり逢う予感
ジュリー・ジェームズ
村岡栞［訳］

殺人事件の容疑者を目撃したことから、FBI捜査官のジャックと再会したキャメロン。因縁ある相手だが、ボディガードとして彼がキャメロンの自宅に寝泊まりすることに…

朝が来るまで抱きしめて
クレア・コントレラス
守口弥生［訳］

ジャーナリスト志望の大学生アメリアは、高校の先輩の失踪事件を追ううち、父親の秘密を知る。プレイボーイのローガンとともに真相を追うが、事件は思わぬ方向へ…

愛することをやめないで
デヴニー・ペリー
滝川えつ子［訳］

ジャーナリストのブライスは危険な空気をまとう男ダッシュと出会い、彼の父親にかけられた殺人容疑の調査に乗り出す。二人の間にはいつしか特別な感情が芽生え…

夜の向こうで愛して *
キャロリン・クレーン
村岡栞［訳］

元宝石泥棒のエンジェルは、友人の叔母を救うために再び泥棒をするが、用心棒を装ったコールという男に見つかり…。ゴージャスな極上ロマンティック・サスペンス

この恋は、はかなくても
J・T・ガイシンガー
滝川えつ子［訳］

大富豪の妻エヴァの監視をするセキュリティ会社のナズは彼女と恋に落ちるが、実はエヴァは大富豪の妻ではなく…。最後まで目が離せない、ハラハラドキドキのロマサス！

悲しみにさよならを
シャロン・サラ
氷川由子［訳］

10年前に兄を殺した犯人を探そうと決心したとたんローガンは命を狙われる。彼女に恋するウエイドと捜索を進めると、驚く事実が明らかになり…。本格サスペンス！

愛という名の罪 *
ジョージア・ケイツ
風早柊佐［訳］

母の復讐を誓ったブルー。敵とのベッドインは予期していたが、想像もしなかったのは彼に夢中になってしまうこと……愛と憎しみの交錯するエロティック・ロマンス

＊の作品は電子書籍もあります。

気絶するほどキスをして ＊
リンゼイ・サンズ
水野涼子［訳］

国際秘密機関で変わった武器ばかり製作するジェーン。そんな彼女がスパイに変身して人捜しをすることに。素人スパイのジェーンが恋と仕事に奮闘するラブコメ！

いつわりの夜をあなたと
カイリー・スコット
門呉茉莉［訳］

ベティはハンサムだが退屈な婚約者トムと別れようと決心したとたん、何者かに誘拐され…!? ２０１７年アウディ賞受賞作家が贈る映画のような洒落たロマンス！

かつて愛した人
ロビン・ペリーニ
水野涼子［訳］

故郷へ戻ったセインの姉が何者かに誘拐された。彼はかつての恋人でＦＢＩのプロファイラー、ライリーに捜査を依頼する。捜査を進めるなか、二人の恋は再燃し……

闇のなかで口づけを
レベッカ・ザネッティ
高橋佳奈子［訳］

元捜査官マルコムは、国土安全保障省からあるカルト教団への潜入捜査を依頼される。元信者ピッパに近づいた彼は身分を明かせぬまま惹かれ合い…。官能ロマンス！

禁断のキスを重ねて ＊
ジル・ソレンソン
幡美紀子［訳］

警官のノアは偶然知り合ったアプリルと恋に落ちる。だが、彼女はギャングの一員の元妻だった。様々な運命に翻弄される恋人たちの姿をホットに描く話題作！

夜の果ての恋人 ＊
アリー・マルティネス
氷川由子［訳］

テレビ電話で会話中、電話の向こうで妻を殺害されたペン。コーラと出会い、心も癒えていくが、再び事件に巻き込まれ…。真実の愛を問う、全米騒然の衝撃作！

危険な愛に煽られて
テッサ・ベイリー
高里ひろ［訳］

兄の仇をとるためマフィアの首領のクラブに潜入したＮＹ市警のセラ。彼女を守る役目を押しつけられたのは最凶のアルファ・メール＝マフィアの二代目だった！

なにかが起こる夜に ＊
テッサ・ベイリー
高里ひろ［訳］
『危険な愛に煽られて』に登場した市警警部補デレクと一見奔放で実は奥手のジンジャーの熱いロマンス！ ダーティトーカー・ヒーローの女王の新シリーズ第一弾！

危険な夜と煌めく朝 ＊
テス・ダイヤモンド
出雲さち［訳］
元FBIの交渉人マギーは、元上司の要請である事件を担当する。ジェイクという男性と知り合い、緊迫した状況のなか惹かれあうが、トラウマのある彼女は……

ダイヤモンドは復讐の涙 ＊
テス・ダイヤモンド
向宝丸緒［訳］
FBIプロファイラー、グレイスの新たな担当事件は彼女自身への挑戦と思われた。かつて夜をともにしたギャビンとともに捜査を始めるがやがて恐ろしい事実が……

危険な夜の果てに
リサ・マリー・ライス
鈴木美朋［訳］〔ゴースト・オプス・シリーズ〕
医師のキャサリンは、治療の鍵を握るのがマックという国からも追われる危険な男だと知る。ついに彼を見つけ、会ったとたん……。新シリーズ一作目！

夢見る夜の危険な香り
リサ・マリー・ライス
鈴木美朋［訳］〔ゴースト・オプス・シリーズ〕
久々に再会したニックとエル。エルの参加しているプロジェクトのメンバーが次々と誘拐され、ニックは〈ゴースト・オプス〉のメンバーとともに救おうとするが――

明けない夜の危険な抱擁
リサ・マリー・ライス
鈴木美朋［訳］〔ゴースト・オプス・シリーズ〕
ソフィは研究所からあるウィルスのサンプルとワクチンを持ち出し、親友のエルに助けを求めた。〈ゴースト・オプス〉からジョンが助けに駆けつけるが…シリーズ完結！

灼熱の瞬間(とき) ＊
J・R・ウォード
久賀美緒［訳］
仕事中の事故で片腕を失った女性消防士アン。その判断をした同僚ダニーとは事故の前に一度だけ関係を持っていて…。数奇な運命に翻弄されるこの恋の行方は？

＊の作品は電子書籍もあります。

恋の予感に身を焦がして ＊
クリスティン・アシュリー
高里ひろ［訳］
〔ドリームマン シリーズ〕
グエンが出会った〝運命の男〟は謎に満ちていて…。読み出したら止まらないジェットコースターロマンス！超人気作家による〈ドリームマン〉シリーズ第1弾

愛の夜明けを二人で ＊
クリスティン・アシュリー
高里ひろ［訳］
〔ドリームマン シリーズ〕
マーラは隣人のローソン刑事に片思いしている。でもマーラの自己評価が2.5なのに対して、彼は10点満点で…。〝アルファメールの女王〟によるシリーズ第2弾

ふたりの愛をたしかめて
クリスティン・アシュリー
高里ひろ［訳］
〔ドリームマン シリーズ〕
心に傷を持つテスを優しく包む「元・麻取り官」のブロック。ストーカー、銃撃事件……二人の周りにはあまりにも問題が山積みで…。超人気〈ドリームマン〉第3弾

危うい愛に囚われて ＊
ジェイ・クラウンオーヴァー
相野みちる［訳］
危険と孤独と恐怖と闘ってきたナセルとストリッパーのキーリン。出会った瞬間に惹かれ合い、孤独を埋め合わせるように体を重ねるが……ダークでホットな官能サスペンス

夜の彼方でこの愛を ＊
ヘレンケイ・ダイモン
相野みちる［訳］
行方不明のいとこを捜しつづけるエメリーは、レンという男が関係しているらしいと知る…。ホットでセクシーな男性とのとろけるような恋を描く新シリーズ第一弾！

許されない恋に落ちて ＊
ヘレンケイ・ダイモン
相野みちる［訳］
弟を殺害されたマティアスはケイラという女性を疑い、追うが、ひと目で互いに惹かれあう。そして新たな事件が…。禁断の恋に揺れる男女を描くシリーズ第2弾！

危ない夜に抱かれて ＊
レイチェル・グラント
水野涼子［訳］
貴重な化石を発見した考古学者モーガンは命を狙われはじめる。陸軍曹長パックスが護衛役となるが、死と隣り合わせの状況で恋に落ち……。ノンストップロ・ロマサス！